Carl Oskar Renner

Der Spion vom Peissenberg

Carl Oskar Renner

Der Spion vom Peißenberg

Historischer Roman

rosenheimer

2. Auflage 1999

Titelbild: Friedrich Gauermann

Satzarbeiten: Buch-Werkstatt GmbH, Bad Aibling
Druck und Bindung: Wiener Verlag, Himberg bei Wien
Printed in Austria

ISBN 3-475-52809-6

Inhalt

Das Hüterbüberl 7
Der Herzog kommt 16
Der Berggeist 32
Der Klosterschüler 44
Justina, die Rätselhafte 52
Die Verlustierung 63
Fronleichnam 74
Irenäa Schrenckin von und zu Egmating . 85
Der Einstand 94
Ein Wiedersehen 102
Schlagende Wetter 108
Fastenzeit anno 1604 120
Der Neubeginn 133
Der Feldzug 145
In den Fängen der Inquisition 158
Das Sulz-Bad 173
In herzoglichen Diensten 187
Die Heimkehr 200
Wandlungen des Herzens 215
Abschied 227
Der Anschlag 240
Gefahren 253
In geheimer Mission 266
Im Tanzhaus 277
Der Schwede in München 283
Das letzte Kapitel 288

Das Hüterbüberl

Am 29. August des Jahres 1580 stieg der achtjährige Christoph, Sohn des Stoffelhofbauern zu Schwaig, in aller Herrgottsfrühe den Peißenberg auf der Südseite hinauf. Der Vater Konrad hatte ihm aufgetragen, bei der kleinen Jungviehherde am Hang nach dem Rechten zu sehen, sprangen doch die Kalbinnen nachts nicht selten über den Gatterzaun. Im Bewußtsein, daß dieser Auftrag auch die Strafgewalt beinhaltete, trug Christoph einen kernigen Stock, der um eine Spanne über seinen Kopf hinausragte: Kalbinnen sind respektlos; wehe dem, der sich ihnen gegenüber nicht zu behaupten vermag!

Christoph kam an das Gatter, überprüfte die Zahl der jungen Tiere und öffnete das Gattertor. Schnaubend und mit den Hinterbeinen ausschlagend drängten sie heraus und zerstreuten sich über den Hang.

Christoph hatte seine erste Aufgabe erfüllt; jetzt durfte er an sich selbst denken. Der Morgen war recht frisch, und sachte begann es zu herbsten. Der Bub fror, denn die Kalbinnen hatten ihn weiters nicht in Schwung gebracht. Er schlug sich den Mantelsack über. Dann strich er um das weiträumige Gehege herum und zog die dürren Rinden von den Brettern, hob auch da und dort ein vergessenes Abfallbrettl auf und kehrte ins Gatter zurück. Da fiel ihm eine apere Stelle auf, gut geeignet, darauf ein wärmendes Feuerchen anzulegen. Er schlichtete die Rinden schön luftig übereinander, zog den Zunder heraus – und bald lummerte es fröhlich im morgendlichen Aufwind. Dann rieb er sich die Hände über den aufzüngelnden Flammen und legte ein paar handliche Kieselsteine ins Feuer, die er nachher, wenn sie warm wären, in die Hosentaschen stecken wollte.

Er wartete. Und er schaute links über das liebliche Land hinüber, der aufgehenden Sonne entgegen. Seine Kalbinnen hatten sich abgewandt und grasten nach rechts hinaus. Sie waren hungrig geworden während der kühlen Nacht und genossen das frische, taufeuchte Grün. Dann hielt er die Hände wieder übers Feuer.

Da bemerkte er aber, daß die Flammen heftiger emporschossen und eine viel stärkere Hitze verströmten als zuvor. Auch schien sich der Glutkern in der Mitte zu verdichten und gleichsam zu versenken. Wie konnte das sein? Er hatte doch die Holzabfälle gar nicht auf die Rinden gelegt! Und was da für ein Rauch aufstieg! Ein ganz anderer als der aus dem Kamin des Stoffelhofes!

Eine leichte Unruhe bemächtigte sich des Buben. Er schaute sich um und trat dann von der Brandstätte zurück. Dabei fiel sein Blick auf das schwache Rinnsal, das vom Peißenberg heruntergluckerte. Sogleich zog er ein Brett aus dem Gatterzaun, ein zweites, ein drittes, und lenkte das Wässerlein auf den Brandherd. Da zischte es und dampfte hoch auf – dann war alles vorbei.

Als er einen der runden Kieselsteine ergriff, die er ins Feuer gelegt hatte, verbrannte er sich die Finger. Er packte seinen Stock und sah nach den Kalbinnen, von denen einige ins Niederholz geschloffen waren. Er trieb sie heraus und kehrte zur erloschenen Feuerstätte zurück. Der Boden dort fühlte sich noch warm an und tat dem barfüßigen Buben wohl.

Als dann um elf Uhr die Glocke drunten vom Kirchturm den Bauernmittag verkündete, kam Christophs Schwester Afra den Berg hinauf, um den Bruder für zwei Stunden abzulösen.

„Was war das für ein Brand?" fragte sie. „Die Mutter hat sich ziemlich aufgeregt. Wenn du heimkommst, kannst dich auf einiges gefaßt machen!"

„Darf man sich denn nicht mehr die Hände wärmen?" erwiderte er trotzig, warf ihr den Stock hin und ging.

Aber er ging nicht auf den Stoffelhof, sondern ins Dorf, zum Onkel Johann in den Pfarrhof. Johann Reismayer, ein Chorherr aus dem Kloster Polling, war Pfarrer in Peißenberg. Auch er hatte nicht ohne Besorgnis die aufsteigende Rauchsäule am Hang gesehen.

„Was für eine Luderei hast du da schon wieder gemacht?“ fragte er von oben herab, denn er war ein langer, stämmiger Mann mit strengen Augen.

„Herr Onkel, ich wollte mir bloß die Hände wärmen; hab auch nichts anderes verbrannt als ein paar dürre Holzrinden.“

„Willst du mich für dumm verkaufen? Wer den Rauch gesehen hat, hätte meinen können, jemand wollte den ganzen Peißenberg anzünden!“

„Ich kann nichts anderes sagen!“

Diese Antwort klang nicht gerade fein, weshalb denn auch der hochwürdige Onkel hart entgegnete: „Geh heim zu deiner Mutter und sag ihr, daß du mir gegenüber frech gewesen bist!“

Christoph verneigte sich und wandte sich der Tür zu. Da rief ihm der Pfarrer nach: „Nein! Wir gehen jetzt miteinander auf den Hang und untersuchen den Brandherd, du und ich! Es müßte doch mit allen neun Teufeln zugehen, wenn man hier zu keiner Klarheit käme!“

Der Bub sagte kein Wort. Er blieb bei der Tür stehen und wartete, bis der Onkel Hut und Stock vom Nagel genommen hatte.

Wortlos gingen sie nebeneinander dahin und den Berg hinauf. Der Pfarrer war mißgelaunt. Es hatte sich schon einige Male erwiesen, daß der Neffe bockbeinig wurde und dabei dem Onkel sogar ins Angesicht widersprochen hatte.

Das durfte er nicht dulden, schon wegen seines hohen Amtes nicht. Aber, Gott sei's geklagt, diese Widerborstigkeit war ein Erbstück der Mutter!

Frau Lioba, die Schwester des Pfarrers, war eine leidenschaftliche Frau. Erst war sie mit ihm nach Peißenberg gekommen, um seine Hauswirtschaft wahrzunehmen. Doch schon nach etlichen Monaten hatte der junge Konrad Lenker von Schwaig, der Stoffelhofbauer, eine derartige Anziehungskraft auf sie ausgeübt, daß sie ihm mit fliegenden Fahnen in die Kammer gefolgt war. Der hochwürdige Herr Bruder durfte noch den Ehebund der beiden segnen und sechs Monate später den Sohn Christoph taufen. Dann waren zwischen hier und dort die Brücken abgebrochen, und Lioba fing an, sich mit viel Schwung den Aufgaben auf dem reichen Hof zu widmen. Bruder Johann hatte das Nachsehen gehabt ...

Sie kamen an die Feuerstelle, gerade als die kleine Afra wieder einmal die Kalbinnen aus dem Niederholz herausscheuchte. Sie begrüßte den Herrn Onkel und stellte sich mit prüfender Miene an die Seite des Bruders. Pfarrer Reismayer aber kniete nieder und stocherte mit einem Spänchen in der Asche herum. Dann schob er die gesamte Asche zur Seite, sogar mit einer seiner geweihten Hände – und plötzlich begann sein Gesicht zu strahlen. Darauf erhob er sich, etwas mühsam freilich, zog den Neffen zu sich und drückte ihn an seine stattliche

Gestalt. Er streichelte ihm den wirren, dunklen Haarschopf, zeichnete ihm sogar ein Kreuz auf die schöngewölbte Stirn. „Christophl", jubelte er heraus, „vor neunzig Jahren hat ein anderer Christoph, der Genueser Christoph Columbus, auf der Suche nach einem neuen Seeweg Amerika entdeckt, und du entdeckst auf der Suche nach ein wenig Wärme für deine kalten Hände ein Kohlenflöz, und, wie mir scheinen will, nicht das unbedeutendste!"

Der Knabe stand da wie ein begossener Pudel, unfähig, ein Wort zu sagen. Was hätte er auch erwidern wollen? Nach der harten Rede, die er vor einer knappen Stunde aus dem Munde des Onkels vernommen hatte!

Der aber sprach weiter: „Geh hinunter auf euren Hof und bring mir Hacke und Schaufel! Ich stelle die Geräte noch heute vor der Nacht selber zurück."

Christoph rannte freudig erregt davon: Was für eine jähe Wendung hatte diese Mittagsstunde des 29. August 1580 genommen!

Der Stoffelhofbauer Konrad Lenker kehrte mit seinem Sohn Christoph auf den Hang zurück; Hacke und Schaufel trug er selber. Denn es ging ja doch nicht, daß der geistliche Herr Schwager mit diesen Werkzeugen etwa eigenhändig hantieren sollte. Nachdem sie sich kurz begrüßt hatten, meinte der Pfarrer: „Mir scheint, Eurem Hofe ist großes Heil widerfahren!“

„Hoffentlich täuscht Ihr Euch nicht, Herr Schwager!“ entgegnete der andere und hieb mit der schweren Hacke hart in die Feuerstätte. Da sprangen die schwarzen Kohlesplitter auf. Sie schienen ihn fast zu bezaubern, denn nun wuchtete er mit seiner ganzen Kraft in den Hang hinein, ergriff auch die Schaufel, warf damit die zertrümmerte Kohle zur Seite und hieb von neuem. Und es war noch keine Stunde verronnen, da glaubten die beiden Männer zu erkennen, daß man es hier mit einer Flözmächtigkeit von fast einem halben Lachter zu tun haben werde.

Konrad kehrte auf seinen Hof zurück und verfügte, daß zwei Knechte und eine Magd das Gatter am Hang auseinandernehmen und an einer anderen Stelle wieder errichten sollten. Er wollte nicht riskieren, daß etwa eine Kalbin in die Grube der Fundstelle fiele. Dann begab er sich zum Gemeindeschreiber und bat ihn, das historische Ereignis am Hang des Peißenberges an den Herrn Pflegrichter weiterzumelden, damit es der Herr Herzog in München bald erführe.

Der Pfarrer Reismayer seinerseits ritt unverzüglich ins Kloster Polling hinüber und berichtete den Kohlefund dem Propst. Der lobte seinen untergebenen Mitbruder wegen seines Eifers, gab ihm aber zu verstehen, daß die grundherrschaftlichen Rechte dem Kloster

Rottenbuch zustünden und nur oberirdisch, nicht unterirdisch Geltung hätten; Güter, Besitzungen, Schätze, die sich unter der Grasnarbe befänden, gehörten ausschließlich in den herzoglichen Rechtsbereich. Er werde also einen Bericht nach München ergehen lassen und die Hofkammer um weitere Verhaltensweisen ersuchen.

So liefen denn in der Neuen Veste der Herzogstadt fast gleichzeitig die Nachrichten über das Peißenberger Kohlenlager ein. Herr Wilhelm V., genannt der Fromme, war von der Aufmerksamkeit seiner Untertanen im Pfaffenwinkel sehr angetan, vor allem von der raren Nachricht, daß einem Hüterbüberl die Entdeckung des Kohlenschatzes zu verdanken sei. Er ließ nach Polling und an die Gemeinde Peißenberg das Aviso ausgehen, er werde persönlich in absehbarer Zeit den Ort des Fundes aufsuchen und erwarte, dabei auch das Büberl zu sehen.

Als diese Kunde in dem Dörfchen Peißenberg von Haus zu Haus fortgesagt wurde, bemächtigte sich der Bauern eine freudige Erregung: Der Herzog persönlich! Und alle überlegten sich, wie man den hohen Gast wohl würdig empfangen könne. Da mußten vor allem die Dorfpfeifer aufgeboten werden; denn ohne eine zünftige Musi gibt's kein Fest. Man wird sich zusammentun mit denen von Peiting;

hoffentlich schalten die vor lauter Neid nicht auf stur! Ein paar jüngere Chorherren von Polling wird der Herr Pfarrer beibringen, zur Verstärkung des einheimischen Kirchenchors. Einen Triumphbogen am Ortseingang sollen die Zimmerleute aufstellen. Den müssen die Burschen mit Fichtenästen schmücken; und der Gemeindeschreiber soll ein schönes großes Wappen malen, das man in der Mitte aufhängen kann. Der Herr Gemeindevorsteher läßt sich vom Dorfschulmeister eine Begrüßungsrede aufsetzen und lernt unaufhörlich, denn er ist nicht mehr der Jüngste, und sein Gedächtnis gleicht dem Getreidesieb auf dem Scheunenboden – alles fällt durch! Die Jungfer Gesanglehrerin, mit leidlich anhörbarer Stimme, doch mit einem zu mächtigen Brustkorb begabt, donnerte oft abends eine welsche Arie durch die nahen Wälder und setzte die Hirschkühe in Angst und Schrecken; es hieß sogar, einiges Jungwild sei flüchtig geworden und habe sich ins Peitinger Niederholz gerettet. Und erst der Dorfschneider! Obwohl er zwei böhmische Gesellen, die auf dem Weg waren, eingestellt hatte, kamen sie gemeinsam kaum zu Rande; denn wenn man schon den Herzog einmal zu Gesicht kriegt, dann soll er einen auch in guter Erinnerung behalten – dazu gehört, daß man ein ordentliches Gewand anhat.

Konrad Lenker, der Stoffelhofbauer, fuhr mit seinem Buben nach Weilheim und ließ ihm da von einem geprüften Bader einen „höfischen“

Haarschnitt verpassen sowie die Ohren ausputzen. Der Bader tat ein übriges und schnitt ihm auch noch die Fingernägel, unter denen sich ein nicht unbeachtlicher „Saustall“ versammelt hatte. Als freilich der Peißenberger Bader von diesem Gang zur Konkurrenz erfuhr, war er voller Wut und gelobte sich, dem Konrad das Wasser ein wenig zu überhitzen, wenn er das nächste Mal mit der böhmischen Gänsemagd Anuschka aus Peiting bei ihm in den Badezuber steigen würde...

Als dann der Tag der herzoglichen Ankunft feststand, mußten die Mägde sämtliche Wege fegen, und kein Rindvieh sollte zu diesem Zeitpunkt den Stall oder die Hütweide verlassen. Und wehe, es hätte sich einer nicht daran gehalten...!

Der Herzog kommt

Am 21. Oktober, dem Fest der heiligen Ursula und ihrer Gefährtinnen, einem zauberhaft schönen Herbsttag, ratterten die herzoglichen Jagdwagen über die schlechten Wege auf Peißenberg zu. Voraus eine kleine Kavalkade, dann der bayerische Landhofmeister, Graf Ottheinrich von Schwarzenberg, aufgeputzt wie ein Pfau und behängt mit goldenen Ketten. An seiner Seite der alte Hofratspräsident Doktor

Wiguläus Hund von Sulzemoos. Beiden gegenüber der oberste Kanzler, Doktor Hans Görg Herwarth, der bedeutendste Rechtsgelehrte in München. Im zweiten Wagen saß, kahlköpfig und mit Zwickelbart am Kinn, Herzog Wilhelm V., einunddreißig Jahre alt, schlicht gekleidet wie ein Mönch, in einer Hand den Rosenkranz, den er mit seiner Gemahlin Renata während der Fahrt halblaut betete. Hinter dem Regentenpaar der Wagen mit dem Oberstallmeister, dem welschen Freiherrn Johann Baptist Quidoboni von Lichtenberg; der liebte es, mit den vier Hofdamen der Herzogin zu reisen, angeblich weil er wegen seiner reiferen Jahre ständig fror – was man dem Venezianer gerne abnahm –, in Wirklichkeit wegen der angenehmen Empfindungen, die ihm die warme und pralle Nähe der lustigen Weiber bereitete. Den Abschluß des Zuges bildete die große Kavalkade von vierzig Mann.

Während also, wie erwähnt, im zweiten Wagen gebetet wurde, führte man im dritten sehr freie und anzügliche Reden, wogegen im ersten die beiden Doctores Hund und Herwarth emsig und erregt fachsimpelten.

„Nehmen wir an", sagte Herwarth, „das Hüterbüblein hat wirklich den Stein der Weisen, will sagen, ein Pechkohlenflöz entdeckt: Wem gehört es dann, dem Herzog oder der Grundherrschaft?"

„Möcht' meinen, der Grundherrschaft!" brummte Graf Schwarzenberg.

„Irrtum, mit Verlaub, Herr Landhofmeister!" warf Wiguläus Hund dagegen ein. „Der Herrschaft gehört der Grund. Was aber unterm Grund ist, das heißt, unter der Grasnarbe, gehört dem Land, dem Staat, dem Herzog! Ein Beispiel: Der Bauer hebt beim Pflügen ein Schatztrühlein, voller Gold und Silber aus der Römerzeit, wem gehört's? Dem Land!"

Der Schwarzenberg wurde grantig: „Das ist doch ein Krampf! Beispiel: Durch die Wiesen des Bauern fließt ein Bach und darin schwimmen Fische. Schwimmen die etwa unter der Grasnarbe? Und dennoch darf sie der Bauer nicht fangen!"

„Womit Ihr nur eine Ungerechtigkeit bestätigt, Graf Schwarzenberg!" trumpfte Hund auf. „Die Fisch' im Wasser, die Vögel in der Luft, das Wild in den Forsten, all das ist Allmende und gehört dem, der's fängt. Wir aber, die Herrschenden, wir machen's dem Berechtigten streitig, weil er rechtlos ist und sich gegen uns nicht durchsetzen kann!"

„Ihr seid ein alter Uhu, Hund!"

„Werft mir mein Alter nicht vor, Landhofmeister! Denn in Eurer fetten Wampen sind vielleicht schon die Würmer am Zeug und verzehren Euch eher als Ihr denkt!"

„Aber, aber", sagte Herwarth dazwischen, „Was sollen denn diese persönlichen Anwürfe? Ihr seid zu hitzig, Wiguläus!"

„Und er? Was ist er? Ein verschwenderischer Herr, im Begriff, sein eigenes Vermögen und das des Landes zu ruinieren! Und hätt' sein Bua nicht eine Augsburger Fuggerin geheirat', bei Gott, sie wär'n allesamt schon hinuntergeschwommen, und so was maßt sich an, mich einen ‚Alten Uhu' zu schelten!"

Graf Schwarzenberg tat keinen Muckser. Nein, er durfte sich nicht anlegen mit dem alten, um Bayern hochverdienten Manne, zumal eine handgreifliche Auseinandersetzung im Angesicht des Landesfürsten geradezu sittenwidrig gewesen wäre. Er schluckte den Ärger hinunter und tröstete sich mit dem Gedanken, dem Alten bei der nächsten Hofratssitzung herzhaft übers Maul fahren zu können.

Und so gelangten sie – betend, scherzend und streitend – vor das Dorf Peißenberg, hinter dem der gleichnamige Berg majestätisch in den blauen Himmel aufragte.

Von weitem schon grüßte die fichtenbegrünte Ehrenpforte. Der Gemeindevorsteher, blaß im Gesicht und voller Angst im Gesäß, bestieg die oben gezierte Feldkanzel und stierte unentwegt auf den Pfarrer Reismayer hin, der ihm das Zeichen zum Beginn seiner Festrede geben wollte, sobald die Herrschaften sich vor der Pforte formiert hätten. Weil es aber bei der Enge des Sträßleins mit dieser vorgeplanten Aufstellung – der Herr Schulrat von Weilheim hatte diesen Teil der Organisation übernommen –

partout nicht klappen wollte, verlor das Gemeindeoberhaupt die Geduld und begann mit einem bierbräueigenen untergründigen Tonfall: „Allergnädigster Herzog Wilhelm und liebenswürdige Frau Herzogin! Ihr wißt gar nicht, wie massig wir uns über Euren Besuch freuen! Woher wollt Ihr's auch wissen, wo doch – wenn ich's recht bedenk' – noch kein einziger Herr von Bayern bei uns vorbeigekommen ist – höchstens einmal bei der Jagd –, und da ist es dann nicht unsertweg'n g'we'n, sondern z'weg'n der Hirschen. Und auch heut' verhält sich's nit viel anderst! Die Hauptsach' sind ja wohl die Kohlen, die Ihr Münchner bei uns wittert. Und dennoch verhält sich's etwas anderst! Ihr wollt, wie wir erfahren haben, auch das Hüterbübl seh'n, welches die Kohlen für Euch gefunden hat: unsern Christophl Lenker von Schwaig, den ich Euch und Eurer Frau hiermit vorführ'; und der ist kein Hirsch nicht! – Bua, kimm her zu mir!"

Christoph war ein Kind der Liebe; und Kinder der Liebe pflegen sich durch eine rare Vollkommenheit in körperlicher Hinsicht auszuzeichnen. So war auch Christoph ein aufgeweckter, frischer und im landläufigen Sinne ausgesprochen schöner Knabe, der durch natürliche Anmut die Herzen der Umwelt für sich einnehmen konnte. Er hatte den dunklen, fast zigeunerhaften Teint seiner Mutter mitbekommen, ebensolche Augen und ein wohlgeformtes Kinn. Sein Haar wäre eigentlich leicht gewellt gewesen, doch der geprüfte Bader von Weilheim hatte es wegen des „höfischen" Schnitts arg stutzen zu müssen geglaubt – was den Buben um gut zwei Jahre älter machte.

Frau Lioba hatte Christoph in der Frühe, ehe sie zum Vorsteher gegangen waren, ein liebliches Sträußchen kleiner Astern von der Umzäunung ihres Wurzgartens geschnitten, damit er es der Frau Herzogin überreiche. Das tat er denn auch jetzt mit so viel Geschick, daß ihn die hohe Frau an sich zog und auf die Stirn küßte. Dadurch verlor der Bub auch das letzte Quentchen Scheu und sagte zum Herzog: „Für Euch, Herr, hab ich leider nix!" Ob dieser Worte brach im ganzen Umkreis eine allgemeine Heiterkeit und Gelöstheit aus, so daß Herr Wilhelm die Gemahlin und den Jagdwagen verließ, den Buben väterlich an der Hand nahm und den restlichen Weg ins Dorf hinein zu Fuß zurücklegte. Dabei fragte er ihn genau aus nach dem Hergang des Kohlenfundes und was er sich vor allem gedacht habe, als das Feuerchen nicht habe verlöschen wollen, sondern im Gegenteil heftiger geworden sei.

„Ach Gott, hoher Herr!" erwiderte Christoph, „ein bisserl schwummelig ist mir schon g'we'n; weil ich aber gleich ans Bacherl denkt hab, hat ja nix mehr schiefgehen können. Und so war's dann auch. Nur der Herr Onkel, was unser

Pfarrer ist, hat mich saudumm ang'red't. Aber die Hochwürden müssen ja so sein, sonst verdienens ihr Geld nit!"

„Wer sagt das?" fragte der Herzog.

„Hab's einmal vom Vater g'hört!"

So redend kamen sie miteinander auf den Kirchplatz; die Jagdwagen mit den anderen Herrschaften fuhren sachte hinterdrein.

In Reih und Glied standen sie dort nebeneinander: auf der einen Seite die zwanzig Musikanten, auf der anderen der Chor der Sängerinnen, verstärkt durch eine stattliche Schar von Mönchen aus Polling. In der Mitte zwischen ihnen hatte sich die Jungfer Gesanglehrerin aufgebaut – auf einer Kiste, über die ein alter Kirchenteppich gebreitet worden war.

Und jetzt legten sie los. Zuerst die Pfeifer, unter die zwei Landsknechtstrommler eingereiht waren: wahrhaftig ein herzerquickender, ohrenbetäubender Vorgang, so recht angetan, den Herzog, der an die hohe Tonkunst eines Orlando di Lasso gewöhnt war, das Fürchten zu lehren. Sie spielten eine Art Landsknechtslied, das die Mindelheimer bei der Plünderung Roms herausgedonnert haben mochten:

„Strampedemi,
a la mi presente
a vostra signori!"

Nach dieser Orgie von Tönen hätte den Herrschaften eine Erholungspause wohlgetan; doch man ließ sie ihnen nicht, sondern ging sofort zum Gesang über, und zwar zu dem der Mönche.

Der strömte nun freilich eine Art Grabesruhe über die Herzen der Zuhörer aus: Es war ein Choral aus der Vesper vom Sonntag Sexagesima, brillant gesungen, aber nach den Pfeifern und Trommlern doch um einige Nuancen zu sanft.

Schade, denn die Leute unterhielten sich während dieser Melodien, und selbst Herzog Wilhelm konnte sich nicht enthalten, seiner Gattin, die jetzt vom Wagen gestiegen war, ein paar Worte zuzuflüstern.

Heftiger triumphierte dann der Gesang der Kirchenchöre, bei denen das weibliche Geschlecht aus der Osterliturgie „Resurrexit sicut dixit" hervorstieß, eine ungebrochene Fülle reinster Kehlkopf- und Stimmbänderakrobatik, die keine Mäßigung, sondern nur Massierung zuließ. Manch einer der braven Bauerntöchter rann der Schweiß der Pflichterfüllung zwischen den Brüsten bis zum Nabel hinab.

Dann kam der Höhepunkt: Die kunstreiche Jungfer Gesanglehrerin. Wer könnte den Glanz und die virtuosen Tremolos und vorwärtsstürmenden Prestos ermessen, die am Ende in ein furioso maestoso ausarteten und in einem nicht ganz geglückten hohen C verdampften und verdufteten?

O heilige Cäcilia, du Patronin all derer, die singen oder vorgeben, es zu vermögen, sieh gnädig herab und erbarme dich der Gehörgeschädigten! Und verüble es denen nicht, die uns unberufen ansingen, aber nimm sie von uns hinweg, denn sie wissen nicht, was sie tun.

Inzwischen war allerdings eine große Schar zusammengekommen, um dem Herzog die Ehre zu erweisen und die eigene Neugier zu befriedigen. Und immer noch strömten andere von den entfernter liegenden Weilern und Einödhöfen herbei; unter ihnen auch die Paradekarosse des Propstes Wolfgang von Rottenbuch. Ihm hatte sich Jacob Schwarz, der Propst von Polling, mit seinem Prior, dem rechtskundigen Doktor Anselmo, zugesellt. Diese hochwürdigen Herren kamen wahrscheinlich nicht zwecks Ehrenerweisung, auch nicht in der Absicht, ihrer Neugierde zu frönen, sondern weil sie im Angesicht des Herzogs dem Landhofmeister zu verstehen geben wollten, daß sie in der Sache der entdeckten Kohle am Hohen Peißenberg ein Wörtchen mitzureden hätten, und zwar ein gewichtiges. Und die betonte Ergebenheit, mit der Herzog Wilhelm die beiden geistlichen Fürsten empfing, schien deren hintergründige Absichten zu bestätigen.

Zunächst nahm der Ablauf des festtägigen Geschehens wie geplant seinen Fortgang. Jetzt sollte der Kohlenfundort von den hohen Herrschaften in Augenschein genommen werden; deswegen hatte der Herzog bereits Tage zuvor zwei Bergräte vom Münchner Bergamt nach Peißenberg kommen lassen. Es hätte ja niemand von ihm, der zwar die Hohe Schule der Jesuiten zu Ingolstadt mit Auszeichnung absolviert hatte, erwarten können, daß er auch in puncto Kohle ein Fachmann sei.

So begaben sie sich denn in wohlwollend verbindlichem Gespräch den Berg hinan, stets scharf bedacht, einander – wie der Volksmund sagt – die Würmer aus der Nase zu ziehen.

Bei der Grube, die Christophs Vater ausgehoben hatte, mußte das „Hüterbüberl“ abermals das Entdeckungserlebnis erzählen. Dafür erhielt der Knabe von den Pröpsten je einen Dukaten; der Herzog aber versicherte vor all diesem edlen Gefolge, er wolle ihm mit der Genehmigung seiner Eltern eine rare Ausbildung in irgendeinem Kloster des Pfaffenwinkels angedeihen lassen – vorausgesetzt, daß er Lust und Liebe dazu empfände. Darauf tat Christoph, was ihm der pfarrherrliche Herr Onkel schon vorher eingetrichtert hatte: Er küßte dem Herzog die Hand – eine Geste, die der junge Bursche zum Erstaunen aller meisterlich vollzog.

Darauf rühmten die Kundigen in gelehrten Reden die hohe Qualität der Kohle und äußerten die Vermutung, daß der Peißenberg für einen Jahrhunderte dauernden Abbau gutstehen könne. Bei dieser Bemerkung rümpfte Propst Wolfgang von Rottenbuch erkennbar die Nase – denn er war der Grundherr ...

Da trat – man hatte ihn bisher nicht wahrgenommen – aus dem Hintergrund der Bauer Konrad Lenker vom Stoffelhof hervor, bat um Vergebung, und lud die Herrschaften „alle miteinand“ zu einem Selbstgebratenen auf sein nahes Gehöft ein. Und weiß der Himmel, da war niemand unter ihnen, der nicht mit strahlenden Augen zugestimmt hätte – strich doch auch ein frischer Wind vorbei.

So begaben sie sich denn – einem kleinen Feldumgang vergleichbar – den Berg hinab und kehrten im ansehnlichen Stoffelhofe ein, begrüßt von Frau Lioba, der rassigen Bäuerin. Sie war sich ihrer starken Ausstrahlung auf die Sinne und Herzen der Mannsbilder bewußt und wucherte damit zur guten Stunde; so auch jetzt.

Wie eine Fürstliche bat sie in der großen Stube die Herrschaften auf die Plätze, wo schon die Tonkrüglein standen. Dann kam sie mit dem großen Krug dahergeschritten und kredenzte den Klaren mit beachtlicher Eleganz – unübersehbar zur Freude des Grafen Schwarzenberg, dessen Vorliebe für die Weiblichkeit in seiner Umgebung schon hinlänglich bekannt war.

Aus dem einen Mäßlein wurden natürlich mehrere, und wenn auch die Frau Herzogin Renata auf den Gemahl ein wachsames Auge hatte, konnte sie doch nicht verhindern, daß er diesem „männermordenden Trunk" – wie der alte Homer gesagt hätte – etwas reichlich die Ehre erwies und glänzende Augen bekam, die aus seinem kahlen Kopf wie Kristalle hervorleuchteten. Und nicht nur das – er begann auch laut und angriffslustig zu reden.

„Wir wissen sehr wohl", sagte er, dem Propst Wolfgang zugewandt, „daß auch Ihr auf die Kohle spekuliert, weil Ihr der Grundherr seid. Doch da bleibt Euch der Schnabel trocken!"

Der Angeredete war ob der rüden Ausdrucksweise zunächst sprachlos. Dann erwiderte er gelassen: „Wir glauben nicht, gnädigster Herr, daß Ihr gewillt sein könnt, diese Angelegenheit bei einigen Klaren auszutragen. Darunter würde nicht bloß der Genuß leiden, sondern auch die Gerechtigkeit zu Schaden kommen. Unsere beiderseitigen Rechtsgelehrten hatten Gelegenheit, die äußeren Sachverhalte zu prüfen; was die inneren betrifft, die rechtlichen – das wird nach reiflicher Überlegung die Zukunft erweisen!"

„Dabei wollen wir's bewenden lassen!" Mit diesem lapidaren Satz schloß Frau Herzogin Renata das leidige Gespräch ab, noch ehe es recht in Gang gekommen war.

Als sich das herzogliche Geleit am frühen Nachmittag auf den Heimweg begab, nahm

Herr Wilhelm den Pfarrer Reismayer zur Seite. Er bat ihn, alles, was mit der Ausbildung des Knaben zusammenhänge, reiflich zu überlegen und die einzuschlagenden Wege auszukundschaften; es solle aber nichts überstürzt werden. Sei dann die Sache spruchreif, wolle er, der Herzog, unterrichtet werden, damit er seinem Versprechen nachkommen könne.

Nachdem sich mit dem Besuch des Landesfürsten die Beziehungen zwischen dem Pfarrer und dem Stoffelhof wieder leidlich eingerenkt hatten, traf an einem stürmischen Novemberabend Herr Johann Reismayer – schon aus christlicher Gesinnung heraus – besuchsweise beim Schwager Konrad ein.

Die überraschte Schwester Lioba setzte dem hochwürdigen Bruder ein Abendessen vor, von dem der Baumeister und zwei Knechte übersatt geworden wären und noch die Hälfte übrig gelassen hätten. Konrad tat noch ein übriges und bot einen Wein an, den ihm ein vertrauter Sensenschmied aus Hocheppan im Südtirol mitgebracht hatte, einen köstlichen Tropfen.

Sie hatten sich vorgenommen, die Vergangenheit mit keiner Silbe zu berühren; ihre ganze Sorge sollte Christophs Zukunft gelten, die zu einem guten Teil in Herrn Johanns Hände gelegt worden war.

Sagte gleich zu Beginn der Schwager Konrad: „Also, Pfarrer möcht' ich keinen haben!" – damit war ein möglicher Weg kurzerhand versperrt.

„Muß ja nicht jeder, der eine Begabung hat, immer gleich Pfarrer werden!" gab Herr Johann klein bei.

„Das mein' ich auch!"

„Und was meinst du sonst noch?" fragte der Pfarrer spitzig.

Da schaute der Bauer zunächst etwas hilflos um sich, entgegnete aber dann hastig und beglückt über den befreienden Einfall: „Dich hat der Herzog als Wegbereiter bestimmt, nit mich!"

Der Pfarrer zuckte mit den Achseln: „So kommen wir natürlich nicht weiter, wenn du dich auf die Hinterbeine stellst! Ich kann ja wieder gehen!"

Da trat Frau Lioba aus der Kuchltür heraus und erklärte laut: „Seids halt nit so stur, ihr zwoa! 's geht doch um unsern Buam!"

„Bitte!" sagte der Pfarrer und deutete mit der ausgestreckten Hand auf den Schwager.

Dann war es ganz ruhig in der Stube – eine längere Weile. Man hörte die Fliegen, wie sie an das Glas des Windlichtes stießen. Bis schließlich der Bauer die Sinnlosigkeit seines verletzten Stolzes einsah, den Zinnbecher ergriff und den beiden anderen mit gequälter Miene zutrank. Damit war er weit über seinen Schatten hinausgesprungen, was ihm der geistliche

Schwager hoch anrechnete; weshalb er auch gleich wieder zu reden begann: „Wir haben in Polling zwei Lehrer, die neun Ritterliche in Grammatik und Mathematik unterrichten, ebenso einen Waffenmeister und einen Tanzlehrer. Ich könnt' mir vorstellen, daß weder die Lehrer noch die Schüler einen Schützling des Herzogs ablehnen. Im Gegenteil, sie müßten sich geschmeichelt und geehrt fühlen, einen solchen unter sich zu haben. Er wertet sie auf."

Konrad überlegte: „Und müßt da der Bua nit Pfarrer werden?"

„Woher denn! Du wirst doch nicht meinen, daß die werdenden Pfarrer einen Tanzmeister und einen Waffenmeister brauchen! Hab' ich etwa tanzen oder fechten lernen müssen?"

„Und unser Bua wertet sie auf, meinst du?" fragte Konrad hartnäckig weiter.

„Das kannst du laut sagen!" erwiderte der Geistliche. „So was kommt nur alle heiligen Zeiten vor, daß sich ein Landesfürst ein Kind aus dem einfachen Volke herausgreift und es ausbilden läßt auf seine Kosten."

„Weib, spürst du, was wir für einen Buam haben?" Der Stoffelhofer war beglückt. „Und wie lange wird es dauern, das mit der Grammatik und der Mathematik? Und was ist dann am End' aus dem Buam geworden?"

„Schwager Konrad, um das sagen zu können, müßt' einer der liebe Herrgott sein. Denn zum einen wird die Dauer der Ausbildung vom

Fleiß und vom Schwung des Buam abhängen. Zum anderen schälen sich Neigung und wohl auch Eignung für diesen oder jenen Beruf erst im Laufe der Ausbildung heraus. Wir müssen also auf die Hilf' und Gnad' von oben hoffen und alles vertrauensvoll in die Hand dessen legen, der Geist und Herz der Menschen gebildet hat und weiterbilden wird."

„Alles gut und recht, Schwager! Für den Anfang hab ich auch gar keine Bedenken nit. Wenn aber der Bengel mit einem Mal auf dumme Gedanken kommt? Und ausscheren will? Was dann?"

Pfarrer Reismayer bewegte den Kopf hin und her: „Ja, was dann? Auf gar keinen Fall darf man ihn zwingen! Vielleicht hat er so viel Ehrgefühl, daß er sich schämt, wenn man ihm seinen fürstlichen Wohltäter vor Augen führt und ihn auf die Erwartungen hinweist, die dieser in ihn gesetzt hat. Indes, lieber Schwager, das sind ungelegte Eier, und ich komme auf das vorhin Gesagte zurück: Gott vertrauen ist alles!"

Der Stoffelhofer nickte kräftig und bekundete damit seine Zufriedenheit. Dann füllte er die Becher und sagte: „Weib, begreifst du jetzt, was du mir zu verdanken hast? – Auf die Zukunft von unserem Buam!"

„Und auf den Herrn Herzog Wilhelm!" sagte Lioba.

„Und auf alle, die Christophs Zukunft dereinst mit in Händen haben!" Der Pfarrer sprach's, dann stießen sie an, und es war, als hätten sie das Schicksal des Knaben zum Guten beschworen.

Während der Weihnachtstage trafen sie sich noch einmal – zusammen mit Christoph; denn sie wollten nicht über seinen Kopf hinweg entscheiden. Er stimmte ihren Plänen freudig zu, und sie beschlossen, ihm noch ein Jahr in der heimatlichen Freiheit zu gönnen, bevor sie ihn dem Ernst des Lebens überantworten wollten.

Der Berggeist

Nach Neujahr 1581 begab sich Pfarrer Reismayer in sein Kloster Polling, um die Sache seines kleinen Neffen mit dem hochwürdigen Herrn Propst Jacob Schwarz zu besprechen. Wie erwartet, fühlte man sich in der alten, berühmten Bildungsstätte hochgeehrt, einen vom Hofe begünstigten Knaben in die Reihe der Scholaren eingliedern zu können, zumal damit eine beachtliche Dotation Hand in Hand zu gehen pflegte.

Als dann Reismayer während des Frühjahrs in die Herzogstadt kam, um Herrn Wilhelm von allem zu unterrichten, spürte er, daß der hohe Herr diese Angelegenheit fast vergessen hatte. Im nachhinein freilich erfuhr er, welche Wirrungen der Propst Wolfgang von Rottenbuch wegen des Kohlenfundes am Hohen Peißenberg angerichtet hatte, und er verstand den Herzog. Dies um so mehr, als er mit der Versicherung heimkehren konnte, die Hofkammer werde alles unmittelbar mit dem Kloster Polling abstimmen.

Propst Wolfgang von Rottenbuch hatte sich damals bei der Ortsbegehung in Peißenberg noch mit dem würdigen Wiguläus Hund zu Sulzemoos kurz unterhalten und dabei die Vermutung gewonnen, daß der alte Advokat die Besitzverhältnisse in puncto Kohle nicht ganz mit den Augen seines Herrn betrachtete. Diese Wahrnehmung ermutigte ihn, nunmehr in die vollen zu gehen und dem Herzog Wilhelm das Rechtsgutachten des Doktor Anselmo zu unterbreiten. Dieser Pollinger Mönch hatte an der Universität von Padua die Jura mit exzellentem Erfolg studiert und war daher auch den Münchner Rechtsgelehrten bekannt. Sein Gutachten, das an wissenschaftlicher und sprachlicher Eleganz seinesgleichen suchte, brachte sogar die Jesuitenpatres in Verlegenheit, die in ungeteilter Ergebenheit hinter dem Herzog, ihrem einstigen Schüler in Ingolstadt, standen. Und so sehr sie sich bemühten, die Argumente des Mönchs zu entkräften und die Art seiner Beweisführung madig zu machen – er behielt immer wieder die Oberhand. Das ging sogar so weit, daß sich in der höheren Münchner

Gesellschaft Gruppen, ja Interessengemeinschaften bildeten, die sich aus dem Hin und Her des Prozesses einen Spaß machten und über seinen Ausgang Wetten abschlossen. Doch alles Wetten nützte nichts; das Gerichtsverfahren zog sich in die Länge, durch Monate hin, durch vier Jahre – und kein Richter vermochte dem Herzog das alleinige Recht auf den Kohleabbau am Peißenberg zu bescheinigen.

Dabei standen die am Abbau Interessierten gewissermaßen schon vor der Tür. So etwa der Augsburger Hans Maier, ein Kaufmann, der jegliche Art von Geschäften betrieb. Er hatte vom Herzog bereits die Konzession erwirkt, in der Ammerleiten bei Peiting und Steingaden Kohlen zu brechen. Als er aber jetzt die Hohenpeißenberger Kohle sah und ihre Güte erkannte, bewarb er sich ganz gezielt um die pachtweise Überlassung aller oberbayerischen Kohlefelder. Da nun belehnte ihn Herzog Wilhelm – was nicht Rechtens war – mit der Erlaubnis, auf zehn Jahre „in Unserem Land vor und in den Gepürgen auf Steinkohl zu bauen."

Das war Öl ins Feuer.

Unbeschadet dessen, daß ihn der berühmte Kanzler Doktor Hans Görg Herwarth mit mehr oder minder berechtigten beziehungsweise unberechtigten Abgaben peinigte, drohte Propst Wolfgang von Rottenbuch, gegen den Herzog das Hohe Reichsgericht anzurufen, und versicherte zugleich, er werde dem Abbau am Peißenberg alle erdenklichen Hindernisse in den Weg legen, so daß den Bergleuten wie auch den Pächtern mit der Zeit die Peißenberger Kohle „zum Halse heraushängen" werde. Das waren alles andere als geistliche Worte aus der Feder eines mönchischen Fürsten, doch sie verfehlten ihre Wirkung nicht. Sie trafen vor allem den Augsburger Hans Maier, der zwischenzeitlich in dem geldkräftigen Kaspar Heigl aus Tölz einen Teilhaber gefunden zu haben glaubte. Das war jedoch ein Irrtum gewesen, denn der bauernschlaue Tölzer wollte nur „einsakken", aber kein Risiko mittragen. Dazu kamen die dauernden Widerwärtigkeiten seitens des Rottenbucher Grundherrn: Wegsperren, Maut und Brückenzölle und willkürliche Überflutungen.

Die Folge war, daß das Unternehmen, wie Hans Maier sich ausdrückte, bald „am letzten Loch pfiff", so daß er sich von Heigl löste und am Bergamt in München erklärte, er beabsichtige, „die ganze Chose hinzuschmeißen", wenn sich zwischen dem Herzog und dem Kloster nicht bald ein Wandel der Beziehungen ergäbe.

Da waren nun die Sachverständigen gefordert: Doktor Anselmo und Doktor Herwarth. Und sie heckten einen für beide Teile tragbaren Plan aus: Der Herzog solle dem Rottenbucher die Grundherrschaftsrechte auf dem Peißenberg abkaufen. Weil er aber – bei den bayerischen Herzögen schon fast die Regel – kein Geld habe, solle der Propst Wolfgang einen christlichen Preis machen.

Und so geschah es dann auch, wobei jedermann es mit Fausthandschuhen greifen konnte, daß der Propst klein beigegeben hatte und der Gelackmeierte war. Aber was tut man nicht um des lieben Friedens willen!

Ein leidiges Kapitel Pfaffenwinkler Landschaftsgeschichte war aus dem Wege geräumt. Alle Beteiligten atmeten erleichtert auf; am hörbarsten der Augsburger Geschäftsmann Hans Maier.

Es hatte sich in allen Bergbau betreibenden Gebieten des Reiches – besonders in Sachsen und im böhmischen Erzgebirge – rasch herumgesprochen, daß im Lande des Bayernherzogs Wilhelm V. auf seinem Peißenberg im Pfaffenwinkel eine Pechkohlenzeche von hoher Qualität aufgefahren worden sei. Kein Wunder, daß sich der Sachse Georg Stange aus Halle unverzüglich auf den Weg nach München machte und beim Herzoglichen Bergamt in der Landeshauptstadt eine Audienz erwirkte. Dabei legte er Herrn Wilhelm ein Dekret vor – ob echt oder unecht, sei dahingestellt –, wonach ihm Kaiser Rudolf II. das alleinige Privileg verliehen habe, während der nächsten dreißig Jahre im ganzen Reich „die natürlich Steinkohl auf niederländisch Art zu reinigen und einzurichten, daß sie zum Kochen, Sieden, Backen, Braten, Stubenheizen, Kalch- und Ziegelbrennen tauge.“

Da machten sie in München große Augen. Was für ein Glücksfall müßte das sein, wenn man diesen Sachsen zusammen mit dem Augsburger Handelsherrn Hans Maier an einem Strang ziehen lassen könnte! Vor allem jetzt, wo man landauf, landab Kohlenschächte abteufen konnte, ohne wieder einen solchen Querschlag gewärtigen zu müssen, wie man ihn durch den Rottenbucher Propst erfahren hatte!

Man wies also den Sachsen an, sich mit dem Augsburger ins Benehmen zu setzen und so lang mit ihm zu verhandeln, bis sie beide einig wären und gewillt, sich den Abbau und Verkauf der starken bayerischen Flöze zu teilen. Als Pachtzins sei ein nach dem Verkaufspreis der Kohle errechneter „Zehent“ an das Bergamt zu zahlen.

Damit waren die beiden Männer aufeinander losgelassen.

Hatte nun der Sachse geglaubt, den etwas einschichtigen Schwaben im ersten Anlauf überrennen zu können, so hatte er sich getäuscht. Im Gegenteil, es begannen langwierige und zähe Verhandlungen, in deren Verlauf dem Sachsen wiederholt der Geduldsfaden zu reißen drohte. Weil er die hohe Qualität der inzwischen von Maier geförderten Kohle aus dem Peißenberg erkannte, ließ er nicht locker. Bis sie sich schließlich zu einer sogenannten letzten Besprechung beim Vilgertshofer trafen, wo Maier bei seinen jeweiligen Aufenthalten in Peißenberg Quartier zu nehmen pflegte.

Sagte der Stange: „Brauchst nicht zu glauben, ich könnt' mir meine Zeit stehlen, weil ich dir wieder und wieder nachgeritten bin! Heute ist Ultimo! Entweder wir einigen uns – oder du kannst mich am Arsch lecken!"

„Letzteres verbietet mir meine gute Erziehung!" erwiderte Hans Maier.

„Dann erklär' dich, aber endgültig!"

„Ob's endgültig ist, hängt weder von mir noch von dir ab!" sagte der Schwabe. „Aber 's ist meine vorläufige Erkenntnis!"

Der Sachse bestellte beim Vilgertshofer Trinele noch eine Kanne Etschländer, goß dem Maier ein und legte sich faul auf die Fensterbank: „'s kann losgehen!"

Maier nahm die Haltung eines Schulmeisters ein und sprach: „Zwei Punkte sind zu klären; erster Punkt: Bist du damit einverstanden, daß ich die kaufmännische Leitung unseres – vielleicht – gemeinsamen Unternehmens übernehme – und du übernimmst die technische?"

Stange überlegte: Klarer Fall! Er selber könnte ja nie den Verkauf der geförderten Kohle durchführen, wo doch der andere im süddeutschen Raum beheimatet war und das Gespür hatte, wie man mit den Kunden hierzulande umgehen mußte. Also sagte er: „Klarer Fall, Herr Lehrer!“

Maier fuhr fort: „Zweiter Punkt: Wenn es uns gelingt, die Stadt Augsburg für dein Kohle-Reinigungsverfahren zu gewinnen, betrachte ich unser Unternehmen als gegründet!“

Wie ein geölter Blitz stand Stange von der Fensterbank auf: „Also los! Nach Augsburg!“

Dann standen sie im großen Amtsraum des Rathauses der freien Reichsstadt vor den beiden Patrizierbrüdern Matthäus und Paulus Welser. Diese Männer hielten das wirtschaftliche Steuerruder der kaiserlichen Stadt fest in ihren Händen; ohne sie bewegte sich nichts.

Sagte Herr Matthäus zu Hans Maier: „Ihr habt uns eure Kohle schon einmal vorgelegt. Wir haben sie geprüft und als viel zu unsauber erkannt. Zum einen entwickelt sie höchst unangenehme Dämpfe, zum andern birgt sie viel zu viel taubes Gestein. Und zum dritten: Eure Frachten sind zu teuer. So bedauern wir, Euch unverrichteter Dinge wieder heimschikken zu müssen. Der Himmel behüt' Euch!“

Da war aber schon der Sachse mit einer Antwort da: „Erlaubt uns, edler Herr, Euch unsere neue, durch ein spezielles Verfahren gereinigte Kohle anzubieten; sie stinkt weder, noch führt sie taubes Gestein. So erwiese sie sich gereinigt nicht nur für die Gewerbetreibenden

Eurer berühmten Stadt – als da sind Schmiede, Färber und Bierbrauer – als nützlich: Sie wird den beachtlichen Bauaufwand Eures Gemeinwesens um den dritten Teil reduzieren."

„Wie dürfen wir das verstehen?" entgegnete Herr Paulus Welser. „Übrigens, seid Ihr nicht ein Lutherischer? Eure Sprache – so will mich dünken – verrät es!"

Devot erwiderte Georg Stange: „Haltet zu Gnaden, Herr, Ihr habt richtig vermutet. Doch seit Eurer vom Herrn Kaiser ergangenen, allseits beglückenden ‚Augsburger Konfession' dürfte sich mein Luthertum nicht auf unsere Kohle erstrecken. Verzeiht mir diese Replik, hoher Herr!"

Der Bruder Matthäus Welser unterbrach: „Redet weiter! Ihr habt von Einsparung beim städtischen Bauaufwand gesprochen; wie sollen wir nun das verstehen?"

„Wir versetzen Euch, hohe Herren, in die Lage", nahm Stange wieder auf, „Ziegel zu brennen – nicht mehr auf die herkömmliche sündteure Weise, sondern eben mit unserer gereinigten Kohle..."

„...und die Frachtkosten betreffend", fügte Hans Maier hinzu, „so werden wir fürder unsere Kohle-Frächter auf der alten Salzstraße nach Schongau lenken und das Frachtgut von dort durch Flöße auf dem Lech in Eure Stadt bringen. Das ergibt alles in allem eine Kostenminderung um den dritten Teil."

Erwiderte Herr Matthäus Welser: „Das hört

sich gut an! Wir werden Eure Angelegenheit vor den Hohen Rat der Stadt bringen – worauf ihr euch verlassen könnt."

Als Maier einen Monat darauf im Rathaus zu Augsburg abermals vorsprach, wurde ihm die Abnahme seiner Pechkohle aus dem Hohen Peißenberg zugesichert. Zugleich erklärte sich der hohe Rat der Stadt bereit, ihm zum Verfrachten dieser Kohle auf dem Lech von Schongau bis zum Ziegelbrennofen in Augsburg jährlich sechshundert bemannte Flöße zur Verfügung zu stellen.

Welch ein Triumph!

Sofort begannen sie, den Berg großzügig aufzuschließen und mehrere Stollen anzuschlagen. Überall in Bayern heuerten sie Hauer an, die man im Pfaffenwinkel „Kohlengräber" nannte. Aus einer Zeche im sächsischen Freiberg kam ein Steiger, aus dem böhmischen Kuttenberg ein Obersteiger. Und sogar der Berggeist war mit ihnen. Er war darauf bedacht, daß die Bewetterung in den Stollen, Strecken und Streben ausgeglichen durchzog, daß die Achsen der Hunte nicht überhitzt wurden und daß die Pumpen das Grubenwasser ordentlich absaugten. Die Männer bekamen ihn selten zu Gesicht, den Berggeist. Nur wenn einer leichtfertig fluchte, stand er mit seinem goldenen Gezähe plötzlich vor ihm und hielt ihm den „Frosch" ins Gesicht. Da war dann der Bösewicht dergestalt geblendet, daß er unverzüglich ausfahren und froh sein mußte, wenn ihm das Fluchen am End' nur zwei oder drei Feierschichten einbrachte.

In den Dörfern und Gehöften um und am Peißenberg kehrte ein rechtschaffener Wohlstand ein, denn mancher nachgeborene Bauernsohn verdiente auf der Zeche gute Kreuzer und beachtliche Gulden.

Dem Stoffelhof zu Schwaig war natürlich – wie der schwägerliche Herr Pfarrer Reismayer damals ausgerufen hatte – „großes Heil widerfahren". Konrad Lenker, der Bauer, hatte zwar den Berghang nach der Übernahme der Grundherrschaftsrechte durch den Herzog eingebüßt, war aber anderwärts durch Weideplätze reichlich entschädigt worden. Darum konnte er jetzt einen zweiten Viehhof anlegen. Die vielen zugezogenen Bergleute wollten essen und trinken – und das nicht schlecht! –, so daß die Milchwirtschaft einen nicht unerheblichen Gewinn abwarf.

Freilich war mit dem „Heil" auch die „Sünd'" auf dem Stoffelhofe eingezogen. Konrad hatte sich wegen des stets wachsenden Wohlstands immer mehr dem Weine und der böhmischen Gänsemagd Anuschka ergeben. Er hatte schließlich den Hof ganz verlassen und war zu ihr nach Peiting in eine dreckige Hütte gezogen, wo sie bei Tag und Nacht ihren Spaß miteinander hatten. Weil er ihr aber nach ein paar

Monaten nicht mehr genügte, geriet sie in die Hände eines Krovoten, der sie mit einer Malefranzenseuche ansteckte. Und sie wiederum steckte den Konrad an. Die ständige Sauferei tat dann noch ein übriges, so daß er schrecklich verendete.

Der Landhofmeister Graf Schwarzenberg kam darauf persönlich auf den Stoffelhof, um die Nachfolge zu regeln. Unterstützt durch ein kleines Entgegenkommen, verfügte er, daß Frau Lioba den Hof bis zur Großjährigkeit ihres Sohnes Christoph bewirtschaften solle, freilich unter Aufsicht; und er versprach ihr, diese Aufsicht periodisch selbst wahrnehmen zu wollen.

Damit war dem Gesetz – und anderen Bedürfnissen – Genüge getan. Und die Frau war froh, den stattlichen Hof nunmehr nach eigenem Ermessen führen zu können. Sie stellte einen Senner ein und war darauf bedacht, das Töchterlein Afra, wo immer nur möglich, in die Verwaltung einzubinden. Denn es war anzunehmen, daß das Mädchen einmal in einen Hof einheiraten, wenn nicht gar den Stoffelhof selbst übernehmen werde. Das alles stand in den Sternen geschrieben, weil ja noch Jahre vergehen würden, ehe Christoph seinen ruhenden Pol würde gefunden haben.

Der Klosterschüler

Wir sind in der Erzählung zeitlich etwas vorausgeeilt und haben dabei den Helden dieser Geschichte, Christoph Lenker von Schwaig, nicht mitkommen lassen. Er möge es uns nachsehen! Doch jetzt ist er am Zuge!

Wir hatten ihn am Weihnachtsfest 1580 im Kreis seiner Familie verlassen, zu dem Zeitpunkt, als sie ihm mitgeteilt hatten, daß ihm bis zum Beginn seiner Studien im Kloster Polling noch eine Stillhaltefrist von einem Jahr eingeräumt sei. Es ist verständlich, daß er sich der Tragweite dessen, was sie über ihn „verhängt" hatten, noch nicht bewußt war. Er lebte daher auch dieses Jahr seinen gewohnten Trott weiter: Viehhüten, Häckselschneiden, Holzhacken, Käse und Butter zum Milchjuden bringen, die Schwester tratzen, dem Herrn Onkel im Pfarrhof wöchentlich das übliche Stück G'selchtes zutragen und dafür sechsunddreißig Kreuzer in Empfang nehmen; und das Wichtigste: jeden Abend beim Gemeindevorsteher eine Maß Bier holen, weil der Vater nur dieses und kein anderes mochte.

Daß man sonntags in die Messe ging, verstand sich von selbst. Wenn nur die Predigt nicht gewesen wäre! Der Herr Onkel wollte und konnte kein Ende finden. Dabei schliefen die alten Weiber sowieso schon nach einer halben Stunde ein. Manche schnarchten sogar derart inbrünstig, daß der Herr Onkel gezwungen war, jeweils die Sakristeischlüssel mit auf die Kanzel zu nehmen, um im Bedarfsfall kräftig damit zu rasseln. Das zählte freilich nicht sonderlich viel, denn nach weiteren zehn Minuten Predigt wiederholte sich die alte Misere. Trotzdem wich der Herr Onkel von seinen „unaufhörlichen" Kanzelreden nicht ab.

Außer der Predigt behagte dem Christoph auch das Beichten nicht. Immer wieder das Gleiche: Ich habe gelogen, ich habe die Mutter geärgert, ich bin der Katze absichtlich auf den Schwanz getreten. Warum legt sich das blöde Viech auch immer auf die Haustürschwelle!

Freilich, der Mitterknecht hatte gemeint, das Beichten werde erst interessant, wenn's um die Unkeuschheit gehe. Da fange nämlich der Herr Pfarrer an, verdammt lustige Fragen zu stellen. Aber was soll das? Weißt eh nit, was das ist: Unkeuschheit! Und gefragt hat er mich auch noch nie! Und überhaupt: der Onkel weiß ja eh alles über mich ...

So waren die Tage des Knaben alles in allem schön ausgefüllt.

Nur das eine wollte ihm nicht behagen: die Altersgenossen machten mehr und mehr einen Bogen um ihn. Und wenn er den einen oder anderen daraufhin ansprach, so hieß die Antwort meistens: „Du bist ja was Besseres!" oder

„Du willst hoch 'naus!“ oder gar „Daß du dich nit schamst, daß du mit uns red'st!“ Ja, als er einmal der Minna von der Ammermühl helfen wollte, das Futterwagerl aus dem Graben zu ziehen, hatte ihn die saudumme Gans angefahren und gekeift: „Geh weg und mach' dir deine Herzoghanderl nit dreckig!“

Je weiter das Jahr voranschritt, desto häufiger mußte er solche unliebsamen Begegnungen erleben, so daß er am End' froh war, als der Allerheiligentag kam, an welchem er in Polling einzupassieren hatte.

Im Rennschlitten, den sich der Vater beim Forstamt ausgeliehen, fuhren sie an der Klosterpforte vor. Nach der Begrüßung durch den Bruder Pförtner luden sie ab. Da war zunächst die große Kiste voller Gewand und Wäsche; die Mutter hatte diese raren Sachen beim Juden in Weilheim um ein sündteures Geld erstanden. Christoph wußte nicht einmal selber, wann er das alles anziehen sollte, aber es hatte sein müssen.

Vor allem berührte es ihn jetzt peinlich, daß die neun Ritterlichen oben zu den Fenstern herausgafften und so den künftigen Inhalt seines Schrankes überprüfen konnten, der noch leer droben im Dormitorium – dem Schlafsaal – stand. Und er gewahrte auch, wie der eine oder andere blöd herabfeixte.

Feixt nit zu früh, dachte er; das Feixen könnt' euch noch gereuen!

Als sie alles abgeladen hatten, erschien der Herr Propst Jacob Schwarz an der Pforte und begrüßte sie. Da waren die Gaffer auf einmal von den Fenstern verschwunden. Aha, dachte sich Christoph, ihr feigen Hunde! Und ihr wollt Ritterliche sein? Ich glaub', ich muß euch – wie's unser Bader macht – noch einen Zahn brechen!

Mit dieser Erkenntnis hatte Christoph Lenker von Schwaig seine Selbstsicherheit wiedergewonnen, die ihn fortan während all der Jahre seines Verbleibens in der Klosterschule nicht mehr verließ.

Das Studienseminar in Polling war eine verkleinerte Ettaler Ritterakademie, mit dem Unterschied, daß dort die ganz großen Ritterlichen ihre Ausbildung erfuhren, während hier die mittleren und die – auch geistig gesehen – kleinen Aufnahme fanden.

Christoph Lenker hatte mit dem Vater seine Habseligkeiten vom Schlitten abgeladen und hinaufgebracht, wo der große leere Schrank vor seinem Bettgestell alles aufnahm. Hier sollte der herzogliche Protegé künftig mit den neun anderen Scholaren nach arbeitsreichen, anstrengenden Tagen die nächtliche Ruhe genießen. Die zehn Bettgestelle und die zehn Schränke standen – mit jeweils einem schmalen Zwischengang – in wohlgeordneter Reihe den Saal entlang. Christophs Bett berührte an einer Längsseite die kahle Wand. Keiner der künftigen Gefährten war im Saale; ein Präfekt hatte sie nach ihrer unziemlichen Fenstergafferei in den Studiersaal verwiesen, wo sie sich in silentio der Wiederholung lateinischer Vokabeln widmen sollten. Denn Latein – so hieß es im Haus – ist nicht so sehr eine Sprache als vielmehr eine Weltanschauung und darf nicht nur gelernt, sondern muß geistig und seelisch erlebt, erfühlt und genossen werden – so wie man einen guten Wein nicht bloß trinkt, um den Durst zu löschen, sondern um von ihm überwältigt zu werden.

Das waren sicherlich Erfahrungen der geistvollen Instruktoren, die aber an der harten Gehirnhaut der meisten Scholaren abprallten, als wären es Elfenbeinkugeln, die man an ein Brett aus Eichenholz wirft. Indes, so sagten sich die würdigen Chorherren der Pollinger Augustiner, es ist das Recht der Jugend, ab und an geistig vernagelt zu sein! Vieles wird sich ändern und vermehren; manches wird bleiben und sich verfestigen, wie es eben der Geist oder der Ungeist will...

Christoph war gerade damit beschäftigt, den ihm zugedachten Schrank ein wenig einzuräumen, so wie er's von den Schränken der Mutter her kannte, als mit einem Male die anderen Scholaren laut und leger daherkamen.

„Du bist also der Neue!“ sagte einer, der unter ihnen offenbar den Ton angab. „Ich bin Albert von Sprinzenstein; und wie heißt du?“

„Christoph Lenker! Komme vom Peißenberg.“

„Der Kutscher, der dich vorhin dahergefahren hat, ist doch ein Bauer! Habt ihr keine anständigen Kutscher?“

Christoph stockte einen Augenblick; dann erwiderte er etwas kleinlaut: „Das war kein Kutscher, sondern mein Vater.“

„Was? Dein Vater? Was ist dein Vater?“

„Du hast es richtig erkannt: Bauer!“

Da gröhlte der andere: „Freunde, habt ihr's gehört? Bauer ist sein Vater! Bauer! Dann, mein liebes Bäuerlein, wirst du mir jetzt jeden Tag die Schuhe putzen! Hast du verstanden? Die Schuhe putzen!“ Dabei gab er ihm mit dem abgewinkelten Zeigefinger einen Schlag an den Kopf.

„Das tut weh!“ sagte Christoph und nahm eine Abwehrstellung ein.

Der Sprinzensteiner feixte: „Was? Sehe ich recht? Du willst dich mit mir anlegen? Der Bauernlümmel mit mir?“ Und schon rannte er den um etwas kleineren Christoph an. Der jedoch wich geschickt aus, so daß der Sprinzensteiner am Fuße des Bettgestells hängen blieb, sich überstürzte und mit dem Gesicht geradeaus auf die Schrankkante fiel. Er schrie kurz auf, dann troff Blut aus seinem Mund – und als er hingriff, hatte er zwei Zähne in der Hand.

Den Schrei hatte einer der Instruktoren, Magister Columban, im Stiegenhaus gehört. Jetzt stand er kopfschüttelnd unter der Tür. Als er aber den blutenden Sprinzenstein sah, trat er schnell näher und fragte die Umstehenden, was es da gegeben habe.

Antwortete der kleine Savoyarde Minutius von Minuzzi: „Der Albert und der Neue da haben sich gehabt!“

„Stimmt nicht!“ erklärte Stephan von Gumppenberg. „Der Albert wollte eine Schlägerei anfangen; da ist ihm der Neue ausgewichen, und er selber ist übers Bett gestolpert und mit der Gosch'n an den Schrank geflogen!“

Der Magister, unschlüssig, wem er jetzt glauben solle, fragte das fast mädchenhaft zarte Herrlein Hans Schrenck von und zu Egmating: „Wie hast du das gesehen?“

„Ich habe nichts gesehen, Herr Columban!“ antwortete der, weil er sich's mit dem Sprinzenstein nicht verderben wollte.

Nun betrat auch der zweite Instruktor, Magister Cyrus, den Schlafsaal. Er packte den Sprinzensteiner und führte ihn hinab in die Krankenstube. Herr Columban aber wurde jetzt laut: „Seid ihr andern genau so feige wie der Schrenck? Und ihr wollt Ritterliche sein? Pfui Teufel!“

Jetzt kamen gleich zwei nach vorne. Sagte der eine, der junge Graf von Haßlang: „Es war nicht anders, als wie's der Stephan erklärt hat!“ Und der von Gilgen ergänzte: „Ganz genau so war's! Den Neuen trifft gar keine Schuld, weil ihn der Albert hat anlaufen lassen!"

Nun winkte Herr Columban dem Neuen und verließ mit ihm das Dormitorium. Unter der Tür rief er noch zurück: „Schrenck, geh an die Pforte! Wir brauchen einen Hausknecht, der hier Ordnung schafft!" Dann gingen sie in die gleich neben dem Saale liegende Kammer des Instruktors. Der sprach: „Es tut mir leid, daß du gleich in der ersten Stunde bei uns so was erlebst! Jetzt will ich aber von dir hören, wie sich's genau zugetragen hat. Verheimliche nichts, beschönige nichts, übertreib' nichts! Die Wahrheit und nichts als die Wahrheit!"

Christoph Lenker war von dem Erlebnis noch recht benommen, so daß ihm jetzt bei der milden und eindringlichen Redensart des Herrn Columban Tränen in die Augen traten. Dann berichtete er schlicht, wie sich alles zugetragen hatte.

Eine Woche darauf wurde der junge Sprinzensteiner von Polling abgeholt und kam nicht wieder zurück.

Zwei Jahrzehnte später machte er Karriere in München und erklomm in steilem Anstieg den Posten eines Obersten Herzoglichen Feldzeugmeisters, wurde auch fürstlicher Kriegsrat mit einer jährlichen Dotation von tausendfünfhundert Gulden, wie es in den Annalen zu lesen ist. Wie's zu diesem Zeitpunkt mit seinen Zähnen stand, melden die Annalen nicht...

Justina, die Rätselhafte

Die beiden Präzeptoren Columban und Cyrus hatten anfangs befürchtet, der junge Lenker könnte durch das böse Ereignis anläßlich seines Einstands einen seelischen Knacks erlitten haben. Sie waren darum jetzt sehr darauf bedacht, ihm das neue Leben abseits vom heimatlichen Herd kurzweilig zu gestalten, damit kein Heimweh aufkomme. Sie hatten auch die eingesessenen Scholaren angewiesen, ihn stets in ihre Gemeinschaft einzubeziehen, und stellten fest, daß sich da überhaupt keine Schwierigkeiten ergaben. Sie dankten Gott im stillen, daß der Sprinzensteiner, ein ewiger Querulant und Besserwisser, weg war.

Inzwischen begann der Lehrbetrieb. Magister Columban unterrichtete die Sprachen und die Historie; Magister Cyrus dagegen Mathematik, Physik und Erdkunde. Da erwies es sich nun bald, daß Christoph den letztgenannten Fächern viel mehr Freude abgewann als den klassischen, so daß Herr Cyrus bereits an Ostern seinem Propst berichten konnte, der kleine Lenker habe die anderen nahezu eingeholt, wiewohl diese schon ein Schuljahr hinter sich hatten. Auftragsgemäß meldete Herr Jacob Schwarz diese erfreuliche Tatsache nach

München an die herzogliche Hofkanzlei. Nach etlichen Tagen ritt ein Sonderkurier von dort ins Kloster Polling ein und überreichte dem Christoph Lenker mit den Glückwünschen des bayerischen Landesfürsten ein Lederbeutelchen, gefüllt mit zehn Dukaten aus Inn-Gold.

Um diese Zeit war es auch, daß ihm die Mutter durch einen Knecht den Tod und die Beerdigung seines Vaters mitteilen ließ. Sie ließ ihn auch wissen, daß sie im Herbst, wenn er auf Ferien nach Hause komme, eingehend erklären werde, weshalb sie ihn zur Beerdigung nicht heimgeholt habe. Christoph dachte sich dazu seinen Teil; denn daß zwischen seinen Eltern in der jüngsten Zeit harte Worte gefallen waren – namentlich dann, wenn der Vater wieder angetrunken gewesen war –, hatte er schmerzlich wahrgenommen. Sonst aber ging ihm des Vaters Tod weiters nicht nahe, zumal ihn der Schulbetrieb ganz beanspruchte – nun auch die lateinische Sprache.

Dann gingen die Jahre dahin, und Christoph Lenker glänzte im geistlichen Hause zu Polling gleichwie ein Fixstern. Sein Name wurde auch in Rottenbuch rühmlich genannt, so daß Propst Wolfgang manchmal bedauerte, den aufgeweckten Buben damals den Pollingern überlassen zu haben.

Er ging jetzt ins sechzehnte Lebensjahr und machte sich in stillen Stunden Gedanken über sein Zukunft. Beim letzten Besuch daheim kam er zufällig mit den beiden Betriebsleitern der Peißenberger Zeche ins Gespräch. Dabei sagte ihm Hans Maier gradaus ins Gesicht, ihm als Einheimischen bleibe gar nichts anderes übrig, als sich auf die Markscheiderei zu konzentrieren, denn im Peißenberg lagere noch Kohle für Jahrzehnte; sie müsse nur von einem geschickten Vermesser aufgeschlossen werden.

Dieser Vorschlag, dachte sich Christoph, ist nicht von der Hand zu weisen! Denn wenn mir auch der Stoffelhof zusteht – Bauer werde ich nie. Außerdem steht die Mutter in den besten Jahren. Sie hat den Hof nach Vaters Tod wieder hochgebracht. Da kann ich sie jetzt doch nicht einfach verdrängen! Und sollte sie wieder heiraten wollen, wird man einen gangbaren Weg finden.

In diesem Sinne hatte er soeben mit ihr geredet, und jetzt verabschiedete er sich. Unter der Tür raunte sie ihm noch zu, der junge August von der Schellhammermühl mache in jüngster Zeit der Afra den Hof. Er sei zwanzig, sie freilich erst knapp fünfzehn. Was er, Christoph, dazu meine.

„Mutter, da haben wir nit viel zu meinen, du nit und ich nit! Das Deandl ist gut beisammen, und die Schellhammerischen sind ehrsame Leut'. Und es scheint mir allweil besser, sie hat jetzt einen Festen, als wenn sie wie die Bachstelzen von Stein zu Stein hupft."

„Und wie steht's bei dir?" fragte Frau Lioba unvermittelt.

„Bei mir ist noch alles zappenduster!" antwortete er. „Wär' auch zu früh, wo ich noch lang nicht fertig bin. Zwei wichtige Sachen zu gleicher Zeit macht selten Freid!" Da schloß sie ihn in die Arme, was sie in den letzten Jahren nie getan hatte.

Er zog das Roß aus dem Stall und ritt davon, auf Polling zu.

Als er ins Holz hineinkam, hörte er hinter sich einen scharfen Reiter. Er wandte sich um; möglicherweise mußte er ausweichen, denn der Waldweg war schmal.

„Ja, was ist denn das: Justina!" rief er aus. „Woher kommst denn du noch so spät am Abend?"

„Ich war bei der Tant' in Schwarzenbach!" antwortete das recht kernige Mädchen, das mit der Mutter, der Frau Beschließerin, im Kloster Polling lebte. „Gottlob, daß ich dich getroffen hab'! Mir war schon Angst!"

„Geh, Justina, so eine wie du, die nimmt's doch mit jedem auf!"

„Mit einem schon, Christoph! Aber wann's mehrere sind? Was glaubst du, was es unter den Kohlengräbern für wüste Gesellen gibt! Da haben sie erst neulich einer Magd von Sankt Leonhard aufgelauert und ihr recht arg mitgespielt, ihrer acht oder neun. Jetzt liegt das arme Luder im Sterben. Und sie kann nit amal sagen, wies' ausg'schaugt haben; sind grad von der Schicht gekommen und war'n noch ganz schwarz im Gesicht. Stell dir vor, wenn mir so was passiert! Wie etwa jetzt, wo's schön langsam finster wird! I dank schön!"

Christoph Lenker war betroffen. Wie eine Wasserkunst war die fürchterliche Begebenheit aus der Justina herausgesprudelt.

„Ein anständig's Deandl begibt sich halt auch nit zu so später Stund' ins Holz!" sagte er mit einem leicht pädagogischen Akzent in der Stimme.

„Ihr Buam habt leicht reden!" sagte sie noch und ritt dann schweigend neben ihm.

Justina war bei den Scholaren bekannt wie ein bunter Hund, und doch galt sie ihnen als ein Rätsel. Tagein, tagaus begegneten sie ihr – zusammen mit der Mutter – auf Treppen und Gängen, winkten ihr wohl auch zu, doch keiner wußte, wie sie eigentlich hieß; jedenfalls hieß sie nicht wie ihre Mutter. Dazu kam, daß gemunkelt wurde, ihr Vater sei einer vom Adel gewesen. Das machte sie interessant. In den letzten Wochen hörte man sogar noch eine andere, eine ganz verrückte Version über ihre Herkunft: Ein ehemaliger Pfarrer, der zu den Lutherischen übergewechselt sei, vielleicht ein Mönch, möglicherweise sogar ein Augustiner

Chorherr von Rottenbuch, habe sich mit der jungen Bäuerin versündigt und sei Justinas Vater geworden. Er habe aber dann auf Befehl des hohen Salzburger Inquisitionstribunals die Bäuerin verlassen und bei Nacht und Nebel aus Bayern entweichen müssen... Kann man das glauben?

„Justina, weil wir jetzt grad so unter uns sind – bist du mir bös, wenn ich dich etwas frage?“ Christoph Lenker sprach's.

„Dir nit!“ erwiderte sie und hielt das Roß an.

„Warum mir nit? Du kennst mich doch nit!“

„Denkst du! – Gute sechs Jahr' kenn' ich dich schon, solang du halt in Polling bist, und seitdem von Jahr zu Jahr mehr!“

Sie sprach's, rutschte aus dem Sattel und stellte sich zu ihm hin.

Er ließ sich zu ihr hinab. Da schlang sie beide Arme um seinen Hals: „Und jetzt frag mich! Oder besser: Ich sag' dir alles – unter einer Bedingung: Solange ich leb', darf kein Wort davon über deine Lippen kommen! Versprichst du mir das?“

„Ich versprech dir's, Justina!“

„Dann werd' ich jetzt deinen Mund versiegeln!“ Sprach's und küßte ihn lange.

Sie haben dann die beiden Rösser verkoppelt, haben sich in eine Waldlichtung gesetzt – und sie hat ihm alles erzählt...

Es krähte schon da und dort auf den Einödhöfen ein geschäftiger Hahn, als Justina und Christoph Lenker in den Wirtschaftshof des Klosters einritten. Hier stand die Frau Beschließerin bereits vor der Tür, blaß wie eine Kalkwand. Sie sagte kein Wort. Sie nahm den beiden die Rösser ab und führte sie zum Stallbau, wo ein Knecht sie schmunzelnd am Zügel packte und abschirrte.

Schlag fünf Uhr läutete im Seminartrakt die Glocke und rief die Scholaren zu neuen Taten auf. Als der Präfekt durch das Dormitorium ging, zu sehen, ob alle sich erhoben hätten, sah er Christoph angekleidet vor seinem unberührten Bett stehen; Hunger und eine übers Ohr gehauene Nacht leuchteten aus seinem blassen Gesicht.

„Lenker, nach dem Frühstück zu den Herrn Instruktoren!“ Er sprach's und verließ den Schlafsaal.

„Christoph, das war heut' Nacht eine Aufregung!“ – „Christoph, wo bist du denn gewesen?“ – „Christoph, wir haben eine nächtliche Gebetsstunde für dich halten müssen!“ – „Christoph, bist aber nicht überfallen worden?“ – „Christoph, dank unserm Herrgott, daß der Jacob nicht da ist!“ – „Christoph, du schaust aus wie besoffen; habt ihr bei deinen Leuten ein Fest gefeiert?“ – „Christoph, wenn's der Jakob in die Nase kriegt, der schmeißt dich ärschlings naus!“ – „Christoph, Christoph!“ ... Eine Frage der Mitstreiter jagte die andere.

Von halb sechs bis halb sieben: morgendliche Studierzeit; anschließend Gottesdienst in der Hauskapelle; dann Frühstück, Bettenmachen und letzte Vorbereitungen auf den Unterricht.

Sieben Uhr zwanzig stand Christoph Lenker vor dem Arbeitsraum der Herren Präzeptoren. Er klopfte an die schwere Eichentür und trat ein. Sie saßen da wie zwei indische Buddha-Gestalten. Sie deuteten auf einen Stuhl jenseits eines ausladenden Konferenztisches. Er setzte sich.

Magister Cyrus begann: „Was geschah in der vergangenen Nacht zwischen dir und Justina?"

Magister Columban setzte hinzu: „Christoph Lenker, du bist klug genug, das Wesentliche vom Sekundären zu unterscheiden. Faß dich kurz! Uns interessiert nur das Wesentliche!"

Christoph besann sich ein Weilchen, dann sprach er: „Würdige Herren, ich will nicht um euer Wohlwollen bitten. Diese Nacht hat mir eine schicksalhafte Erkenntnis gebracht, eine Erkenntnis, gegen die ich mich nicht wehren konnte: Ich gehöre Justina, Justina gehört mir, wir gehören zusammen – nicht heut' und nicht morgen, sondern nach Jahren, sobald meine Ausbildung abgeschlossen ist – wofern ich sie überhaupt abschließen darf. Ecce, das Wesentliche!"

Mit einem Blick auf den Kollegen erwiderte Cyrus: „Christoph, begib dich zu den anderen!"

Der junge Mann verbeugte sich vor den beiden Herren und ging.

Dann wandte sich Cyrus an Herrn Columban: „Das Erlebnis dieser Nacht war für ihn eine Explosion, ein brutaler Übergang vom Knaben zum Mann. Sein Seelenzustand ist ernst. Jetzt braucht er Schutzengel, keine Richter! Wir müssen die beiden jungen Menschen voreinander schützen!"

Columban erwiderte: „Darum keine Meldung nach oben: weder nach München, noch nach Peißenberg, noch in die Propstei!"

Mit einem festen Händedruck verließen sie ihr Refugium und begannen im anderen Trakt den Unterricht.

Der Tag verging wie jeder andere.

Am Abend frage Columban den Kollegen: „Was kann mit Justina geschehen? Verlieren wir sie, verlieren wir ihre Mutter; die aber dürfen wir nicht verlieren!"

Cyrus nickte vieldeutig und erwiderte: „Wir müssen auf ein göttliches Walten vertrauen. Heißt es doch: ‚Ohne mich könnt ihr nichts tun!'"

„Wie wollen wir sie voreinander schützen?" fragte Columban. „Denn ich glaube nicht, daß wir die Hände in den Schoß legen und warten dürfen, bis der liebe Herrgott dazwischengeht."

„Halt mich jetzt bitte nicht für töricht", entgegnete der andere, „wenn ich zu einer völlig neuen Strategie rate! Daß wir nämlich nun auch Justina ins Geschirr hängen! Das Mädchen schwirrt hier herum und hat nichts zu tun, weil ihr die Mutter alle Wege ebnet aus lauter Verliebtheit. Und weil Justina schon frühreif ist, kommen ihr in der Untätigkeit die blödesten Gedanken. Reißen wir sie aber von Christoph los, wird sie möglicherweise rabiat, und die letzten Dinge sind ärger als die ersten. Wie wär's, wenn wir versuchten, sie in den Rechnungshof zu bringen, denn dumm ist sie nicht. So hätte sie das Gefühl und Bewußtsein, der Mann, ihr Abgott, ist da, nur hat er – weil er emsig arbeitet – noch keine Zeit für sie. Und wenn dann auch sie, vom Ehrgeiz gepackt, sich Mühe gäbe, seine Strebsamkeit nachzuahmen und ihrem Aufgabenbereich mit gleicher Energie gerecht zu werden, könnt' – und das ist meine gesicherte Überzeugung – dem Drängen des jungen Blutes zumindest ein Hemmschuh angelegt werden. Das wäre schon viel!"

„Justina könnte an seinem Beispiel mitwachsen – ein bestechender Gedanke! Fragt sich bloß, ob der hochwürdigste Herr Propst mitzieht."

„Nach meinem Dafürhalten wird er mitziehen müssen! Ihm muß doch alles recht sein, was Mutter und Tochter im Haus festhält. Hat aber Christoph sein Studium beendet, wird er gehen; dann wird auch die Tochter die Flügel breiten und – auf und davon, ihm nach!"

Cyrus sprach mit triumphaler Gebärde.

Indes, die gelehrten Herren hatten die Rechnung ohne den Wirt, will sagen, ohne den Tanzmeister gemacht. Der war nämlich von der Lateinschule des adeligen Benediktinerstifts Kempten im Allgäu gekommen: ein junger, welscher Herr, Paolo Persaglieri, den der dortige Fürstabt dem Propste von Polling für sein Seminar empfohlen hatte. Dem alten Herrn Gottfried von Obernberg, einem Evangelischen, war der Tanzunterricht schon lange schwergefallen. Jetzt hatte er – wie sie sagten – das Handtuch geworfen. Doch hatte er's wohl werfen müssen, denn seine Tanzschritte dienten den Scholaren bereits zum Gespött. Der neue Herr dagegen, formvollendet und geschmeidig wie ein Windspiel, begeisterte die jungen Herren von der ersten Stunde an. Als er dann erfuhr, sie hätten die Figuren stets bloß miteinander – Mann mit Mann – üben müssen, hätten auch noch nie eine Signorina aufgeführt, war er zum ehrwürdigen Propst gegangen und hatte entrüstet sein Amt zur Verfügung gestellt. Herr Jacob Schwarz wollte nun freilich nicht als Hinterwäldler gelten: Er hatte ihm pro Jahr zwei Tanzverlustierungen genehmigt, zu welchen die Herren Scholaren entweder leibliche Schwestern oder Mädchen aus besseren Häusern im Umfeld einladen durften.

Jetzt stand kalendermäßig wieder einer jener zwei heißersehnten Termine an. Die verzückten Dirnlein, schüchtern und doch begierig zugleich, trafen mit der Maman, dem hochgemuten Herrn Baron oder Grafen, wenn nicht gar mit der schon etwas gichtbrüchigen großväterlichen Exzellenz im Augustiner-Chorherrenstift ein. Der inzwischen von einer längeren Reise zurückgekehrte Propst Jacob Schwarz begrüßte sie würdig, geleitete sie in das Refektorium, den Speisesaal, und ließ sie ansehnlich bewirten; hatte er doch inzwischen erkannt, daß diese Verlustierung für sein Seminar sehr werbewirksam war.

Die Verlustierung

Paolo Persaglieri, das Haupthaar aufgeplustert wie eine Löwenmähne, scharte die neun Scholaren noch einmal um sich und trichterte ihnen – Gott weiß, zum wievielten Male! – die Schritte, Wendungen und Verbeugungen ein, die beim Kontertanz zu beachten seien. Ebenso die Handküßchen, die man „je nach innerer Empfindung", doch stets maßvoll zu verschenken habe. Der Tanz sei eben eine Kunst und der sinnhafte Ausdruck einer seelischen Bewegung, nicht aber das unterschwellige Austoben erotischer Begierden. Weil er ihnen das Abendessen verboten hatte, erlaubte er ein Gläschen Falerner, damit sie die anhaftende Scheu verlören. Dieser Wein habe schon im klassischen Rom die Herzen der Tempeljungfrauen beflügelt und ihnen jene Strahlkraft verliehen, derzufolge sie sogar zu Deuterinnen der Zukunft geworden seien.

Christoph Lenker dachte sich: Wär schon alles gut und recht mit der Zukunft! Ich bräuchte eher einen Trunk, der mir hilft, die Gegenwart zu meistern! Doch lassen wir uns jetzt durch den Falerner der Tempeltänzerinnen beleben!

Dann hatten die Gäste mit ihren Töchtern oder Enkelinnen die schönen Gaben des Hauses genossen, und Persaglieri ließ die Glocke zum Einzug in den festlichen Kaisersaal ertönen.

Jetzt schieden sich die Alten von den Jungen.

Die Alten, geleitet von den Herren Augustinern, betraten als erste den Saal und gaben ihrer echten Bewunderung Ausdruck. Die Jungen übernahm der Tanzmeister und führte sie zu den Scholaren. Wahllos, wie sie eben dastanden, ordnete er sie einander zu und versäumte dabei nicht, beide Seiten um die korrekte Haltung beim Partnerwechsel zu bitten; denn beim Tanz sei es wie im Leben: Beim Partnerwechsel entscheide oft der erste Eindruck über den Fortgang der Zweisamkeit! Die wenigsten der jungen Leute verstanden diesen moralischen Fingerzeig, sondern kümmerten sich jetzt nur um den zugewiesenen Partner, das will heißen, sie schauten aus den Augenwinkeln zu ihm hin, zu prüfen, wie er aussehe im Gesicht und ob er eine gute Figur habe.

Christoph Lenker stand neben Irenäa Schrenckin von und zu Egmating. Das Edelfräulein, noch viel zarter als ihr Bruder, war noch so unbescholten naiv, daß sie den Scholaren anlächelte, als hätte sie mit ihm schon Ziegen gehütet, so daß er – noch ehe der Tanz begonnen hatte – ihr ein Küßchen auf die feingliedrige Hand drückte. Die Kleine fand das so entzückend, daß sie sich auf die Zehenspitzen stellte und die freundliche Geste auf seiner Wange erwiderte.

Der Tanzmeister hatte das gesehen, trat zu den beiden hin und flüsterte: „Noch nicht!“

Dann aber war es soweit. Paolo Persaglieri ergriff seinen silberbeknauften Stock und ließ die Zweiflügeltür zum Kaisersaal öffnen. Er stampfte auf den Boden, und auf der Empore des Saales fingen die sieben Musikanten, vier Fahrende und drei Pfeifer aus Weilheim, mit einer frischen, schreitenden Weise an. Und die neun Paare zogen ein, vom Jubel der Herrschaften, Mönche und Patrizier begleitet, mit strahlenden Gesichtern, die Mädchen mit hochroten Wangen.

Als sie den Saal einmal umrundet hatten, formierten sie sich zu jeweils zwei Paaren, das neunte und letzte Paar vorne beim Tanzmeister: und das waren die Schrenckin zu Egmating und der Christoph Lenker vom Peißenberg.

Paolo erhob den Stab, stampfte wieder auf den Boden und winkte zur Empore hinauf. Die Weilheimer Pfeifer begannen eine beschwingte Weise des Kontertanzes. Auf ein weiteres Zeichen bewegten sich nun die Tanzpaare einzeln gegeneinander, verbeugten sich nach hierhin und dorthin und lächelten sich an. Die eine oder andere dieser höheren Töchter mochte erst am Anfang ihrer tanzenden Kunstbetätigung stehen; sie gaben sich so in sich gekehrt, daß der unbefangene Zuschauer meinen mußte, sie seien in meditativer Andacht versunken. Das machte sie schön und entlockte mancher gestandenen Frau Maman ein glitzerndes Tränenpaar. So zollte denn auch die Corona der Mönche der mit einiger Eleganz vollbrachten Tat einen wohlmeinenden Beifall.

Die Dämchen huschten gleich zu denen hin, die als Hüterinnen oder Hüter ihrer Tugend mitgekommen waren, und es gab ein erregtes Geschnatter auf der langen Bank entlang der Wände. Die Scholaren dagegen folgten ihrem Meister. Er versäumte nicht, seine welsche Begeisterung zu versprühen, empfahl sich dann aber für ein Weilchen.

Weil Christoph den gleichen Grund verspürte, sich zu empfehlen, folgte er bald nach. Er trat ins Freie, zog tief die kühle Nachtluft ein und – wollte seinen Augen nicht trauen. Da glaubte er doch tatsächlich hinter einem Boschen Justina zu sehen, mit dem Tanzmeister eng verflochten. Es war ihm peinlich. Darum rannte er sogleich ein Stück an der Hausmauer entlang und betrat durch eine Nebentür den Saalbau.

Er wischte sich ein paarmal über die Augen. Er konnte oder wollte einfach nicht fassen, recht gesehen zu haben. Dann aber ermannte er sich, ging wieder auf den Weg hinaus und kehrte zurück. Jetzt gewann er die volle Gewißheit, denn soeben verabschiedete sich drüben beim Eingangstor zum Wirtschaftstrakt der welsche Geselle mit einer inbrünstigen Umarmung von dem Mädchen – und ihre Mutter stand daneben unterm Türstock...

Er kam wieder zu den Kameraden, und gleich hinter ihm trat auch der Tanzmeister ein. Seine Erregung war kaum zu verkennen. Er entschuldigte sich kurz und erläuterte sogleich einige gefährliche Schrittbewegungen bei dem folgenden Menuett.

Dann war es wieder soweit. Die Töchter hatten aus den aufgestellten Schalen einige Süßigkeiten genascht; die Scholaren ihrerseits tranken ein Gläschen Falerner, und Paolo Persaglieri öffnete die Flügeltür. Wie wenn die Bäuerin Hühnerfutter ausstreut, so flatterten jetzt die Mädchen herbei und gesellten sich zu ihren Partnern. Er sagte ihnen viele schmeichelhafte Worte – wiewohl in gebrochenem Deutsch –, machte allerlei Verbeugungen und Kratzfüße vor ihnen, was sie sichtlich genossen, und führte sie dann wieder den Scholaren zu. Auf beiden Seiten war jetzt alle Steifheit gebrochen; man unterhielt sich, als kenne man sich schon lange.

Irenäa Schrenckin besaß ein feines Gespür

für seelische Regungen anderer. So erkannte sie sofort den Aufruhr in Christophs Herzen.

„Du bist auf einmal so anders als zuvor!" sagte sie. „Was ist mit dir? Kannst du darüber reden? Ich werde schweigen wie ein Grab!"

Er streichelte ihr sanft die Wange und erwiderte: „Du bist lieb, Irenäa, aber ich kann nicht – noch nicht! Vielleicht begegnen wir uns wieder."

„Vielleicht, sagst du? Ich meine, ganz gewiß in einem halben Jahr – zu Fasching!"

„Hoffen wir's!" sagte er.

Da stieß der Persaglieri wieder mit seinem Stab auf den Boden – und die Musikanten spielten ein graziöses Menuett. Die Paare schritten in den Saal. Darauf vollzog sich alles wie zuvor, nur ließ Christoph Lenker seine Partnerin plötzlich stehen und eilte schnell zur Tür hinaus. An der Mönchstafel erhob sich sofort der Präzeptor Cyrus und ging ihm nach.

Es ist schwer nachzuzeichnen, was die zwei miteinander besprochen haben mögen. Sicher hat Christoph dem Lehrmeister von seiner Wahrnehmung erzählt, hat ihm sicherlich auch erklärt, daß sich mit dieser Wahrnehmung in seinem Gemüt der Anfang eines Heilungsvorgangs abzuzeichnen beginne. Und schon einige Wochen später erkannten die Magistri mit Genugtuung eine starke Aufwärtsbewegung seiner Schaffenskraft.

In dieser Zeit auch berichtete er Herrn Cyrus den Inhalt jenes damaligen Gesprächs mit Hans Maier, dem einen der Betriebsleiter auf der Zeche, wobei der ihm geradeaus ins Gesicht gesagt habe, er möge seine Ausbildung auf den Posten eines Markscheiders hinorientieren. Der Magister pflichtete dieser Meinung bei und meinte zudem, daß der Herzog an dieser Berufswahl ein nicht geringes Wohlgefallen haben werde. Wenn Christoph damit einverstanden sei, werde er, Cyrus, beim nächsten Jahresbericht diesen erfreulichen Entschluß nach München mitberichten.

Ein mulmiges Gefühl erfaßte den jungen Mann, sooft er irgendwo im Klosterbereich oder auf der Gasse Justina begegnete. Er grüßte sie jedoch. Weil sie ihm aber wiederholt keine Antwort gab, betrachtete auch er bald seinerseits die einstige Beziehung als abgebrochen und schämte sich vor sich selber. Monate später wich auch diese Scham, und er hatte die Freiheit seines Herzens zurückgewonnen.

Am dritten Sonntag nach Pfingsten hing an der Kirchentür zu Peißenberg dieses Aufgebot: „Der ehrenfest Jüngling Augustus von der Schellhammermühl, christkatholischen Glaubens, ehelicher Geburt, dreiundzwanzig Jahre alt, und die tugendreiche Jungfer Afra Lenkerin vom Stoffelhof zu Unterschwaig, christkatholischen

Glaubens, ehelicher Geburt, siebzehn Jahre alt, haben sich mit der Gnade Gottes entschlossen, in drei Wochen den Bund fürs Leben einzugehen. Sollte jemand ein Hindernis gegen diese Eheschließung bekannt sein, ist er verpflichtet, solches beim hiesigen Pfarramte zu melden."

Es wurde kein Ehehindernis gemeldet; denn selbst wenn einem ein solches bekannt gewesen wäre – wer hätte es gewagt, gegen diese beiden ehrenfesten und tugendreichen Familien anzugehen?

Frau Lioba hatte – zusammen mit ihren Leuten – den Hof herausgeputzt, als hätten sie ihn eben erst einem Schachterl entnommen. Da war kein Strohhälmchen zu sehen, und kein Milchkübel hing am Zaun des Wurzgartens. Im Wurzgarten selbst hatten sie die Beete von jeglichem Unkraut befreit; hatten auch die Rosenbüsche, die freilich für die Brautkammer geplündert worden waren, sauber aufgebunden. Wochen vorher waren die Anstreicher dagewesen und hatten das Haupthaus außen und innen auf Hochglanz gebracht.

Jetzt wurden eine Milchkuh und zwei prächtige Kalbinnen gestriegelt und gebürstet. Sie sollten den Kammerwagen begleiten, auf dem die mit Wäsche jeglicher Art üppig gefüllten Schränke mit offenen Türen sachte auf der Dorfstraße dahinpoltern würden. Und im Glaskasten in der Stube lagen die fünfhundert Gulden bare Mitgift zur Übergabe an den Bräutigam bereit.

„Ja, ja!“ sagte Christoph, der von Polling gekommen war, launig zu den Dirnlein in seiner Nähe. „Der Auszug heiratender Hoftöchter gleicht den Raubzügen der Ungarn vor fünfhundert Jahren!“

„Und wann wirst du's packen – oder besser – welche wirst du packen?“ wollte ein junger Sohn des Cunz-Müllers wissen, der mit seinen Eltern gekommen war.

Ihm fiel eine von den schönen Töchtern des Matthäus Stadler ins Wort und meinte: „Ihr werds doch nit glauben, daß der Christophl eine von Peißenberg heirat't! Der is a G'studierter! Die heirat'n doch allweil bloß unter sich!“

„Und wenn ich dir jetz' a Busserl gib',“ erwiderte Christoph, „damit du dei' saubers Goscherl hältst?“

„Her damit!“ antwortete die, und schon hing sie an seinen Lippen.

Mittlerweile hatten sich auch die zwei Männer der „Kirchenwacht“ eingefunden. Diese von der Gemeinde bestellten Beamten waren verpflichtet, während eines vielbesuchten Gottesdienstes Straßen und Höfe vor zwielichtigem Gesindel zu schützen.

Nun stellten sich die fast hundert Gäste nach Weisung des Hochzeitsladers einer ungeschriebenen, aber peinlich gehüteten Gangordnung nach zusammen und zogen mit dem Brautpaar in die Pfarrkirche Sankt Johann. Es traute sie der neue Pfarrer Kirchberger, denn Herrn Reismayer hatte der Propst von Polling zurückgerufen, weil er für ein höheres Amt in Dießen vorgesehen war.

Frau Lioba, welcher der hochwürdige Herr Bruder periodisch immer wieder die Hölle heiß gemacht hatte, bedauerte diesen Wechsel nicht. Im Gegenteil, die wollte bei ihren achtunddreißig Jahren noch eine zweite Jugend erleben.

Inzwischen hatten die beiden Beamten der „Kirchenwacht" die ihnen von Frau Lioba hingestellte hochzeitliche Brotzeit verzehrt, dabei auch von dem Etschländer getrunken, den sie in einer Kanne für sie vorgesehen hatte. Sie wollte ihren Hof ja nicht bloß für die Dauer der Trauungszeremonie, sondern vor allem danach und bis in die Nacht hinein behütet wissen; da würde sich ja die gesamte Hochzeitsgesellschaft in der Wirtschaft und am Tanzboden aufhalten.

Der Peitinger Gänsemagd Anuschka, die jetzt mit einem Kohlengräber zusammenlebte, war durch das kirchliche Aufgebot kund geworden, was sich auf dem Stoffelhof tun sollte. Ein paar Tage vor der Hochzeit hatte sie ihren Gefährten darauf hingewiesen und zu einer mannhaften Tat aufgefordert. Beide witterten einen großen Erfolg.

Sie begaben sich also kurz vor Sonnenuntergang nach Hinterschwaig und verbargen sich in Lenkers Feldstadel. Die Nacht zog auf, und sie pirschten sich an den Hof heran. Es war ihnen bewußt, daß für diese Nacht Wächter gedungen sein könnten. Die Böhmin, die an dergleichen Unternehmungen gewöhnt zu sein schien, tastete sich bis an die Fenster des Haupthauses vor und gewahrte, daß die vermuteten Männer sich in der Kuchl im eigenen Dreck wälzten, Verwünschungen ausstießen, sich wieder und wieder aus der Kanne bedienten und am Ende einschliefen.

Leise pfiff sie ihrem Gesellen. Dann zündeten sie je ein Windlicht an und durchstreiften auf verschiedenen Wegen und mit verschiedenen Wünschen das gesamte Haus. Sie schoben in ihre Taschen, was nur Platz fand, und verließen dann den Hof auf demselben Wege, auf dem sie gekommen waren.

Da wollte es aber ihr Mißgeschick, daß der Großknecht um die Ecke bog; er wollte pflichtgemäß in den Ställen nachschauen. Er sah die beiden, packte den Kohlengräber, während das Weib in die Scheune hinter einen Strohhaufen flüchtete. Dabei stolperte sie und verlor das Licht, das sie unter die Schürze geschoben hatte. Innerhalb weniger Minuten loderte das Stroh auf. Der Knecht aber rang mit dem anderen. Beide und auch Anuschka begannen zu schreien, so daß die Männer der „Kirchenwacht" auffuhren und torkelnd aus der Kuchl herauskamen.

Da züngelten aber auch schon ein paar Flämmchen durch das schindelgedeckte Scheunendach und hüpften aufs Wohnhaus hinüber. Die beiden Ringer ließen voneinander ab. Der Großknecht blutete aus der Nase. Die langsam erwachenden Wächter gafften. Der Kohlenmensch rannte mit der Magd davon, in die Richtung Peiting. Weil aber der Brand inzwischen das Umfeld erhellte, sahen verschiedene heimwärts wallende Hochzeitsgäste die zwei Rennenden. Ein paar flinke jüngere Männer jagten ihnen nach und stellten sie. Bald waren auch die Schergen zur Stelle. Mit Eifer verbleuten sie jetzt den Gesellen und die Gänsemagd – zuerst ihn, darauf sie, und fingen dann wieder von vorne an, denn sie hatten schon lange keine derartige Amtshandlung durchführen müssen.

Der Stoffelhof aber brannte in jener Nacht nieder bis auf die Mauern.

Fronleichnam

Mit dem niedergebrannten Stoffelhof drohte jetzt noch eine Reihe weiterer Existenzen zu Grunde zu gehen. Das waren zuerst die beiden Unternehmer Maier und Stange. Nicht, als ob die Peißenberger Zeche keinen Gewinn abgeworfen hätte, im Gegenteil. Doch die Lebenshaltung der Herren war zu aufwendig gewesen; und jetzt standen sie schon fast vor dem Ruin. Da hatte sich schließlich Hans Maier zu dem Entschluß durchgerungen, Frau Lioba vom

Stoffelhof um ein Darlehen zu bitten – und jetzt war auch sie ruiniert.

Damit standen die Kohlengräber vor dem Nichts, ebenso die Frächter, die Lechflößer, und selbst viele der Augsburger Ziegelbrenner. Und Maier verlor den Mut.

Nicht so sein Teilhaber Georg Stange. Der rührige Sachse besaß zwar auch keine Finanzquellen, aber ein paar brauchbare Ideen. Er hatte in der Nähe von Peiting ein weiteres Kohlenflöz entdeckt und beeilte sich, es auffahren zu lassen. „Denn", so argumentierte er seinem Kumpan gegenüber, „die Kohle dort ist ebenso gut wie die Peißenberger; was aber den Ausschlag gibt, ist die Tatsache, daß sie näher am Lech liegt. Damit wird uns eine beachtliche Summe an Frachtkosten erspart. Wenn es dir gelingt, in Augsburg ein kleines Darlehen zu erwirken, wären wir aus dem Schneider und könnten sogar noch einen weiteren ‚Schlag ins Kontor' führen, worüber ich dir nach deiner Rückkehr von den Herren Welser berichten werde."

„Das ist ein Krampf!" entgegnete der andere. „Wenn ich schon das Geld beschaffen soll, dann gib mir doch wenigstens deine Argumente mit!"

„Das wäre das Ungeschickteste, was ich in unserer gegenwärtigen Lage tun könnte!"

Mit dieser wenig tröstlichen Antwort begab sich Hans Maier nach Augsburg. Er legte vor den Ratsherren dar, alle bisherigen bergtechnischen Erfahrungen hätten gezeigt, daß sich die Wirtschaftlichkeit großer Kohlevorkommen immer erst im Laufe der Zeit erwiesen habe. Die ersten Jahre seien zwangsläufig mit zuviel Kleinarbeit und Nebentätigkeiten belastet, die nichts einbrächten, aber Kosten verursachten. Er bitte daher den Hohen Rat der Stadt noch um Geduld und um ein Darlehen von hundertfünfzig Gulden. Denn es seien ihm schon etliche Kohlengräber davongelaufen, weil er ihnen den Lohn nicht habe auszahlen können. Und nicht bloß das! Viele hätten in ihrem Unmut die Drohung geäußert, sie würden die Schachtpumpen zertrümmern und die ganze Zeche ersaufen lassen.

Hohe Herren einer kaiserlichen Reichsstadt müssen auch kaiserlich denken. Und die Welser dachten so! Das Darlehen wurde genehmigt und Maier kehrte damit beglückt heim.

Hier eröffnete ihm nun Georg Stange, er habe in den herzoglichen Forsten am Peißenberg ergiebige Kalklager entdeckt und beabsichtige – natürlich mit der Bewilligung Münchens – einen Kalkofen zu bauen: „Dann haben wir den eigenen Kalk und die eigene Kohle vor dem Ofentürl und können brennen nach Herzenslust. Dann liefern wir auch noch den gebrannten Kalk nach Augsburg, und zwar mit erheblichem Gewinn!“

Maier begrüßte diese neue Geldquelle, und gemeinsam reisten sie nach München ans herzogliche Bergamt. Auch diese Herren zeigten sich geneigt, das neue Unternehmen zu fördern, verlangten jedoch wegen der Gefahr von

Waldbränden eine Kaution von zweitausend Talern – die freilich bis auf weiteres gestundet werden sollten.

Beim Verlassen des Bergamtes quittierte Stange seinem Partner diesen neuen Erfolg mit dem Wort: „Mensch Maier, die Not ist verreckt!“ Und sogleich begann er mit dem Bau des Kalkofens.

Darüber vergingen Monate.

In dieser Zeit wurden sich die Mitglieder der Familie Lenker, die durch die Vernichtung ihres Hofes schwer getroffen waren, so weit schlüssig, daß man von einem Wiederaufbau des Anwesens zunächst absehen sollte; einmal wegen nicht greifbarer finanzieller Mittel, zum andern, weil eine dringende Notwendigkeit nicht gegeben war. Frau Lioba zog zu ihrer eben erst verheirateten Tochter in die Schellhammermühl, wo sie gern aufgenommen wurde, und Christoph hatte noch einige Studienjahre vor sich.

Gerade er nahm den Verlust am leichtesten hin. Für ihn war schon seit langem festgestanden, niemals Bauer zu werden. Er bedauerte bloß seine Mutter, weil sie dem Hof eine neue, gediegene wirtschaftliche Grundlage gegeben hatte, durch die sie zu voller Selbständigkeit gelangt wäre und möglicherweise bei Wiederverheiratung einen würdigeren Lebensgefährten hätte gewinnen können. Jetzt aber würde sich kein ordentlicher Mann etwas aus ihr machen – und für unordentliche mußte sie sich zu schade sein. Zu letzteren zählte Christoph auch den alten, widerlichen Landhofmeister Ottheinrich Graf von Schwarzenberg. Sooft er ihn auf dem Hofe angetroffen hatte, war unüberwindlicher Ekel in ihm aufgestiegen, so daß er sich zurückziehen mußte, um nicht Gefahr zu laufen, sich im Tonfall zu vergreifen; denn damit hätte er der Mutter und sich selbst einen schlechten Dienst erwiesen. Doch jetzt kam der Mann nicht mehr; offenbar fürchtete er, die Mutter könnte ihn mit finanziellen Problemen behelligen.

Die wohlwollenden Präzeptoren rieten dem jungen Studiosus, noch für einige Semester die Universität der Jesuiten in Ingolstadt aufzusuchen; dies nicht zuletzt deshalb, weil dort gerade der Sohn seines großherzoglichen Gönners, Prinz Maximilian, die gleiche Schulbank drückte.

Christoph Lenker reiste also dorthin.

Anfangs hatte er vor dem Fürstensohne gewaltigen Respekt. Als er aber sah, daß der bei allem Studieneifer ein flottes Leben führte – die geistlichen Väter rügten ihn sogar einmal „propter actus et excessus nocturnos" – wegen nächtlicher Umtriebe und Ausschreitungen –, verlor er diese Hochachtung. Er begegnete ihm wie jedem anderen Kommilitonen. Einmal kamen sie miteinander kurz ins Gespräch, weil der Herzogssohn von ihm wissen wollte, warum er sich mit dem Studium der Markscheiderei befasse. Christoph klärte ihn auf, versäumte auch nicht zu erwähnen, daß der herzogliche Vater sein Gönner sei. Darauf soll Maximilian gesagt haben: „Glück auf! Wir sehen uns wieder!"

Aus diesem Wiedersehen wurde jedoch zunächst nichts, weil Herzog Wilhelm seinen Sohn als Mitregenten nach München heimholte.

Wenn man den zeitgenössischen Chronisten glauben darf, stand hinter der Heimberufung des Prinzen nicht so sehr die Absicht, ihn zu erhöhen, als vielmehr die finanzielle Notlage des Landes. Diese resultierte – Gott sei's geklagt! – aus der Leichtfertigkeit des Herzogs im Umgang mit seinen Geldern. Der gute Herr – mit einem Schuldenberg von eineinhalb Millionen Gulden belastet – wußte sich keinen Rat mehr und setzte seine letzte Hoffnung auf den energischen Sohn.

Der nun – gewöhnt an jesuitische Gründlichkeit – machte sich alsbald über die Kladden und Rechnungsbücher her, besonders über das private Ausgabenverzeichnis seines Vaters. Und siehe, da las er unter den vielen Stiftungen und Geschenken an Ordenshäuser, Kirchen, Klöster und Adelige auch den Posten: „Fürs Hüterbüberl bis zum Ende seiner Ausbildung".

Der Prinz war geschockt. Sollte der Vater hier einen Fehltritt zu sühnen haben, einen

Seitensprung, einen Akt der Untreue, des ehelichen Verrats? Dieser Vater, der eher für eine Kartause als für einen Herzogstuhl geeignet gewesen wäre?

Maximilian bat seine Mutter um eine Audienz.

Renata von Lothringen lächelte den ernst dreinschauenden Sohn liebevoll an und streichelte ihm übers Haar. „Mon cher prince", sagte sie, „mein lieber Prinz, Ihr seid doch viel zu klug, als daß Ihr an der Lauterkeit Eures Vaters hättet zweifeln können! Das ‚Hüterbüberl' ist das Söhnchen eines Peißenberger Bauern. Beim Viehhüten hat dieser Knabe – zwölf Jahre sind's her – das bedeutende Pechkohlenvorkommen in diesem Berg entdeckt. Daraufhin hat Euer Vater dem Kinde eine Dotation bis zur Vollendung seiner Lehre zugesagt."

„Zwölf Jahre sind eine lange Lehrzeit!" erwiderte Maximilian. „Wißt Ihr, wo sich das bewußte ‚Büberl' jetzt aufhält?"

„Wenn ich recht unterrichtet bin, will der junge Mann in das heimische Bergwesen einsteigen."

„Kennt Ihr zufällig seinen Namen?"

„Nein! Doch will ich mich erkundigen."

Über lang erfuhr er's dann und erkannte, daß er mit Christoph Lenker zu Ingolstadt zwar nur kurz gesprochen, dennoch aber einen sehr positiven Eindruck von ihm bekommen hatte: den Eindruck eines bescheidenen, zielstrebigen Mannes. An dem hatte der Vater sein Geld wohl nicht vergeudet! Im Gegenteil, wenn man's recht erwog, konnte dieses Geld eine Anlage auf die wirtschaftliche Zukunft des ganzen Landes sein. Der Prinz entschloß sich daher, die Ausbildung des künftigen Markscheiders weiterhin zu fördern. Auch lud er ihn – um mit ihm in ein näheres Gespräch zu kommen – zum bevorstehenden Fronleichnamsfest nach München ein.

Dieses alljährlich wiederkehrende Fest galt in der Landeshauptstadt als ein religiöser Höhepunkt. Beim Umzug durch die Straßen, an welchem der gesamte Herzoghof teilnahm, wurde das Allerheiligste von einem Bischof getragen und von einer großen Zahl Schauwagen begleitet; das waren mehr oder weniger schwere Fuhrwerke, auf denen jeweils eine biblische Geschichte aus dem Alten oder Neuen Testament als lebendes Bild oder als kurze Szene dargestellt war. Dabei ging es bisweilen ein wenig burlesk her, denn das Heilige ist ja alles andere als duckmäuserisch.

So sollte es auch in diesem Jahr 1597 sein.

Es war während der Regierungszeit Herzog Wilhelms eine schöne Tradition geworden, die Jesuitenväter von der Ingolstädter Hohen Schule zur Teilnahme an der Fronleichnamsprozession nach München zu bitten – zum nicht geringen Ärger der Herren Prälaten und der anderen

Ordensleute in der Landeshauptstadt. Auch in diesem Jahre kam eine „Fuhre von Jesuwidern" – wie die Neider sich ausdrückten – in München ein; mit ihnen Christoph Lenker, der Protégé des Herzogs. Die Hochwürdigen stiegen in ihrem Kolleg bei Sankt Michael ab; der angehende Markscheider begab sich in die Neue Veste, wo er vom Prinzen freundlich aufgenommen wurde. Ihre Gespräche bewegten sich, wie nicht anders zu erwarten war, um die Rentabilität der Zeche Peißenberg.

Christoph konnte nun freilich noch keine praktischen Aussagen dazu machen. Doch von der geologischen Beschaffenheit des Pfaffenwinkels her – er hatte sie eingehend studiert! – wußte er den Prinzen mit Sachverstand aufzuklären; er versicherte ihm, daß das Land aus dem Peißenberge noch allerhand Profit ziehen werde.

Auf Maximilians Frage, wie lange er noch in Ingolstadt zu bleiben gedenke, erwiderte er: „Gnädiger Prinz, mein letztes Semester ist angebrochen. Ich weiß, wie sehr ich dem Hause Bayern zu Dank verpflichtet bin, weiß auch, daß ich nur mit dem Einsatz meiner ganzen Kraft einen Teil meiner Schuldigkeit werde abtragen können!"

Von dieser Antwort wie auch von der ganzen Haltung Christophs höchst angetan, geleitete ihn Maximilian bis zu den Ritterstuben beim Isartor, wo er ihm eine Unterkunft hatte bereiten lassen.

Mit einem herrlichen Himmelblau ging der Fronleichnamstag über München auf. Ein feiner Morgenwind strich durchs Isartal herein und brachte den frischen Ruch der Berge mit, die ihre weißen Schlafhauben noch nicht ganz abgelegt hatten. Christoph stand am Fenster und sah, wie die Stadtwachen – verstärkt durch Bauernsöhne aus den umliegenden Dörfern – in die Wehrgänge der Ringmauern einstiegen, denn an diesem Tage, wo alle Bürgerschaft dem Herrn in der Hostie huldigte, hatte schon mancher Bösewicht den Einstieg in die Stadt versucht oder Feuer an die Hütten der Pfahlbürger gelegt.

Um halb neun donnerte die große Glocke der Frauenkirche. Da begab sich Christoph Lenker inmitten der Schar von Patriziern durchs Tal hinauf und über den Schrannenplatz zum Dom. Vor dessen Portalstufen standen – zum Empfang des Herzogs bereit – hundert Soldaten zu Fuß, mit einer schwarzgoldenen Schärpe über der gepanzerten Brust und der blinkenden Hellebarde über der Schulter.

Und dann kam er – Herzog Wilhelm –, umgeben von seinen Prinzen, von der noblen Suite der Fürsten und Grafen, des Offizierskorps, des Hofadels, der Hofräte, Professoren und Hofjunker. Die hundert Hartschiere gaben das Portal frei für den Herzog von Bayern. Dann zog das ganze Geleit in den Dom ein, um die Festtagsmesse zu hören. Auch Christoph Lenker schlängelte sich noch an der Seite vorbei;

er wollte den Chor des berühmten Maestro Orlando di Lasso sehen und die Musik seiner unvergleichlichen Hofkapelle hören.

Ein Weihbischof von Freising zelebrierte das Amt mit viel Würde. Nach dem Segen legte man dem hohen Priester einen Rauchmantel um die Schultern und reichte ihm die goldene Monstranz in die Hände, damit er das in ihr strahlende Allerheiligste durch die Gassen und über die Plätze der Stadt trage und von den vier Altären bei den Toren Volk und Land segnet.

In der Kaufingerstraße versammelten sich die fünfhundertfünfzig Genossen der einzelnen Zünfte: der Fischer, der Schäffler, der Nadler, der Messerschmiede, der Melber, Tuchscherer, Nestler, der Sporer, Nägler und Windenmacher und zuletzt die schüttere Schar der Schulmeister.

Beim Tanzhaus aber und beim Hofgarten standen abfahrbereit die Fuhrwerke mit den lebenden Bildern und den dramatischen Szenen. Unter den Letztgenannten die gewaltige und vielgerühmte Legende vom heiligen Ritter Georg.

Irenäa Schrenckin von und zu Egmating

Eben hatte Christoph Lenker von Schwaig den Dom wieder verlassen, da donnerten aus den Schlünden der Kanonen von den Wällen her die Salven der Artillerie. Ein frommer Schauer ergriff den jungen Mann: Die große Prozession begann.

Sie bewegte sich – mit dem Bürgermeister und sechs Trabanten an der Spitze – vom Domplatz dem Innern der Stadt zu, hinter den Stadtgewaltigen immer je eine Zunft und ein Schauwagen. Da waren großartige Darstellungen und Szenen zu sehen: angefangen von der Geschichte des Alten Bundes, fortgesetzt mit Bildern aus dem Leiden Christi, bis hin zu hervorstechenden Ereignissen aus nachchristlicher Zeit.

Die Bewohner der Stadt, soweit sie nicht an der Gestaltung der Prozession mitwirkten, konnten sich an diesem frommen Umgang nicht beteiligen; sie standen beiderseits der Straßen und genossen das heilige Schauspiel mit Andacht, Freude und Ergötzlichkeit. Sie knieten nieder und bekreuzigten sich, wenn das Allerheiligste vorüberkam, bejubelten den Herzog und die Höflinge und applaudierten dort und da den Possenreißern und Faxenmachern.

Es hatte sich bereits herumgesprochen – und die Ratschkathln und Gschaftlhuber waren emsig um die Verbreitung des Gerüchts bemüht –, daß man bei dem diesjährigen „Antlaß“ eine alles Bisherige übersteigende Sensation zu gewärtigen habe: einen heiligen Ritter Georg. Als Darsteller hatten die Ausrichter des Festzugs den schönsten und kernigsten Jungmann der Stadt, Dominik Radlmeier, ausersehen.

Als Prinzessin, die der Ritter vor dem Drachen retten sollte, mußte ein frommes, bildhübsches Mägdlein gekürt werden. Weil jedoch ein solches in den Mauern der Stadt nicht zu finden gewesen war, hatten die Spione aufs Land ausweichen müssen und waren nach vierzehn Tagen bei einem Gottesdienst in der Kirche von Aying fündig geworden: Irenäa Schrenckin von und zu Egmating, ein zartes Fräulein von hoheitsvoller Gestalt und mit einem engelsgleichen Gesichtchen, hatte beim Gang an die Kommunionbank ihre Aufmerksamkeit und restlose Begeisterung erregt. Der alte Schrenck, der Vater, wollte freilich das Töchterlein „für an solchenen Kas“ nicht hergeben; sie hatten ihn lange beknien und einen kleinen Banzen Löwenbräu in sein Egmatinger Schlößchen fahren müssen, ehe er weich geworden war.

Nun warteten also alle, die neugierig die Straßen Münchens säumten, auf das Gefährt mit dem Ritter, der Prinzessin und dem Drachen. Und es sprach sich bereits in den Reihen herum, daß dieser Schauwagen nicht überall, sondern nur auf den geraden Straßen zwischen den Stadttoren werde zu sehen sein.

Christoph Lenker hatte auf einer Haustürschwelle beim Schönen Turm in der Kaufingerstraße ein gutes Plätzchen gefunden, von dem aus er alles, was vorüberzog, mühelos sehen konnte.

Stunde um Stunde verrann; das Alte Testament war schon vorbei; auch die Leidensgeschichte neigte sich dem Ende zu, und aus der Ferne hörte man bereits den stampfenden Marschtritt der römischen Legionen, die den Kaiser Diokletian und seine blutrünstige Leibgarde begleiteten. Wenn die Schauwagen chronologisch geordnet waren, dann mußte der Ritter Georg bald kommen, denn der Fürstensohn aus dem kleinasiatischen Kappadozien war ja gegen Ende des dritten Jahrhunderts zu Nikodemia von diesem Kaiser ermordet worden.

Und der Wagen kam!

Nein, das war nicht bloß ein Wagen – das waren ihrer drei, die man lose zusammengekoppelt hatte. Drei wuchtige Kauffarteiwagen, von vier Paaren massiger Ochsen gezogen! Hatte man ein solches Gefährt schon je gesehen?

Auf dem ersten Wagen war ein Gebirge aufgebaut mit einer Höhle. In dieser Höhle kehrte der riesige Drache, der sich jetzt auf dem zweiten Wagen in einem Sumpfe aalte, nächtens ein. Auf dem dritten erblickte man ein Stadttor, durch das der schöne Dominik Radlmeier wie ein junger Gott heraustrat, mit blinkender Rüstung, in der Rechten einen Wurfspeer; er schritt auf den Drachen zu. Der erhob sich mit dem vorderen Teil seines beschuppten Leibes aus dem Röhricht des Sumpfes, riß seinen fünf Ellen langen Rachen auf und warf eine Flammengarbe heraus – hin auf den Ritter Georg. Der – nicht faul und kaum erschrocken – faßte seinen Speer enger und schleuderte ihn gezielt in das aufgesperrte Drachenmaul. Das Untier erhob ein kreischendes Gebrüll, streckte den Kopf drohend in die Höhe und spie aus dem Schlund durch drei Röhren dunkelrotes Blut aus. Dabei drehte sich der gewaltige Schädel knarrend hin und her, und das Blut bespritzte die Zuschauer am Straßenrand, bekleckerte sogar da und dort die Hauswände. Die Mannsbilder tobten, die Weibsbilder quiekten – und mit jähem Ruck sackte der Drache zusammen und fiel zurück in sein Sumpfbett.

Christoph Lenker hatte auf seinem erhöhten Stand am Eingangstor der Domwache ebenfalls einige Spritzer des Blutes abbekommen, nahm jedoch dieses Mißgeschick kaum wahr. Er starrte unentwegt auf die Höhle im Gebirge des ersten Wagens hin, unter deren Eingang jetzt in lieblicher Trauer die kappadozische Prinzessin stand.

War sie's nun oder war sie's nicht? Die kleine Irenäa, mit der er vor Jahren im Kaisersaal zu Polling getanzt hatte? Damals hatte sie gemeint, man werde sich jedes Jahr zweimal begegnen; und wie lange schon hatte man sich nicht gesehen? Welchen Weg mochte sie gegangen sein? Er wird sie fragen, sobald die Prozession sich aufgelöst hat! Darum wird er jetzt hinübergehen zur Neuen Veste, zum Hofgarten, zum Tanzhaus, wo die Schauwagen am Ende eintreffen werden!

Er strebte nun dem leeren Domplatz zu, durcheilte die Schäfflergasse und kam zur Neuen Veste. Nahe dem Lustschlößchen im Hofgarten sah er eine Kutsche stehen, auf deren Verschlag das Wappen der Herren Schrenck zu Egmating prangte. Er weckte den Kutscher, der auf seinem Bock ein wenig eingenickt war, und fragte, wer denn das Fräulein Irenäa hierher nach München begleitet habe; er sei nämlich ein Freund der Familie.

Der Mann erwiderte nach einer längeren Bedenkzeit: „Es sieht aber nit danach aus, als ob Ihr ein Freund der Familie wärt, denn Euer sogenanntes Fräulein Irenäa ist seit zwei Jahren die gnädige Frau Gemahlin des ehrengeachteten Herrn Hofkammerrats Christoph Neuburger zum Kallenstein und Bäsing, welcher mit unserm ehrengeachteten Herrn, Hans Schrenck zu

Egmating, gemeinsam die Hofkammer leitet. Also schleicht Euch! Sonst könnt' ich mich vergessen!"

Nach dieser bösen Abfuhr wandte sich der Lenker weg und ging aufs Tanzhaus zu. Hier kehrte er in die Trinkstube ein, denn er hatte plötzlich ein ganz flaues Gefühl im Magen. Kaum hatte er die Eingangstür hinter sich zugemacht, siehe, da saß doch das einst so zarte Herrlein Hans Schrenck mit einem etwas grobschlächtigen Herrn an einem Tische. Sie gaben sich recht heiter und lachten laut, denn sie hatten das hochheilige Fronleichnamsfest schon seit dem frühen Morgen in dieser Trinkstube begangen.

Als der Schrenck den Eintretenden erblickte, erhob er sich plötzlich und kam ihm mit langsamen Schritten entgegen: „So sieht man sich wieder!" schrie er und fiel dem Lenker um den Hals. „Komm, setz dich zu uns!" Und zum Neuburger gewandt, sagte er: „Der hätt' dir dein Weib abspenstig machen können, wenn er nur einen Finger gerührt hätt'. Aber er hat's mit der Justina gehabt, und die hat ihn dann mit dem Tanzmeister geleimt!"

„Du erzählst mir da Dinge, von denen ich nichts weiß! Das möchte ich schon genauer erfahren!"

Der junge Schrenck bedauerte im stillen seine Redseligkeit und sagte: „Laß dir das alles von der Irenäa berichten; sie wird eh bald da sein!"

Indes, sie kam nicht. Die Trinkstube füllte

sich nach und nach mit den Darstellern der Schauwagen, die sich im Tanzhaus nebenan ihrer Kostüme entledigt hatten – die kleine Schrenckin jedoch wollte und wollte nicht kommen. Da erhob sich der Neuburger: „Ich werde nachschauen!" Und hastig verließ er den Schwager und den Lenker.

Im Tanzhaus, wo er die Gattin zunächst vermutete, fand er sie nicht. Darum eilte er zur Kutsche beim Hofgarten; und er hatte sich nicht getäuscht: Frau Irenäa saß im Fond des Gefährts, und es sah aus, als hätte sie auf ihren Ehemann gewartet. Sie ließ ihn nicht erst zu Wort kommen, sondern sagte fast flehend: „Fahren wir so rasch wie möglich heim!"

„Hast du Ärger gehabt?"

„Ärger nicht, aber eine große Aufregung! – Komm herein, ich erzähl' dir alles!"

„Solltest du dich nicht kurz bei deinem Bruder sehen lassen? Außerdem sitzt noch ein junger Mann bei ihm, mit dem du in Polling getanzt haben sollst –"

Irenäa unterbrach die Rede ihres Mannes: „Der ist es, der mich so aufgeregt hat. Ich war damals noch ein Kind, als Bruder Hans mich nach Polling mitgenommen hat. Wir feierten mit den Scholaren ein Tanzfest, in allen Ehren. Da habe ich mich in einen jungen Mann verliebt und konnte ihn lange nicht vergessen, obwohl er mich auf der Tanzfläche plötzlich hat stehenlassen."

„Kann dich etwas, was Jahre zurückliegt, noch so aufregen?"

„Ist ja alles kindisch! Doch als wir vorhin beim Schönen Turm unsere Szene spielten, sah ich ihn groß vor der Domwache stehen. Er hat mich unentwegt angestarrt, wie wenn ich ein Weltwunder wär'. Da ist mir die Erinnerung an jenen Tanzabend gekommen – und jetzt bin ich halt etwas durcheinander. Hältst du das für möglich?"

„Warum nicht? Wahrscheinlich geschah diese Pollinger Begegnung gerade in dem kritischen Moment, wo du vom Mädchen zum Weibe erwacht bist. Solche Momente, so sagt man, sind wie ein Orkan oder auch wie ein Vulkan; sie können, wenn das Gemüt nicht auf sie gefaßt ist, eine verheerende Wirkung ausüben. Und du konntest ja nicht gefaßt sein! Doch jetzt ist's vorbei, lange vorbei! Jetzt fahren wir heim nach Schwabing, verschließen alle Türen und Tore und feiern ein Fest der Zweisamkeit!"

Sie schmiegten sich eng aneinander, und der Kutscher schnalzte mit der Peitsche ...

Schrenck und Lenker feierten ebenfalls ein Fest der Zweisamkeit, das Wiedersehensfest. Der Kellerknecht stellte ihnen bereits die dritte Kanne des süffigen Etschländers hin, und sie tranken und tranken, und immer wieder tauchte in Abständen eine neue Erinnerung auf. Und jedesmal, wenn sie eine solche Erinnerung ausgekostet hatten, stießen sie mit den Bechern zusammen und ließen die wiedererwachten Helden der Vergangenheit hochleben.

Es war ein Glück für die beiden, daß die städtischen Nachtwächter angewiesen waren, in dieser Fronleichnamsnacht um das Tanzhaus herum einen großen Bogen zu machen. Sogar die Jesuitenväter, die gleich nach dem Essen in ihr Konvikt hatten zurückkehren wollen, fühlten sich gehalten, auf den jungen Protégé des Herzogs zu warten, und fuhren deshalb erst am nächsten Tag mit ihm wieder nach Hause. Unterwegs hatte er ihnen einige Unannehmlichkeiten bereitet, war doch das Gepolter des Wagens dem Zustand seiner inneren Körperlichkeit wenig förderlich.

Christoph wandte sich in Ingolstadt wieder seinen geologischen und mathematischen Wissenschaften zu. Er wußte, daß er in der Gunst des Herzogs und des Prinzen stand, und erfüllte deshalb, wie all die Jahre bisher, emsig seine Pflichten, was die Professoren auch immer wieder bestätigten. Durch das erneute Aufkreuzen der kleinen Irenäa war er nur für ein paar Stunden aus der Fassung gebracht worden; die jesuitische Moral hatte ihn bereits so fest im Griff, daß ihm schon die leiseste Annäherung an die junge Edelfrau als Beihilfe zum Verbrechen des Ehebruchs erschienen wäre.

Der Einstand

Als dann der Sommer kam und mit ihm Wochen des Ausspannens, begab er sich wieder in seine dörfliche Heimeligkeit nach Peißenberg, um sich für diese Zeit bei der Schwester und der Mutter niederzulassen.

Da nun kamen die beiden Unternehmer Maier und Stange auf ihn zu mit der Frage, wann es denn endlich so weit sei, daß sie mit seinem Eintritt in die Firma rechnen könnten. Der Berg sei voller Kohle und schreie geradezu nach dem Markscheider, der ihn fachmännisch erschließe.

Das war für Christoph Lenker der rechte Zeitpunkt, sein großes Anliegen ins Gespräch zu bringen.

„Ihr wißt oder wißt es nicht, daß ich noch ein Semester zu absolvieren habe. Dann stehe ich zu euren Diensten. Ihr aber, habt ihr euch schon einmal Gedanken gemacht, wo ich wohnen soll? Es scheint, als hättet ihr euch noch keine gemacht. Dann will ich euch auf die Sprünge helfen! Ich kann über die Ruine des Stoffelhofes verfügen. Ihr aber habt Zugang zu den Augsburger Ziegeleien und betreibt hier in den herzoglichen Wäldern einen gewinnbringenden Kalkofen. Wie wär's, wenn ihr mir auf meinem Grund ein Haus bautet, nicht zu groß und nicht zu klein, wie es eben für einen Junggesellen paßt?"

Da schauten sie einander an: Weiß Gott, was der Mann da sagte, leuchtete ein, und sein Verlangen war mehr als recht und billig!

Drauf setzten sie sich zusammen, alle drei, und nach einer Woche des Überlegens und Rechnens holten sie von Weilheim einen Maurermeister, stellten ihm etliche Zechenarbeiter zur Verfügung, und der Hausbau begann. Die Grundmauern des einstigen Wohnhauses am Stoffelhof waren solide Baumasse, so daß der Meister riet, das neue Haus daraufzusetzen, was zwar seine Ausmaße vergrößerte, doch am Ende eine beachtliche Kostenersparnis bringe.

Auf der Fläche, wo einst Stadel und Scheune gestanden waren, legten sie einen kleinen Garten mit Ziersträuchern und Blumenrabatten an. Die Wasserleitung, die auf halber Höhe des Peißenberges bei einem reichlich gespeisten Quellbrunnen begann, wurde neu verlegt und in Holzrohre gefaßt, die an einer steinernen Wanne im Wohnhaus endeten. Von da floß das Überwasser in ein Ziegelbecken im Garten, das an heißen Sommertagen sogar ein Bad im Freien ermöglichte.

Christoph Lenker aber war nach Ingolstadt zurückgekehrt und hatte seine Studien um Weihnachten herum mit ausgezeichnetem Erfolg zu Ende gebracht. Dann war er nach München gereist und hatte dem inzwischen selbständig regierenden Herzog Maximilian für die langjährige Unterstützung seitens des Hauses Bayern gedankt. Dabei versicherte ihn der einstige Kommilitone seiner besonderen Zuneigung und gab ihm zu verstehen, daß er für das Bergwesen ein rares Interesse hege. Christoph möge sich nicht scheuen, bei jeder anstehenden Schwierigkeit ihn, den Landesherrn, zu Rate zu ziehen; freilich erwarte er, daß ihm Christoph mit gleichem Vertrauen begegne.

So gestärkt kehrte der Lenker zu Beginn des Jahres 1598 – nunmehr endgültig – nach Peißenberg zurück: ein junger Mann, von den größten Geistern im damaligen Bayern ausgebildet, frei und ledig, geladen mit einer Fülle großer Pläne, Erwartungen und Hoffnungen. Sein neues Heim war bereits im Rohbau fertig. Es würde ihn im späten Frühjahr aufnehmen, und auch seine Mutter würde dort einziehen – es sei denn, Lenker wäre bis dahin bereits eine Ehe eingegangen. Der Bau war aufs beste gelungen und machte den Gewerken Maier und Stange alle Ehre.

Mit dem Schwung des jungen Mannes, der jahrelang auf ein bestimmtes Ziel hingearbeitet hat, nahm Christoph Lenker seine Tätigkeit als Markscheider in der Zeche Peißenberg auf.

Bereits nach einigen Wochen erkannte er, daß die beiden Unternehmer zusammen mit ihrem Obersteiger die Kohlenflöze im Peißenberg völlig verkehrt aufgefahren hatten. Nach seinem Ermessen und einigen Vermessungen waren sie ziemlich ziellos an den Reichtum des Bergschatzes herangegangen, hatten auch beim Schürfen den Weg des geringsten Widerstandes eingeschlagen – bald da ein wenig, bald dort ein wenig –, ohne zu bedenken, daß bei dieser Methode mehr als die Hälfte der im Berg lagernden Kohle überhaupt nicht erschlossen werden konnte.

Als er ihnen das vorhielt, machten sie – bayerisch gesprochen – saudumme Gesichter. Er ließ sich dadurch jedoch nicht aus dem Konzept bringen, sondern gab mit der Autorität des Wissenden neue Weisungen; er war auch scharf dahinter her, daß bei der Durchführung sich kein Schlendrian einschliche. Das machte freilich böses Blut, und der Obersteiger, der um zwanzig Jahre älter war, hängte ihm nicht nur einmal ein schiefes Maul an.

Doch der Lenker ließ sich dadurch nicht aus der Fassung bringen – dies um so weniger, als die Kohlengräber, die vor Ort arbeiteten, bald gewahr wurden, daß die neue Methode zielstrebiger und dem Abbau förderlicher war. Diese Erkenntnis setzte sich auch bald durch, zumal die Fördermenge merklich zunahm und Hans Maier in Augsburg den Metzen Kohle für zehn Kreuzer, den Metzen gebrannten Kalk für sieben Kreuzer anbieten konnte. Davon war der Rat der Reichsstadt derart angetan, daß er der

„Zeche Peißenberg“ gern ein weiteres Darlehen in Höhe von vierhundert Gulden gewährte. Dieses mußte freilich durch Kohle- und Kalklieferungen getilgt werden. Auch durften die Peißenberger Montanherren in eigener Regie in den Augsburger Hochöfen Ziegelsteine brennen – ein Privileg, das zwar mit der bescheidenen Menge von neuntausend Ziegeln begann, drei Jahre später aber schon die Höhe von achtzigtausend Stück pro Jahr erreichte. Die Kohleförderung betrug um diese Zeit bereits an die achttausend Metzen.

Diesen erfolgreichen Werdegang der Zeche schrieben die Herren nicht zuletzt der Tüchtigkeit und dem Fleiß des Markscheiders zu. Christoph Lenker erfreute sich denn auch eines allgemeinen Ansehens, sowohl bei den Bergleuten wie auch bei den Bauern. Ihm, dem Sohne des Dorfes, schrieben sie den allgemeinen Wohlstand zu, der sich in ihren Hütten und Gehöften ausbreitete. Natürlich hatten auch die beiden Gesellschafter Maier und Stange ein gerüttelt Maß dazu beigetragen – doch diesen waren die Leute nicht recht gewogen, vor allem dem Sachsen nicht; er machte ihnen zuviel Sprüch' und war hinter jeder Schürze her. Das führte am Tanzboden sogar einmal zu einer wilden Schlägerei, bei der zwei Knechte dem Georg Stange derart übel mitspielten, daß er etliche Zähne verlor und sich zwei gebrochene Rippen bei einem Medicus in Augsburg fachmännisch fatschen lassen mußte.

Einmal kam er sogar mit Lenker übers Kreuz, weil er dessen Mutter, Frau Lioba, nachstellte; und er entging einer gehörigen Tracht Prügel nur dadurch, daß er glaubhaft versichern konnte, er sei von ihr eingeladen worden.

Seitdem war das Verhältnis zwischen Mutter und Sohn getrübt, zumal als Frau Lioba sein neues Haus verließ und wieder in die Schellhammermühl zur Tochter Afra zurückkehrte.

Dann war Christoph allein.

Für einen jungen Mann, der sachte auf die Dreißig zugeht und tagaus, tagein in der Grube tätig ist, wird das Alleinsein auf die Dauer problematisch. Nicht daß er unbeholfen gewesen wäre, dafür steckte zuviel Bauerntum in ihm. Aber ihm fehlte die Ansprache. Und wenn es auch oft nur ein paar alltägliche Bemerkungen gewesen waren, die er so über den Tisch hinweg mit der Mutter gewechselt hatte – es war halt doch ein Du dagewesen, das geantwortet oder leise gelächelt oder verständnislos den Kopf geschüttelt hatte; ein Du, von dem er angehört und betrachtet worden war, ein lebendiges, einfühlsames Du.

Jetzt aber war er umgeben von einem schönen neuen Hause, von erlesenen Möbeln, die ihn gleichsam zu bewachen schienen; selbst die Katze auf der Ofenbank, die aus einem

Traum in den anderen fiel, war eher angetan, ihn zu ärgern als zu beruhigen.

War es da verwunderlich, daß ihm der Gedanke kam, ein Mädchen ehelich an sich zu binden? Es gab ja so viele in Peißenberg, die sich die Finger bis zum Handgelenk abgeschleckt hätten, wenn ihnen auch nur ein leiser Zugriff nach ihm möglich gewesen wäre.

Indes, es ist für einen, der in klösterlichem Gewahrsam erzogen und ausgebildet wurde, außerordentlich schwer, sich der holden Weiblichkeit gegenüber locker und unbeschwert zu geben und das feine Ebenmaß zwischen zupackender Werbung und zarter, distanzierter Annäherung zu wahren. Auch vermochte sich Christoph nicht für die eine oder andere zu entscheiden, so sehr sie sich auch von ihrer geschmackvollsten Seite zeigten.

Dazu kam, daß dieses ganze Problem durch einen herzoglichen Erlaß plötzlich weit in den Hintergrund gedrängt wurde. Herzog Maximilian von Bayern hatte sich in den Kopf gesetzt, das Land zu einem Bollwerk der katholischen Kirche zu machen, um der unausweichlichen Auseinandersetzung mit dem Luthertum kräftig begegnen zu können. Darum hatte er auch soeben verfügt, daß jeder Jungmann – Bürger oder Bauer – sich an der Muskete ausbilden lassen müsse, ehe er ans Heiraten denken könne. Damit war für Christoph Lenker die ganze Heiraterei vorab auf die lange Bank geschoben. Denn jetzt mußte er jeden

Sonn- und Feiertag nach Weilheim reiten, mußte dort in eine weite Hose schlüpfen, ein bayrisch-blaues Wams anziehen und den vorgefertigten Soldatenhut aufsetzen – wie viele hundert andere junge Männer auch. Dann wurden sie den ganzen Tag über von fürchterlich brüllenden Sergeanten an der Feuerwaffe ausgebildet und auf den Exerzierplätzen wie ein aufgescheuchtes Hühnervolk herumgejagt. So wurden sie bis zur totalen Erschöpfung dressiert; viele erreichten am Abend mit Müh' und Not noch den Kasernenhof, schafften es jedoch nicht mehr bis auf ihren Strohsack, sondern brachen davor in heulendem Elend zusammen. Darauf mußten sie sich mit der in diesen Zuchtanstalten geltenden Devise trösten: „Das macht Soldaten!"

Der Erfolg schien die Devise zu bestätigen. Denn nach etwa einem halben Jahr waren die Jungmannen gesundheitlich so gefestigt, daß sie selbst bei Nacht noch einen Feind – allein nach dem Gehör – hätten über den Haufen schießen können.

Als diese martialische Ausbildung beendet war, erhielten sie ihre Heiratspapiere und wurden auf die drallen Bauerndirnen und die höheren Töchter losgelassen. Doch daraus erwuchsen neue Querelen und sogar halsbrecherische Schwierigkeiten. Weil nämlich jetzt eine Flut von voreilig gezeugten Kindern einsetzte, wußte sich Herzog Maximilian nur durch ein erneutes Reskript dagegen zu wehren, indem er verfügte, daß unehelich empfangende Frauen aus dem Bürger- und Bauernstande eine fünfjährige Landesverweisung zu gewärtigen hätten, für den wiederholten „Pönfall" aber wurde ihnen das Schwert angedroht. Diese Verfügung mußte er jedoch etliche Jahre später wegen vollständiger Wirkungslosigkeit wieder zurücknehmen – er hätte sonst sein eigenes Bayernland entvölkert.

Ein Wiedersehen

Auch Christoph Lenker hatte seine Heiratspapiere empfangen; er war sich natürlich dessen bewußt, daß mit diesem „Paß" nur ein Hindernis aus dem Wege geräumt, aber kein Schritt auf eine Ehe hin getan worden war. Das Weib mußte er sich schon selber suchen!

Den Unbeholfenen und den Deppen auf Gottes Erdboden kommt oft ein gütiges Schicksal zu Hilfe.

Vor lauter Langeweile war er wieder einmal auf den Tanzboden gegangen. Es war von München her bestimmt worden, daß „die zur Heirat Befähigten" in der weiten Hose, dem bayrischblauen Wams und mit dem Soldatenhut in der Öffentlichkeit zu erscheinen hatten. Dadurch war der Weiblichkeit von vornherein eine gewisse Sicherheit an die Hand gegeben; denn so konnten sie nicht von jedem x-beliebigen Zigeuner oder Schnallentreiber übers Ohr gehauen werden. Natürlich hatte Christoph das „G'schau" – wie man so sagte –, gehörte er doch zu den Spitzen der dörfischen Gesellschaft. Da gab es die reiferen Mädchen – boshafte Leute nannten sie auch die „Sitzengebliebenen". Unter ihnen waren manche, die sich in den Ecken des Saales herumquälten, vor lauter Scham, daß keiner sie zum Tanzen holte. Manch brave Bauerstochter, manch geldiges Meistertöchterl wiederum stellte sich betont zur Schau und geizte nicht mit den sanft verblühenden Reizen: letzter oder vorletzter Anlauf zum Sprung ins große Glück! Die jüngeren Dirnlein dagegen kitzelte noch der Pfeffer, den sie gerne auf Teufel komm raus angebracht hätten – wenn sie nur nicht so aufdrängerisch gewesen wären. Dieses ungestüme Verlangen war angetan, jeden reiferen Gesellen zu erschrecken; dabei hatten sie es aber gerade auf diese reiferen abgesehen, verhießen sie ihnen doch eine gesicherte Zukunft.

Den Tanz als ein gesellschaftliches Erholungsspiel zu begreifen, lag allen miteinander fern; Eroberungs- und Abwehrtaktiken beherrschten alle Gemüter und bewirkten am Ende, wenn der Nachtwächter kam und die Lichter ausblies, in den Herzen einen schalen Geschmack.

Christoph Lenker kehrte heim; doch da war nichts, was ihm das Herz erwärmt hätte. Er war froh, wieder einmal einen einsamen Abend totgeschlagen zu haben. Einen Auftrieb für die folgende Woche nahm er vom Tanzboden sicherlich nicht mit; es war auch nicht nötig, weil er aus sich selber und aus seiner Tätigkeit auf der Zeche reichlich Auftrieb und Freude gewann.

Den Soldatenhut tief in die Stirn gedrückt, schlenderte er seinem Hause zu. Er wunderte sich bloß, daß ihm der Hund nicht entgegensprang; nun, vielleicht war er wieder einmal zur Schellhammermühl, zur Mutter, ausgewichen! Denn es war ja unnatürlich, daß das arme Tier tagaus, tagein einsam vor der Haustür hocken sollte; und jetzt auch noch während der halben Nacht ...

Doch da hörte er ihn knurren.

„Axel, was gibt's?“ rief er ihm zu.

Aber der Hund kam nicht, und Christoph näherte sich dem Hoftor. Dahinter stand er, der Axel, und nahm breitspurig die ganze Haustür ein. Vor ihm aber stand eine Frau, die er in Schach hielt.

Christoph öffnete das Tor und schritt auf die Frau zu. Im Scheine des Sternenhimmels erkannte er Justina.

Zunächst blieb er sprachlos stehen. Dann rief er den Hund zu sich; und dann erst nannte er sie beim Namen.

„Fast hätte ich dich nicht erkannt!“ sagte er. „Habe dich ja auch seit vier oder fünf Jahren nicht mehr gesehen.“

„Ist es dir leid, mir hier zu begegnen?“ fragte sie.

„Warum sollte es? Du bist mir doch nichts schuldig! Und das mit dem Tanzmeister – zehn Jahre ist's her! – kam zwar überraschend, war aber dein gutes Recht. Nur wundert's mich, daß du jetzt da bist. Wenn ich mich recht erinnere, hast du doch sechs Jahre mit ihm Wesens gehabt, bevor ich nach Ingolstadt ging.“

„Nicht nur sechs, sondern neun Jahre! Bis er mich an die Luft gesetzt hat!“

Darauf betraten sie miteinander das Haus; er bot ihr ein Mäßlein Wein an und setzte sich auf die Ofenbank: „Nun möcht' ich aber doch gerne wissen, was dich zu mir führt. Ich nehme nicht an, daß du glaubst, ich hätte alles vergessen!“

„Wie könnte ich auch!“ erwiderte sie und stützte nachdenklich den Kopf in eine Hand. „Indes“, fuhr sie dann fort, „fielen mir die Worte des verlorenen Sohnes ein, die er in seiner größten Not zu sich selber gesprochen hat: ‚Ich will mich aufmachen und zu meinem Vater gehen und zu ihm sagen: Vater, ich habe gesündigt gegen den Himmel und vor dir, und bin nicht mehr wert, daß ich dein Sohn heiße. Mach mich zu einem deiner Tagelöhner!‘“

Christoph Lenker war sprachlos. Was mußte die junge Frau in diesen Jahren erlebt und erlitten haben, daß sie jetzt – eben wie der verlorene Sohn in der Bibel – hergehen und ihren totalen Zusammenbruch erklären konnte! Daß sie ausgerechnet zu ihm kam!

Oder sollte das bloß ein raffiniert ausgeklügelter Plan sein, sozusagen in letzter Minute noch den Ausstieg aus einem verpfuschten Leben zu erreichen? Und das Trittbrett zu einem neuen, besseren Leben zu gewinnen? Wer vermag hier durchzublicken? Wer das echte vom Talmi-Gold zu unterscheiden?

Er, Christoph Lenker, ist nicht berufen, über das Mädchen den Stab zu brechen. Aber er wird gut daran tun, den Monaten, ja vielleicht Jahren die Lösung dieser und anderer Fragen anheimzugeben!

Vorläufig wird er Justina als seine Haushälterin einstellen, ungeachtet der giftgeschwollenen Backen gewisser dorfbekannter Betschwestern im überreifen Alter. Solche gibt es in jeder größeren Gemeinschaft, und vielleicht ist es sogar zwangsläufig, daß es sie gibt. Denn sie nehmen eine soziale Funktion wahr: die Funktion der Hyänen an den Säumen der Wüste.

Und überhaupt: Gar so selbstlos handelte er gar nicht! Justina wird ihm das Hauswesen, das seit dem Auszug der Mutter arg ins Schlingern gekommen war, wieder ins Lot bringen. Denn daß sie tüchtig ist, hat man ihr schon vor Jahren in Polling nachgesagt. Das andere aber, was sich sonst hinter den Vorhängen und Gardinen verbirgt, gehört in den Bereich des Privaten, in den keiner seinen Mitmenschen Einblick zu geben braucht ...

Wie es vorauszusehen gewesen war, erhob sich in der Schellhammermühl ein schreckliches Lamento. Mutter Lioba und Schwester Afra redeten bei jeder sich bietenden Gelegenheit auf ihn ein, er bringe das Ansehen des Hauses, das er doch selber zum größten Teil mit aufgebaut habe, in Verruf. Gerade er, der bei den Chorherren zu Polling und bei den Vätern der Gesellschaft Jesu zu Ingolstadt höchste Werte christlicher Moral mitbekommen habe wie der Säugling den Segen der Mutterbrust – gerade er habe die Pflicht, den anderen mit leuchtendem Beispiel voranzugehen.

Und was werde erst der Allergnädigste Herr Herzog sagen? Er, der durch Jahre und Jahre Geld und Gunst über ihn ausgegossen habe? Werde er in seinem frommen Herzen diese Entgleisung seines Schützlings nicht als Beleidigung, als einen Schlag ins Gesicht empfinden?

Solche und ähnliche Erwägungen schwebten durch das Dorf wie Eulen durch die Nacht – merkwürdig war jedoch, daß der Pfarrer sich ruhig verhielt und offensichtlich nichts Anstößiges an der gelebten Sünde im Hause Lenker empfand. Bald machte das Gerede sogar nicht einmal mehr vor seiner hochwürdigen Haustüre halt. Indes, nichts focht ihn an.

„Der muß eine Elefantenhaut haben!" lästerten sie und murrten – aber nur halblaut ...

Schlagende Wetter

Wie es im Leben so ist: Mit der Zeit geht auch den bösartigsten Lästermäulern die Spucke aus – und bis München schien der üble Geruch des „sündigen Treibens“ auf dem einstigen Stoffelhofe noch nicht gedrungen zu sein.

Und überhaupt: Die Herzöge hätten viel zu tun gehabt, wenn sie sich um alle Ungereimtheiten in den zwischenmenschlichen Beziehungen ihrer Untertanen hätten kümmern wollen. Dafür waren die Kirchen da und ihre Geistlichen, wiewohl auch bei den Letztgenannten manches im Argen lag. Hatten doch die bayerischen Bischöfe in einer großen Visitation im Lande die erschreckende Tatsache festgestellt, daß bei den 1096 Seelsorgern 491 Bettweiber mit 1300 Kindern gehaust hatten. Was bedeutete dagegen die Lebensgemeinschaft eines jungen Peißenberger Markscheiders mit einem Weibchen, das die längste Zeit in einem Kloster verbracht hatte!

Die Zeche florierte, und die Kohlengräber verdienten gut. Sie waren auch alles in allem recht zufrieden. Nur litten sie häufig unter Kopfschmerzen. Der Physikus aus Weilheim, der jede Woche einmal vorbeikam, hielt sich jeweils eine Stunde in der Zechenschenke auf und redete ein paar Worte mit den am meisten Geplagten, maß aber ihren Klagen keine größere Bedeutung bei.

Das wollte Christoph Lenker nicht gefallen.

Als er wieder einmal ans hohe Bergamt nach München ritt, um einen angeforderten Bericht abzugeben, brachte er bei einem Obermarkscheider die Sache mit den dauernden Kopfschmerzen seiner Leute zur Sprache. Der alte Herr Weißenfels, ein Mann von Menschlichkeit und Güte, gab dem jungen Bergingenieur den Rat, gelegentlich die Bewetterung der Zeche zu überprüfen.

Heimgekehrt, nahm Christoph diese Prüfung vor und erkannte mit nicht geringer Besorgnis, daß der Anteil des Grubengases an der Luft im Schacht bei nahezu zehn Prozent lag. Dieses Gemisch forderte ein Unheil in der Grube nahezu heraus. Er wandte sich daher an Georg Stange, den technischen Leiter des Werkes, und schilderte ihm die gefährliche Lage, erläuterte ihm auch, daß die wiederholten Kopfschmerzen der Belegschaft darin ihre Ursache haben könnten.

„Ihr kommt von der Schule, lieber Herr!" erwiderte Stange. „Wenn man im praktischen Leben alles mit den Augen der Schulweisheit betrachten wollte, müßten wir die Hälfte unseres Einkommens für die Sicherheitsvorkehrungen der Kohlengräber verwenden – und selbst dann wäre vieles noch nicht getan. Wer in den Berg einfährt, muß mit den Launen und Tücken des

Berggeistes rechnen, deswegen verehren wir ja auch unsere Schutzpatronin, die heilige Barbara. Empfehlen wir ihr unsere Leute und vertrauen wir uns auch selber ihr an! Mehr Sicherheit kann ich nicht bieten!"

Lenker ließ sich nicht so kurz abfertigen: „Man muß den Übertritt des Grubengases in den Wetterstrom verhindern, und zwar durch Schleusen und Wetterschächte!"

„Und wer bezahlt die Schleusenbauten und die Wetterschächte? – Gebt mir das Geld, und ich baue Euch alles, was Ihr wollt! Meinetwegen stelle ich sogar Kehrweiber mit Schauferl und Beserl ein, damit sie den Kohlenstaub verschwinden lassen! Dann bräuchten wir uns nur noch die nötigen Teppichläufer zu beschaffen, und die Leut' könnten die Hunte salonmäßig durch die Strecken schieben!"

„Verarschen laß ich mich nicht!" entgegnete Christoph Lenker, wandte sich um und verließ den Bergherrn, der dumm dreinschaute.

Damit war das Problem vorläufig aus der Welt geschafft: Die Bergleute hatten ihre Kopfschmerzen, der Stange hatte nach wie vor kein Geld, und Christoph Lenker hatte die Beruhigung, pflichtgemäß gehandelt zu haben.

Es wurde Herbst und Winter, ein neues Jahrhundert, das siebzehnte, begann. Es begann wie üblich mit Schembartlaufen und

Perchtentreiben, vor allem während der Neujahrsnacht. Da ging man miteinander nicht zimperlich um, im Gegenteil, man mußte manch handfeste Grobheit über sich ergehen lassen. Vor allem taten sich die Schembartläufer hervor, die freilich ihre großen Auftritte erst zu Fasching hatten; doch in dieser Nacht stöberten sie das junge Weibervolk auf und trieben mit den süß kreischenden Dirnlein ihren Schabernack, der sich nicht selten bis auf die Heuböden fortsetzte.

Während der Weihnachtswoche und bis Lichtmeß arbeiteten die Kohlengräber nicht; nur die Wartungsdienste waren im Einsatz: die Pumpenwärter, die Torhüter obertags und untertags sowie der Wettersteiger. Dieser hieß Jurek, stammte aus Böhmen und hatte sich die letzte Zeit stark dem Alkohol ergeben. Auch an diesem 3. Jänner, dem Fest der heiligen Genoveva, war er voll bis unter die Halskrause. Er stolperte durch die Strecken, das Geleucht am Gürtel, und gröhlte Lieder seiner Heimat. Zwei Torwärter hatten ihn schon darauf hingewiesen, daß er mit seinem „Frosch“ behutsamer umgehen solle; doch er nannte sie bloß „krumme Hunde“ und lud sie ein übers andere Mal auf Kirchweih. Schließlich rollte er sich beim Förderschacht in eine Ecke und schlief ein – doch nicht lange. Das Öl aus dem „Frosch“ sickerte ihm sachte übers Gewand, dann hüpfte das Flämmchen auf dieses Öl – und die Katastrophe war perfekt. Das Grubengas entzündete sich, der Kohlenstaub fing Feuer, und eine gewaltige Explosion schleuderte die Förderstühle durch den Schacht empor und hinaus bis zum Tagkranz, alles zerreißend und zerfetzend. Alle Wärter und Torhüter erstickten ebenso wie der Wettersteiger Jurek in den „Nachschwaden“; ihre Leichen wurden später nur noch verkohlt geborgen. Aus allen Öffnungen, die in den Berg hineinführten, quoll dicker, schwarzer Qualm, und immer wieder hörte man von drinnen heraus Bersten und Krachen.

Ganz Peißenberg und sämtlicher Dörfer und Weiler ringsum hatten die Explosion gehört, und alles, was Zeit hatte, rannte und jagte herbei, das Unheil und die Gewalten der Natur zu bestaunen. Auch Christoph Lenker und die beiden Werksleiter trafen sich vor dem zertrümmerten Förderturm.

„Ob man's hätte verhindern können?“ Der Lenker setzte diese Frage gleichsam ins Ungewisse vor sie hin.

Georg Stange fühlte sich angesprochen und sagte: „Vielleicht hattet Ihr recht, Markscheider! Jetzt aber bitt ich Euch: Laßt uns alle eines Sinnes sein und mit der gleichen Zunge reden! Ziehen wir doch alle drei an einem Strick.“

„Seid unbesorgt!“ erwiderte Christoph. „Der Lenker tanzt nicht aus der Reihe!“

Darauf ließen sie alle Tore verrammeln und die gähnende Öffnung des Förderschachtes zudecken, damit die noch glimmenden Brandherde im Innern des Berges erstickten. Und dann fuhren sie gemeinsam an das Bergamt nach München, baten auch um eine Audienz bei Herzog Maximilian. Dort wie da hörte man sie verständnisvoll an; nirgends vernahmen sie eine Schuldzuweisung. Der Herzog meinte sogar: „Vielleicht mag es der Berggeist nicht, daß man ihn heimsucht in seinem Reiche!“

Als sie jedoch um ein Darlehen nachsuchten, gab man ihnen zu verstehen, daß sie ja wegen des Baus der Kalköfen im herzoglichen Forst noch zweitausend Taler zu bezahlen hätten, die man ihnen jedoch auf weitere fünf Jahre stunden wolle. Ein weiteres Entgegenkommen war bei der peinlichen Sparsamkeit des Herzogs nicht zu erwarten.

Besser erging es den drei Peißenberger Montanherren in Augsburg. Der Hohe Rat der kaiserlichen Reichsstadt erinnerte sie zwar auch daran, daß er bereits 2061 Gulden in das Unternehmen Peißenberg hineingesteckt habe, ließ sich aber dennoch gegen Abzahlung mit gebrannten Ziegeln zu einem abermaligen größeren Darlehen herbei. Die drei Männer waren gottfroh, konnten sie doch jetzt ihre gesamte Belegschaft einen Monat lang für Aufräumungsarbeiten in der Grube bezahlen. Danach werde man wieder zu fördern beginnen. Freilich werde man eine Zeitlang sozusagen von der Hand in den Mund leben müssen – doch besser so als überhaupt nicht.

Und so geschah's.

Während der Fastenzeit lief dann die Förderung wieder an. Die Frächter waren wieder da, die Lastkähne auf dem Lech ebenfalls. Die Betreiber der Ziegelöfen in Augsburg rauften sich schier um die kostbare Kohle, und der Hohe Rat war zufrieden. Zufrieden gaben sich auch die Kohlengräber auf den Zechen Peißenberg und Peiting; ja selbst die Kalköfen im herzoglichen Forst am Hohen Peißenberg rauchten und dampften und stanken, daß es eine Freude war.

Nicht ganz so erfreulich sahen die Dinge bei Maier & Stange aus. Die beiden Herren dachten vorab nicht an die Stellung der schon wiederholt gestundeten Kaution, ja – und das war noch schlimmer – sie blieben mit der Entrichtung des Pachtzinses an die herzogliche Hofkammer immer mehr im Rückstand. Das machte böses Blut, und im Münchner Bergamt begann es zu rumoren.

Man schickte eine Mahnung nach der anderen. Weil das nicht fruchtete, bestellte man ein paar Schwarzröcke und setzte sie insgeheim auf die beiden Unternehmer an.

Und siehe, da taten sich Abgründe auf!

Hans Maier hatte zu Augsburg ein Badehaus erworben und kümmerte sich um dessen florierenden Betrieb mehr als um den Verkauf der Kohle; und Georg Stange war in Weilheim an ein paar eidgenössische Falschspieler geraten. Die nahmen ihn aus wie eine Weihnachtsgans, so daß er daheim reihum Schulden machten mußte und sich wochenlang nicht blicken lassen konnte.

Dazu brach jetzt – es war das Jahr 1603 – das so verheißungsvoll begonnene Unternehmen völlig zusammen, weil der allenthalben von der Leitung her eingerissene Schlendrian die Arbeitsmoral und den Gemeinschaftsgeist verdarb. Die Männer vor Ort waren nicht mehr darauf bedacht, das Wohl des Werkes zu fördern, sondern jeder huldigte der Devise: Geht mich nichts an!

Seit Menschengedenken hatte es keinen so heißen Sommer mehr gegeben. Der Eierbach und der Fendtner Bach, die sonst lustig vom Hohen Peißenberg heruntersprangen, waren ganz und gar ohne Wasser. Die Bauern konnten kein Weidevieh auf diese Hänge treiben – es wäre verdurstet.

Die Kalkbrenner bei den beiden Schachtöfen im herzoglichen Forst legten sich nasse Tücher mit eingeschnittenen Augenlöchern über die Köpfe: sowohl die, welche den Ofenschacht oben füllten, als auch die, welche den gebrannten Kalk unten am Schacht abzogen. Dabei hatten es die oberen insofern leichter, als sie bloß den angelieferten Kalkstein und die angelieferte Kohle schichtweise in den Ofenmund einzuschaufeln hatten, während die unteren das gebrannte Stückgut und das taube Gestein – beides noch an die sechshundert Grad heiß – wegzuräumen hatten.

Leichter war die Tätigkeit an der Kalkmühle – doch wegen des ständigen Kalkstaubs um so schädlicher. Alles in allem zogen die Werksgesellen die Arbeit auf der Zeche der Schinderei an den Kalköfen vor – besonders in diesen glühendheißen Sommertagen.

Christoph Lenker hatte in seiner Eigenschaft als Markscheider bei den Kalköfen nichts zu schaffen; das war ausschließlich Revier des Georg Stange. Weil aber dieser oft nicht zugegen war und der Branntmeister sich's mit den Leuten nicht verderben wollte, griff eine allgemeine Mißwirtschaft derart um sich, daß man im Kalkhof das Branntgut, die Asche und das taube Gestein bald nicht mehr voneinander unterscheiden konnte. Das ärgerte vor allem die Fuhrleute, die denn auch ihrem Ärger über diesen „Saustall“ ungeniert Luft machten.

Da geschah es am 6. August, daß der junge Kainzenmüller mit einem schweren Fuhrwerk in den Kalkhof einfuhr, um vierzig Metzen Gebrannten zu laden. Es verstand sich von selbst, daß dabei ein paar Brennknechte mitzuschaufeln hatten. Nun war aber von denen wegen der großen Hitze weit und breit keiner zu sehen. Der junge Mann schrie im Hof herum, bis schließlich ächzend einer daherkam; er schob einen Hunt voll heißer Asche vor sich her, die er auf der Halde abladen wollte. Als der Kainzenmüller den vor Schweiß klebenden Gesellen erblickte, packte er ihn und schüttelte ihn derart, daß der den dampfenden Hunt losließ, um sich gegen den anderen zu wehren. Der Hunt machte sich auf dem etwas abschüssigen Gelände selbständig und fuhr über die Halde hinaus in das prasseldürre Niederholz hinein, kippte um – und die glühende Asche rann in den Busch hinab, hin über Riedgras und verrottetes Laub. Nun dauerte es nur noch wenige Minuten, und ein Flächenbrand fuhr unter den Bäumchen dahin, erfaßte dort und da eine Winddarre, schoß in ihrem Geäst empor, und ehe man sich's versah, stand ein Tagwerk Wald in Flammen, dann ein zweites, ein drittes, ein viertes, ein fünftes... Eine mächtige Rauchwolke wälzte sich über den Hohen Peißenberg und verdunkelte zeitweise die Sonne.

Gegen Abend kam Georg Stange wahrscheinlich von Weilheim; tags darauf erschien auch Hans Maier, der erst während der Nacht in Augsburg von dem Unglück erfahren hatte.

Drei Tage später trafen einige Dunkelmänner aus München ein und begaben sich vorab zum Gemeindevorsteher. Der erzählte ihnen über die beiden Werksleiter alles, was er wußte; besonders daß sie tagelang nicht zugegen seien und daß die Tätigkeit auf den Zechen ausschließlich in der Verantwortung der Steiger und des Markscheiders läge.

Ob er wohl diese Männer unauffällig im Laufe der kommenden Nacht auf das Gemeindeamt rufen könne?

Gewiß könne er das! Nur würde man gut daran tun, die Werksleitung für diese Nacht aus Peißenberg zu entfernen, vielleicht durch eine vorgetäuschte Einladung an das Bergamt nach München.

Das sei ein trefflicher Gedanke!

Und sogleich schrieben die Dunkelmänner die Einladungen, versahen sie auch mit Siegeln, und der Vorsteher ließ sie den beiden Montanherren zustellen.

Noch am Abend ritten sie dahin.

In diesen Nachtstunden wurde reiner Tisch gemacht. Alle Ungereimtheiten kamen zur Sprache, die geschäftlichen ebenso wie die persönlichen. Als man im Morgengrauen auseinanderging, stand fest, daß die Stillegung der Zechen nur noch eine Frage der Zeit sei, freilich von der Hoffnung begleitet, es werde sich früher oder später eine neue Werksleitung finden lassen, zumal die Rentabilität des Unternehmens eine Wiederaufnahme zwingend nahelege.

Als dann die Schwarzröcke wieder nach München kamen, begann unter dem Vorsitz des herzoglichen Bergrates Matthias Flurl eine drei

Wochen dauernde Verhandlung, die mit folgendem Beschluß endete:

1. Auf den mit Steinkohle gebrannten Kalk, lagernd beim Kalkofen am Hohen Peißenberg, welchen die Unternehmer Maier & Stange nach Augsburg führen wollten, ist der Arrest zu schlagen.

2. Den besagten Unternehmern Maier & Stange wird – ungeachtet aller dagegen gemachten Vorstellungen – das erteilte Privilegium auf Kohle und Kalk zu Peißenberg wieder entzogen; auch wird eine herzogliche Hofkammer zur Benützung des Steinkohlenberges selbst angewiesen.

3. Die aus der Mißwirtschaft der besagten Unternehmer Maier & Stange erwachsenen Unkosten und Schulden sind von einer herzoglichen Hofkammer durch Einziehung des Privatbesitzes des Hans Maier zu tilgen. Georg Stange, der über keinen Besitz verfügt, hat sich durch eine seinen Fähigkeiten angemessene zweijährige Zwangstätigkeit an der Tilgung zu beteiligen.

Da war in Peißenberg der Jammer groß. Der plötzliche Abbruch aller bergmännischen Arbeiten brachte Enttäuschung und Not in manche Familien. Durch den ganzen Pfaffenwinkel hörte man Seufzen und Klagen. Herzog Maximilian jedoch, ein kluger Rechner und weitschauender Staatsmann, strebte schon lange danach, in aller Stille und ohne viel Aufhebens in seinem Bayernland eine militärische Macht aufzubauen. Da kamen ihm die brotlos gewordenen Männer wie gerufen. Es war sein Bestreben, arme Männer zu den Waffen zu rufen, um den ewig mißgünstigen Habsburgern in Wien und den protestantischen Fürsten im Reich, die ihm machtpolitische Machenschaften unterstellten, antworten zu können: „Wollt etwa ihr meine armen Leut' ernähren?"

So wurden also die Kohlengräber, die Kalkbrenner, die Grubenzimmerer und die Fuhrleute ohne viel Federlesens auf die Kasernenhöfe und Exerzierplätze beordert und zu schlagkräftigen Söldnern gemacht.

Da war das Jammern im Pfaffenwinkel bald verstummt. Und landauf, landab vernahm man das frohe Jauchzen glücklicher Bräute ...

Fastenzeit anno 1604

Das herzogliche Bergamt in München ließ vierzehn Tage nach der Stillegung der Zeche Hohenpeißenberg den Markscheider Christoph Lenker wissen, er habe bis auf weiteres Sorge zu tragen, „daß die Zeche nicht ersaufe". Ihm als einem Ortsansässigen werde es möglich sein, ein paar rechtschaffene Jungmänner einzustellen, die diese Aufgabe und eine fachkundige Bewetterung der gesamten Anlage unter seiner Aufsicht wahrnehmen könnten. Für eine geziemende Entlohnung, die über das Gemeindeamt abgewickelt werde, komme die Hofkammer auf.

An eine Erhaltung der Kalköfen sei nicht gedacht, sei es doch schon von Anfang an ein Unsinn gewesen, inmitten eines Forstes ein derartiges Werk zu erstellen. Aber der Sachse habe – leider! – zu überreden verstanden!

Diese Einsicht des Bergamtes war ebenso richtig, wie sie zu spät kam.

Christoph Lenker war jetzt dreißig Jahre alt.

„Soll ich mich jetzt schon aufs Altenteil zurückziehen und über etliche Grubenknechte den Aufpasser spielen?" fragte er Justina, die um ihn herumwaberte, als suchte sie ständig den gestrigen Tag.

„Nein!" entgegnete sie. „So kann's nicht weitergehen! Wir müssen weg aus diesem gottverdammten Pfaffenwinkel!"

Über diesen harten Ausdruck aus ihrem Munde war Christoph nicht wenig erstaunt, weshalb er sie denn auch fragte: „Justina, warum diese Feindseligkeit? Das ist neu für mich."

„Entschuldige!" erwiderte sie. „Ich habe es satt, von den Betschwestern immer wieder dumm angeredet zu werden wegen unseres unehelichen Zusammenlebens. Die Pfarrkocherin hat sogar neulich versucht, mich ins Verhör zu nehmen, weshalb wir keine Kinder hätten. Als ich darauf meinte, sie und der Pfarrer hätten ja auch keine, wurde sie ausfällig und erklärte, sie verbitte sich, mit einer Hure verglichen zu werden. Da hab ich sie angespuckt und stehengelassen; den Auftritt hat aber niemand gesehen..."

Er setzte sich zu ihr auf die Ofenbank: „Liebes Mädchen, seitdem wir uns – fünfzehn Jahre ist's her! – auf der Forstwiese gefunden haben und du mir deine Geschichte erzählt hast, wissen wir doch beide, daß es ein Zusammenleben zwischen uns nur so geben kann, wie wir es just leben. Wir wissen auch, daß wir fortwährend anecken und ein Stein des Anstoßes sein werden. Wenn unser Zusammenhalt nicht stärker ist als die Bosheiten derer, die nur das Äußere sehen, dann freilich müssen wir die Segel reffen und fortziehen von hier. Damit du mich aber recht verstehst: Ich werde keine Minute zögern, mit dir unseren Peißenberg zu verlassen, wenn du die Leut' nicht mehr verkraftest. Bedenk aber, daß wir uns damit eine Blöße geben, wenn nicht gar bekennen, als hätten wir uns etwas vorzuwerfen, was das Licht scheuen muß. Sag, haben wir das? Sind wir nicht von unseren Vorfahren her so schicksalhaft verknüpft, daß wir gar nicht aus können? Daß wir ein Bündel mit uns tragen, das zu uns gehört wie zum Buckligen sein Höcker? Und wäre es nicht beinahe sündhaft, wenn wir uns dessen schämten? – Meine Liebe, ich habe eine von weither wehende Ahnung, als hätten wir hier am Peißenberg noch eine Aufgabe zu erfüllen. Bitte, Justina, sei stark und verlaß mich nicht!"

„Da brauchst du keine Angst haben!" sagte sie, wandte sich ihm zu und umarmte ihn.

Die Auseinandersetzung der Kocherin des hochwürdigen Herrn und der Frau Justina hatte ein Nachspiel – nicht beim Pfarrer, sondern bei der Gemeinde. Wohl wissend, daß der Pfarrer Kirchberger auf Weiberhändel nichts gab und ihn das „sündige" Zusammenleben des Markscheiders mit der Klostermagd nicht anfocht, wandte sich die in allen Praktiken der Ohrenbläserei erfahrene Kocherin Clothilda an den Wundarzt und Gemeindevorsteher Gottlieb Landes. Sie brachte vor, daß der Friede im Dorf gestört sei und daß sich bereits mehrere gutgestellte Peißenberger geäußert hätten, sie würden das skandalöse Konkubinat an den Landhofmeister bringen und dann auch dem Bischof bekannt machen, sofern der Vorsteher nicht imstande sei, hier Wandel zu schaffen.

Landes ließ die Dorfvierer in seine Amtsstube kommen. Zusammen mit dem Vorsteher galten sie als gerichtliche Instanz für jene Fälle, die man nicht weitertragen, sondern im heimischen Bereich austragen wollte. Diese fünf Männer baten nun die zwei feindlichen Frauen und den Markscheider auf das Amt; den Pfarrer konnten sie nicht laden, denn der war ihrer richterlichen Obsorge entzogen und unterstand allein dem Diözesangericht.

Als der Streitfall der beiden Frauen verhandelt war, mußte Gottfried Landes zwangsläufig das Problem des illegalen Zusammenlebens der beiden Beschuldigten zur Sprache bringen; er sagte: „Es ist nicht Neugierde, sondern meine Pflicht, die mich fragen läßt, was euch hindert, das öffentliche Ärgernis aus der Welt zu schaffen. Könnt ihr mir darauf antworten?"

„Können schon, aber erst nach Verschwinden dieses gehässigen Weibes!" antwortete Lenker und deutete auf die Bedienstete des Pfarrers.

Da begann diese zu keifen: „Da sieht man's, daß sie allweil ihr eigenes Supperl kochen wollen und nicht einmal den hochwürdigen Herrn Pfarrer und seine Leut' respektieren! Aber uns kann's Wurscht sein! Uns geht's ja bloß um den Skandal, der vermieden werden soll."

„Uns, sagst du, meinst aber bloß dich, du alte Megäre!" Justina begehrte auf, doch Christoph Lenker trat zu ihr und wehrte ab, denn es stand zu befürchten, die beiden Frauen könnten aneinandergeraten. Da erhob sich auch der Gemeindeschreiber und näherte sich der pfarrherrlichen Kocherin, um sie im Bedarfsfall in Schach zu halten. Indes, die tatenfrohe, überreife Jungfrau wischte ihn mit einer Hand zur Seite und spuckte jetzt ihrerseits Frau Justina an. Um einer Handgreiflichkeit zu entrinnen, räumte sie dann aber fluchtartig das Feld, nicht ohne der Amtsstubentür noch einen zünftigen Schwung versetzt zu haben.

Der Vorsteher atmete tief auf, und die Dorfvierer bleckten – halb erleichtert, halb verwundert – die paar Zahnstummel, derer sie sich noch erfreuten.

Darauf verließ auch der Schreiber den Amtsraum.

Christoph Lenker beschwor dann die fünf Männer des Gemeindegerichts, das, was nunmehr gesprochen werde, vollkommen geheimzuhalten, denn es handle sich um hohe und heikle Interessen. Und er ließ sich ihr Versprechen mit Handschlag bestätigen.

Die Besoldung des Markscheiders für die Aufsicht auf der Zeche stand in keinem Verhältnis zu seiner Ausbildung, noch viel weniger zur Stellung, die er zuvor bekleidet hatte. Gleichwohl ließ er sich's ebensowenig anmerken wie seine Justina. Außerdem war sie keine arme Frau; im Gegenteil, sie hatte Geld. Trotzdem entschlossen sich beide, solange sparsam zu leben, bis sich ihm irgendwo wieder eine standesgemäße Tätigkeit auftun würde.

Die tat sich freilich vorderhand nicht auf; dafür aber eine andere. Eines Abends kam nämlich der Schwager August von der Schellhammermühl zu ihnen. Noch nie war er über ihre Schwelle getreten, seitdem Frau Lioba und Schwester Afra damals wegen Justinas Einzug bei Christoph so getobt hatten. Dem Schwager August war diese Mißstimmung in hohem Maße unangenehm, bis ihn plötzlich der Koller über das „unverständliche Weibervolk" packte und geradezu in das neue Haus am einstigen Stoffelhofe trieb. Und jetzt stand er unter der Tür.

„Nix für ungut!" sagte er. „Aber mir ist schon die ganze Zeit her in meiner Haut nit wohl! Da lebt man im selben Ort, trinkt das gleiche Wasser, schnauft die gleiche Luft – und redet kein Wort miteinand'! Man ist verschwägert und geht sich aus dem Weg! Man geht sich aus dem Weg, damit man sich nit grüßen muß! Ja, hat denn eins von uns die Krätze oder gar die Franzosenseuche?"

Ein paar Augenblicke lang standen sie einander sprachlos gegenüber; dann aber erfaßte Justina als erste die Lage, schritt auf den jungen Mann zu und umarmte ihn. Damit war der ganze mehrjährige Bann gebrochen. Christoph schüttelte dem Schwager herzhaft die Hand und zog ihn förmlich zum Stubentisch hin; Justina kredenzte einen guten Wein.

„Soll euch von meine Leut' schön grüßen!" sagte August. „Und alles Gute wünschen!" Damit hob er das Glas an – und sie tranken einander zu, als wären sie alle Jahre ihres Lebens innig befreundet gewesen.

„Du kommst aber doch nit bloß z'weg'n der Versöhnung?" fragte Christoph.

„Nit bloß, aber hauptsächlich!" erwiderte August. „Die Resi, die wo ich in unsrer Schreibstub'n g'habt hab, is' in andere Umständ' kommen. Und das grad jetzt, wo ich eine Säg' aufg'macht hab. Schwager Christoph, ich möcht' dich halt fragen, ob du nit die ganze Schreiberei bei uns machen taatst; du hätt'st doch jetzt a weng Zeit. Wirst bei uns rechtschaffen bezahlt."

Christoph Lenker dachte sich: Das ist wie ein Fingerzeig vom Himmel! Mit einem Blick auf seine Justina antwortete er: „Geht in Ordnung, Schwager!"

„Dank dir schön! Ihr könnt natürlich alle zwoa mit bei uns essen! Wär ja ein Krampf, wenn d' Justina extra kochen müaßat!"

„Und für mich hast keine Arbeit?" fragte Justina.

„Mehr als g'nua!" entgegnete er. „Wo wir jetzt das fünfte Kind kriegen!"

„Tüchtig, tüchtig!" sagte Christoph, nickte respektvoll und trank dem Schwager zu.

Da hatte sich in wenigen Minuten viel getan – zum Wohle aller. Ein dörfisches Ärgernis war ebenfalls aus der Welt geschafft worden; denn an den Feindseligkeiten der anderen wetzen sich die Zungen der Mißgünstigen. Über mangelnde Mißgunst aber brauchte sich weder der Schellhammer noch der Lenker zu beklagen. Freilich wäre alles nicht so wild gewesen, hätten nicht die um die Pfarrkocherin gescharten Tempeljungfrauen wieder und wieder Öl ins Feuer gegossen. Doch in ihrem vom Eifer für die Ehre Gottes getragenen Sendungsbewußtsein glaubten die Armen unentwegt hinter den Mitmenschen dreinschnüffeln und jede Ungereimtheit aufdecken und anprangern zu müssen. Daß sie sich damit selber ein böses Herz schufen, daran dachten sie nicht. Da fruchteten auch die wiederholten faustdicken Hinweise in den Predigten des geistlichen Herrn nichts, so daß er im Gegensatz zu seinem Vorgänger seine Kanzelreden auf ein Minimum reduzierte. Er war allmählich zur Erkenntnis gekommen, daß hier selbst der Heilige Geist die Flinte ins Korn geworfen hatte.

Christoph Lenker war ein Bauerssohn und handfest genug, die Sortierungs- und Vermessungsaufgaben in einem dörflichen Sägewerk wahrzunehmen. Die meisten Bauern, die ihr Holz zur Säge brachten, kannten ihn, waren mit ihm einst in die Schule gegangen, hatten natürlich auch von dem Mißgeschick erfahren, das ihn durch die Brände in der Zeche und beim Kalkofen schuldlos getroffen und zurückgeworfen hatte. Sie nahmen deshalb Anteil an ihm und bewunderten die Selbstverständlichkeit, mit er sich in die neue Lage schickte. Freilich hätten sie lieber gesehen, wenn er ein Dirndl aus ihren Kreisen, eine zünftige Bauerstochter, geheiratet hätte, als mit dieser Klösterlichen in wilder Ehe zusammenzuhausen; doch das ging am End' niemanden etwas an: „Wo d' Liab hinfällt, dort bleibts' liegen!" Und außerdem ist die Justina eine saubere Gesellin und versteht sich mit die Leit'!

In der Fastenzeit anno 1604 lud Pfarrer Kirchberger – vielleicht weil er sich mit seiner Seelsorge keinen Ausweg mehr sah – zwei Patres des eben erst in Bayern seßhaft gewordenen Kapuzinerordens für vier Wochen zum Predigen in seine Kirche ein. Diese Geistlichen, die der Herzog persönlich ins Land gerufen hatte, verstanden sich als die „Pudelhunde der Jesuiten" und arbeiteten gern mit ihnen zusammen. Denn während die hochgebildeten Väter der Gesellschaft Jesu die Schönheiten des christlichen Glaubens verkündeten, wußten die Kapuziner meisterhaft den Gläubigen die Hölle heiß zu machen und sie zu Buße und Abtötung zu bewegen. Auf diese letztgenannten geistlichen Übungen hatte es der Peißenberger Pfarrer hauptsächlich abgesehen und deshalb gleich zwei dieser heiligen Scharfmacher kommen lassen. Und weiß der Himmel, die langbärtigen Brüder in der braunen Kutte, die täglich drei

Standeslehren und eine wortgewaltige Allgemeinpredigt hielten, waren darauf aus, die angefaulten Seelen der Gläubigen in den Grundfesten zu erschüttern. Sie führten nämlich die im Mittelalter gebräuchlichen öffentlichen Geißelungen wieder ein.

Und so geschah in der Nacht zum Heiligen Karfreitag diese schmerzliche Orgie: Da hatte am Abend zuvor bei der Gründonnerstagsliturgie der eine der Patres in einer zündenden Kanzelrede darauf hingewiesen, daß in der Karfreitagsnacht unser Herr Blut geschwitzt habe, verhört, gegeißelt und mit Dornen gekrönt worden sei. Und im Schlußwort hatte der Kapuziner hinzugefügt, daß sich acht Männer und sechs Frauen aus der Pfarrei entschlossen hätten, sich in aufrichtiger Bußgesinnung öffentlich gegenseitig zu geißeln. Wer sich an diesem frommen Beispiel erbauen wolle, möge nach dem Gottesdienst in der Kirche verharren.

Ein Raunen entsetzter Verwunderung zog durch das Gotteshaus – und alle blieben nach dem letzten Segen in ihren Bänken sitzen.

Endlich rasselten die hölzernen Klappern, die während dieser Kartage die „zur Ruhe" oder „auf Wanderschaft" gegangenen Glocken ersetzten. Unter der Kirchentür erschien der andere Kapuzinerpater, ganz in weiß gekleidet, mit einer mächtigen weißen Fahne, auf der Christus im Elend zu sehen war. Hinter ihm schritten in langen, weißen Hemden die acht Männer und die sechs Frauen paarweise, diese auch noch in weiße Kopftücher gehüllt. Über den Rücken hingen ihnen feste Hanfgeißeln, in deren Stricke spitze Knochenstücke eingeflochten waren. Sie zogen bis vor ins Presbyterium. Die Männer stellten sich im Kreise auf und entblößten ihre Oberkörper bis zu den Hüften, während sich die sechs Frauen, in einer Reihe stehend, dem Altar zuwandten.

Nun stimmte der Mönch mit schaurig hallender Stimme einen lateinischen Bußpsalm an, und die Geißeln sausten auf den bloßen Rücken des Vordermannes nieder. Der Mönch sang, und die Hanfstricke peitschten. Er sang, bis der erste Mann erschöpft in die Knie niederbrach. Dann war auch der Psalm zu Ende. Die Männer halfen sich gegenseitig, die Hemden wieder über ihre Rücken zu ziehen. Drauf nahmen sie von der Kommunionbank große Leintücher, breiteten sie ganz aus, hielten sie hoch und sperrten damit den Altarraum vor dem Kirchenschiff ab; hinter den Tüchern standen die sechs Frauen.

Und abermals begann der Kapuziner seinen Psalm, abermals sausten die Geißeln auf die Rücken nieder – auf die Rücken der Frauen. Mancher fragte sich: Was muß in einem Menschen vorgehen, daß er auf diese Weise Hand an sich selber anlegen kann? Liegt das nicht auf dem geraden Wege zum Selbstmord, der nicht vollendet wird? Kann die menschliche Rede eine derartige Überzeugungskraft haben, daß der Hörer seiner selbst vergißt?

Auch Christoph Lenker war nahe daran, an sich und seinem christkatholischen Glauben irre zu werden, wenn er nicht unter den sechs Frauen, die sich da vorne blutig geschlagen, jetzt bei ihrem Auszug aus der Kirche auch die Pfarrkocherin erkannt hätte. Wenn die, so dachte er, und ihre scharfzüngigen Freundinnen durch die Kanzelreden der Kapuziner zu einer solchen selbstzerstörerischen Bußtat angeregt werden konnten, dann mußte man die Prediger und Beichtiger segnen, weil sie sich als Regulativ gegen die Bosheit erweisen.

Nun, der Pfarrer Kirchberger hat die Prediger und Beichtiger während der drei folgenden Jahre immer wieder gesegnet ...

Für Christoph Lenker und seine Lebensgefährtin verliefen diese drei Jahre ebenfalls ruhig und ohne Existenzangst. Die beiden stellten keine hohen Erwartungen an das Leben, denn was sie brauchten, verdienten sie sich durch ihrer Hände Arbeit; und nach mehr, als sie brauchten, verlangten sie nicht. Daß sie keine Kinder hatten, war ihr Schicksal; ein gütiges Schicksal, wie ihnen schien, mit dem sie nicht hadern wollten. Vielmehr wollten sie sich durch ihre Ergebenheit die waltenden Kräfte der Vorsehung günstig stimmen.

Der Neubeginn

Da setzte, einem kräftigen Paukenschlag vergleichbar, Mitte des Jahres 1606 eine jähe Veränderung in ihrem Leben ein: Christoph Lenker wurde an den Herzoghof nach München zitiert. Nach einem solchen Ruf sehnte sich kaum jemand in Bayern, denn jedermann wußte, daß Herr Maximilian, wenn er über wichtige Angelegenheiten redete, klar zu sein pflegte wie Glas und hart wie Stahl.

„Christoph“, sagte er, als Lenker in der Neuen Veste erschien, „wir haben miteinander die gleiche Schulbank gedrückt, wir haben die logische Disziplin jesuitischer Denkungsart genossen, wir machen uns gegenseitig nichts vor. Deshalb eine Frage: Was haben Wir von der Pechkohlenzeche Peißenberg noch zu erwarten, Positives oder Negatives?“

„Gnädiger Herr, nur Positives!“

„Mit welchem Investitionskapital hätten Wir nach der jüngsten Katastrophe, vom heutigen Standpunkt aus, noch zu rechnen?“

„Zwanzigtausend Gulden, gnädigster Herr, und nach einem Jahr finanziert sich die Zeche selbst; nach einem weiteren Jahr könnte sie erste Gewinne abwerfen. Indes, gnädigster Herr, die Kohlengräber sind nicht mehr greifbar; sie exerzieren in Euren Kasernen. Damit ist unsere ganze Erörterung hinfällig!“

„Mehr Beherrschung, Christoph Lenker! Für Uns ist nicht leicht eine Sache hinfällig, wenn sie Uns am Herzen liegt! Und Peißenberg liegt Uns am Herzen nicht zuletzt deshalb, weil Uns Christoph Lenker am Herzen liegt!“

„Darauf weiß ich nichts zu erwidern, gnädigster Herr, sondern nur zu danken!“

„Nicht nötig, Christoph! Morgen wird die Hofkammer mit dem Bergamt zusammentreten. Sie werden die zwanzigtausend Gulden bereitstellen und deine Kohlengräber aus der Kaserne ziehen. Der Markscheider Lenker aber wird die Zeche Peißenberg neu auffahren – in Gottes Namen! Glück auf, Christoph!“

Der Herzog erhob sich und reichte dem anderen die Hand.

Keine zehn Minuten Redezeit, und ein auf Jahrhunderte hinaus wirkendes Unternehmen war beschlossen worden.

Nicht ohne Bangigkeit hatte Justina der Heimkehr Christophs entgegengesehen. Denn das wußte man: „Geh nie zu deinem Ferscht, wenn du nicht gerufen werscht!“ Wer aber gerufen wurde, mußte zittern.

So stand sie am Gartenzaun, um, wenn er käme, schon aus der Ferne zu erkunden, wie es ihm ergangen sein mochte.

Nun, er saß aufrecht im Sattel, und sein Gesicht schien ihr zu strahlen. Und als er sie dann in die Arme schloß, wußte sie, daß ihnen Gutes widerfahren und ein Aufbruch in eine bessere Zukunft im Gange war.

Es war nicht leicht, die alles in allem harmonisch verlaufene Beziehung zur Schellhammermühl nunmehr jäh abzubrechen. Denn so im Handumdrehen war ein Buchhalter und eine Kindsmagd von der Qualität der Lenkerschen nicht zu beschaffen. Da gab es viel Aufregung und manchen Verdruß auf beiden Seiten; auch brachen alte Wunden wieder auf, zumal unter den drei Frauen. Dies um so mehr, als sich auf seiten der Schellhammerischen sogar noch ein unverkennbarer Neid hinzugesellte. Und es bedurfte seitens des Schwagers bisweilen eines großen Taktgefühls, die sich immer wieder aufbäumenden Wogen zu glätten.

Auf der Zeche herrschte jetzt eine rege Geschäftigkeit, denn unter den Einheimischen waren noch ein paar Ältere, die schon lange die Zeit herbeigesehnt hatten, wo ihnen eine Wiederaufnahme ihrer Bergmannstätigkeit gegönnt sein würde. Nun war es so weit!

Christoph Lenker stellte zuerst die Grubenzimmerer ein, damit sie die Verheerungen des schlagenden Wetters beseitigten sowie den Förderturm und die Wettertürme instandsetzten. Viel Arbeit gab es auch für die Maurer, denn in den vergangenen Jahren des Stillstandes waren mancher Schacht und manche Strecke zusammengebrochen, nicht zu reden von der Verladerampe und der Zechenstube, die während der Wintermonate arg gelitten hatten.

Nach Neujahr 1607 begab sich Lenker zum Hohen Rat der freien Reichsstadt Augsburg: sein erster Schritt in die Welt des großen Geldes. Als er den Ratssaal betrat, saßen vier Ratsherren hinter einem langen breiten Tisch. Da dachte er unwillkürlich an ein Gelage beim Göttervater Zeus am Olymp, wenn er mit seinen Großen die ankommenden Heroen und das kleinere Halbgötterzeug begrüßte: Die Herren waren schier steif vor lauter Würde.

Eingedenk einer Instruktion des Spirituals der Jesuiten zu Ingolstadt, daß man den Vielvermögenden zwar bescheiden, aber nicht hündisch begegnen sollte, nannte er seinen Namen und erklärte seine Bestallung zum Werksleiter der Zeche Hohenpeißenberg durch Herzog Maximilian persönlich.

„Persönlich?" fragte einer der Herren.

„Persönlich!" wiederholte Lenker fest und fuhr fort: „Mir ist die hohe Gunst zuteil geworden, zur selben Zeit wie der gnädigste Herzog die Universität der Jesuitenväter in Ingolstadt zu besuchen."

„Dann berechtigt Ihr offensichtlich zu großen Erwartungen! Und was erwartet Ihr Euch von der Stadt Augsburg?"

Diese Frage kam wie aus der Muskete geschossen, und Christoph hatte einige Mühe, sich auf die richtige Antwort im richtigen Tonfall einzustellen. Er erwiderte: „Nach den Schreckensjahren, die über unser Werk hereingebrochen waren, bieten wir erneut unsere Pechkohle an; dies um so mehr, als die Stadt Augsburg unserer Zeche von allem Anfang an sehr gewogen war ..."

„... und von Euch bitter enttäuscht wurde!" warf ein anderer Ratsherr dazwischen.

„Haltet zu Gnaden, hoher Herr, daß ich damals noch auf der Schulbank saß. Wollet mich bitte nicht mitverantwortlich machen für die Ungereimtheiten meiner Vorgänger!"

„Ungereimtheiten, sagt Ihr? Ich muß bekennen, daß Ihr Euch gewählt auszudrücken versteht! Man merkt Eurer Rede die jesuitische Linienführung gleich an. Das soll aber kein Vorwurf sein!"

„Nun zur Sache!" sagte ein anderer an dem großen Tisch und fragte weiter: „Wann seid Ihr lieferfähig?"

„Wenn uns der Himmel und der Berggeist gnädig sind, hoffen wir der Stadt Augsburg im kommenden Winter die Stuben heimelig erwärmen zu können, von den Ziegelöfen gar nicht zu reden."

„Dann, Lenker, seid Ihr unser Mann!"

Die Herren erhoben sich, desgleichen Christoph Lenker, und mit dem Handschlag aller vier ward die gegebene Zusage besiegelt.

Als er aus dem Rathaus herauskam, saß da auf der untersten Stufe der Freitreppe ein Bettler. Er grüßte Lenker ausnehmend freundlich und nannte ihn bei seinem Vornamen.

„Wer bist du, daß du mich kennst?“ fragte Christoph.

„Verachtet mich nicht, lieber, junger Herr, aber ich bin der Hans Maier, der mit dem Georg Stange vor Jahren auf der Peißenberger Zeche saß. ‚Wenn's dem Esel zu wohl ist, geht er aufs Eis tanzen!‘ – Mir ging's zu gut, deshalb haben sie mich von der Tanzfläche – will sagen: aus meinem Badhaus – geholt und haben mir alles genommen, alles. Jetzt muß ich mein Leben im Staub der Straßen fristen, wie Ihr seht.“

„Hans Maier, es soll nicht unser letztes Wort gewesen sein, das wir miteinander gesprochen haben. Wenn Ihr wollt, besucht mich in Peißenberg, gebt Euch aber tunlichst nicht zu erkennen!“

„Glaubt Ihr, Christoph Lenker, daß mich noch jemand erkennt mit dem schimmeligen Bart und dem nackten Handteller auf dem Schädel? Jedenfalls sag' ich schon jetzt ein herzliches Vergelt's Gott!“

Christoph schenkte ihm einen halben Gulden, holte das Roß aus der Herberge und ritt heimwärts. Unterwegs suchte er noch ein paar Lechflößer auf und teilte auch ihnen die im Spätherbst zu erwartende Wiederaufnahme des Kohlentransports nach Augsburg mit.

Daheim unterrichtete er seinen Gemeindevorsteher von allem, was sich in München, in Augsburg und drumherum ereignet hatte, und fand seine begeisterte Anerkennung. Der Wundarzt versäumte allerdings nicht, ihn wegen des Hans Maier zur Vorsicht zu mahnen. Der verstehe sich trefflich darauf, im Bedarfsfalle den Mantel nach dem Winde zu hängen. Auch habe er die Bademägde, die ihm früher in Augsburg dienstbar gewesen seien, in geradezu unverschämter Weise ausgenützt, was er, Wolfgang Landes, bezeugen könne, aber seines Berufes wegen nie bezeugen werde.

Und der Vorsteher beschloß die Begegnung mit dem großväterlich erhobenen Zeigefinger: „Lieber Lenker, Ihr seid ein geistig hochstehender Mann, doch hat Euch die einstige Ausbildung zu wenig auf die Tücken des Lebens und die Fährnisse des nüchternen, harten Alltags vorbereitet. – Gebt Acht!"

Christoph bedankte sich beim Vorsteher und begab sich auf die Zeche, wo, wie ihm Justina berichtet hatte, bereits einige Männer warteten, die sich für die Bergmannstätigkeit interessierten. Es waren fast lauter „Altgediente", im Bergwesen erfahren und gottfroh, der Schinderei in den Kasernen entronnen zu sein. Einigen war er sogar noch von seiner Studienzeit her bekannt als ein schüchternes Bürschlein, und sie waren erstaunt, mit welch schlichtem Ernst und großem Fachwissen er zu ihnen sprach. Denn der unter Tage in ständiger Lebensgefahr arbeitende Bergmann besitzt ein besonderes Gespür für charakterliche Lauterkeit, und jegliche Sprüchemacherei haßt er wie die Pest. So war es kein Wunder, daß alle Christoph Lenker mit Achtung begegneten und ihn als einen echten Kumpel ansahen, der nicht darauf aus war, sie auszubeuten, um nachher beim Bergamt als tüchtiger Einpeitscher dazustehen.

Die Aufräumungsarbeiten in den Stollen und Strecken kamen ebenso zügig voran wie die Verschalungen in den Schächten, so daß bereits kurz nach Allerheiligen die erste Schicht einfahren konnte. Das war für ganz Peißenberg eine festliche Stunde, fuhr doch mit ihnen auch der Pfarrer ein, um segnend das ganze Bergwerk zu durchqueren. Christoph hatte ihm geraten, weder Chorrock noch Alba anzuziehen, weil dieses geistliche Amtsgewand nachher unweigerlich zu den Putzlumpen geworfen werden müßte.

Pfarrer Kirchberger seinerseits war zu Tränen gerührt, als er inmitten der etwa hundert Kohlengräber, deren jeder seinen „Frosch" trug, den Rosenkranz betend durch die schwarzen Gänge schritt. Darum stiftete er auch einem jeden in der Zechenstube einen bayerischen Schweinsbraten und eine Maß Bier. Auch das war traditionsbedingt, stand doch und steht bis in unsere Tage hinein in den Dörfern neben der Kirche das Wirtshaus.

Und die Zeche Hohenpeißenberg lief wieder an. Die meisten Gänge wurden nach den Berechnungen des Markscheiders neu aufgefahren. Auch die Kohlengräber konnten mit einigem Augenmaß den Abbau überschauen, was ihrem Interesse am Gesamtwerk förderlich war. Die Fuhrleute und die Lechflößer hatten ihre Tätigkeit wieder aufgenommen und sorgten für den reibungslosen Abtransport des Kohlenschatzes aus dem Peißenberg.

Mit dem Frühjahr kam das Osterfest, und an Ostern pflegten viele fromme Augsburger Bürger in das Marienheiligtum auf dem Berge zu wallfahrten: Bruderschaften und Zünfte kamen zu Fuß, die besseren Leut' – und davon gab es in Augsburg viele – fuhren in Kutschen und Chaisen und Jagdwägelchen daher, um den Aufstieg leichter zu bewältigen. Auch allerhand Krüppel und Bettler stellten sich ein, um der hier reichlicher fließenden Gaben der Frömmigkeit teilhaft zu werden; so auch der einstige Montanherr Hans Maier.

Wie es den Verbrecher – so sagt man – an den Ort seiner Missetat zurücktreibt, so war auch Maier einem Wallfahrerzug gefolgt, um in Peißenberg die Zeche, den Kalkofen – und vielleicht den einen oder anderen Bekannten wiederzusehen. Außerdem besaß er die Zusicherung des jungen Markscheiders, mit ihm an Ort und Stelle zu reden. Als daher die Wallfahrer den heiligen Berg hinanstiegen, schwenkte er von ihnen ab und ging zum neuen Haus Christoph Lenkers.

Es war um die Mittagszeit, und schon am Gartentor stieg ihm der Duft eines guten Bratens in die Nase. Weil ihm aber der Hund den Eingang verwehrte, wartete er. Dann kam Justina aus dem Hause den Kiesweg herab. Sie schaute auf den Mann. Und je intensiver sie schaute, desto langsamer wurden ihre Schritte. Bis sie ruckartig stehenblieb und ausrief: „Was willst denn du hier?“

Gemäßigt erwiderte Maier: „Und du? Was machst du da?“

Darauf sie: „Ich bin hier die Haushälterin. Bitte geh wieder und verrat mich nicht!“

Da trat auch schon Christoph aus dem Haus und näherte sich den beiden, die immer noch am Gartentor standen: „Wollt ihr denn hier anwachsen, ihr zwei? Oder habt ihr Streit miteinander?“

Er öffnete das Tor und ließ Maier ein. Der und Justina waren so betreten, daß sie kein Wort hervorbrachten; das mußte auffallen.

„Mir kommt's so vor“, fuhr er fort, „als wäre zwischen euch etwas nicht ganz im Lot. Gesichter macht ihr, wie wenn euch einer mit der Pudelmütze verdroschen hätt'.“

Maier entgegnete: „So ist's ja nicht gerade; aber wenn man sich nach Jahr und Tag unter völlig veränderten Umständen wieder begegnet, kann's einem schon für einen Augenblick die Sprache verschlagen.“

„Ihr kennt euch also?“ fragte er hart, denn ihm schwante nichts Gutes.

Da fiel ihm Justina um den Hals und schluchzte; er jedoch stand wie eine Säule. Schließlich sagte er: „Geht ins Haus und überlegt euch, was ihr mir zu berichten habt! Ich komme nach!“

Er wandte sich ab, rief den Hund und kettete ihn an seine Hütte. Und dachte: Man kann ja nie wissen, wie sich die Dinge entwickeln! Dann ging er langsam hinters Haus und legte sich flach ins Gras.

War's eine halbe Stunde, eine ganze, oder waren es gar zwei? Er erhob sich und ging ins Haus. Hans Maier hatte sich entfernt. Justina saß auf der Ofenbank. Ihre Augen waren gerötet, das Gesicht verweint. Sie zitterte an den Händen.

Er setzte sich auf einen Stuhl, verschränkte die Arme und sagte: „Wir wollen nicht viel Gesumse machen! Die volle Wahrheit ist stets die einfachste Lösung! Warst du Magd in Maiers Badestube zu Augsburg?“

„Ja!“ erwiderte sie und bedeckte das Gesicht mit beiden Händen.

„Wie ist es dazu gekommen?“

„Als mich der Tanzmeister in Polling satt hatte, brach es meiner Mutter das Herz. Sie starb. Kaum war sie unter der Erde, legte mir der Propst nahe, das Kloster zu verlassen, weil ich ein Herd der Unruhe sei und Mönche wie Scholaren an mir Ärgernis nähmen. Ich ging nach Peißenberg, um dich auf der Zeche zu erfragen. Ich traf Maier, und der erklärte, du seist im Studium zu Ingolstadt und so bald nicht erreichbar; er ließ mich auch über meine Notlage berichten. Und dann machte er mir den Vorschlag, mich in sein Badehaus aufzunehmen. Natürlich erschreckte mich so ein Angebot zunächst. Aber was hätte ich denn sonst machen sollen? Mich den Straßenmenschen oder lustigen Fräulein zugesellen? So nahm ich eben sein Angebot an, zumal er mir Kost und Wohnung versprach."

Christoph Lenker überlegte lange. Dann meinte er: „Wir sind aufeinander angewiesen. Wir wollen unser Zusammenleben nicht durch Fragen nach Ursachen und Hintergründen zerreden, weil die Herzen der Menschen sowieso nicht auszuloten sind. Gleichwohl überlasse ich es dir, zu entscheiden, ob du bleiben willst oder nicht. Was mich angeht, so habe ich mich damals entschieden, als du zu mir gekommen bist; bei dieser Entscheidung bleibe ich."

Es wurde ein österlicher, friedvoller Abend im Hause Lenker, obwohl es Stunden zuvor nicht danach ausgesehen hatte.

Hans Maier war den Wallfahrern auf den Heiligen Berg gefolgt. Denn zum Markscheider führte keine Brücke mehr. Auch fühlte er sich elend. Das Luderleben in Augsburg hatte an seiner Gesundheit genagt, und der Jüngste war er auch nicht mehr. Rein schon deshalb durfte er an einen Posten auf der Zeche – selbst wenn es der kleinste gewesen wäre – nicht mehr denken. Bei nüchterner Betrachtung seines Lebens gestand er sich ehrlich ein, daß es ein verpfuschtes Leben gewesen war, ihn krank gemacht und an den Bettelstab gebracht hatte. Die Begegnung mit dem Lenker und dann mit Justina kam ihm jetzt vor wie ein kurzer Sonnenstrahl zwischen zwei Gewittern. Ob er die Finsternis, in die er nunmehr hineinschritt, heil überstehen würde? Er zweifelte selbst daran.

Die Zweifel quälten ihn vor allem, wenn er an den Stufen der Kirchen und den Aufgängen der Patrizierhäuser saß, seinen Hut hinhielt und die Vorübergehenden „um der Liebe Christi willen“ um ein Almosen bat ...

Der Feldzug

Über all den Sorgen und Kümmernissen der kleinen Leute baute sich in jenen Jahren eine finstere Gewitterwolke auf, die Länder und Staaten, weltliche Herrscher und Kirchenfürsten bedrohte: die Auseinandersetzung zwischen dem alteingesessenen und dem protestierenden Glauben. Mit den Parolen von der alleinseligmachenden Kirche einerseits und von der reinen Lehre Christi andererseits versprühten die jeweiligen Anhänger Gift und Galle gegeneinander. Sie taten gerade das, was Kirche und Lehre untersagten: Sie mißachteten und zerstörten die brüderliche Liebe.

Da waren es vor allem Rat und Bürgerschaft der freien Reichsstadt Donauwörth, die vehement auf die Ausweisung der armseligen letzten zwanzig katholischen Familien drängten, die sie noch unter ihren viertausend Einwohnern zählten. Diese paar Baptisten fanden nämlich starken Rückhalt im Kloster zum Heiligen Kreuz, das die Protestanten vorab noch nicht behelligt hatten, weil es unter dem Schutz des Bischofs von Augsburg stand; und der hatte ihnen geraten, die Lutherischen nicht herauszufordern. Weil sich aber jetzt die Katholiken – aufgestachelt durch die Jesuiten – im Lande allenthalben wieder regten, war der neugewählte Abt des Klosters – ungeachtet des bischöflichen Rates – auf den verhängnisvollen Gedanken gekommen, am 25. April 1606 in vollem Ornat einen feierlichen Bittgang durch die Straßen der Stadt zu führen. Mit Prozessionsmusik, Gesang und lautem Gebet ging es in ein nahes Dorf, wo eine Viehseuche wütete und man deshalb um den Segen der katholischen Kirche gebeten hatte. Die Lutherischen sahen das und fühlten sich wie vor den Kopf gestoßen. Welch eine Verwegenheit! Die Bürgermeister schlugen die Hände über ihren

Köpfen zusammen und rannten von einem Ratsherrn zum anderen, um zu erfahren, was da zu tun sei. Indes, auch diese waren ratlos.

Darauf ermannten sich ein paar Eiferer und stürmten auf das Kloster zu. Weil dieses jedoch verwaist war, warteten sie und besetzten den Eingang. Zwei Stunden darauf kehrte die kleine Schar der wallfahrenden Beter zurück und hoffte, in der Klosterkirche noch einen Segen zu empfangen. Doch wurden sie von den anderen mit Hohn und Spott begrüßt und zu böser Letzt noch herzhaft mit Stöcken verprügelt. Selbst dem Abt riß man das kostbare Gewand vom Leibe; und es war ein Glück, daß er das heilige Sakrament in der Monstranz einem Ministranten übergeben konnte, der es mit schier unglaublicher Behendigkeit über einen Turmeingang in die Kirche und in den Tabernakel brachte.

An jenem späten Nachmittag mußten die Heilig-Geist-Brüder in ihren Krankenstuben neun Verwundete verbinden und pflegen, unter ihnen auch den Abt, der mit einem doppelten Armbruch und einem verbeulten Gesicht eingeliefert worden war.

Der Hohe Rat der Stadt aber scherte sich um nichts.

Das Ereignis erregte höchstes Aufsehen, und der Reichshofrat in Prag verlangte von den Vertretern der Stadt eine restlose Aufklärung, warum sie gegen die Schuldigen nicht unverzüglich eingeschritten wären. Die Bürgermeister und Ratsherren von Donauwörth gaben sich nun unbeholfen genug und erwiderten, sie seien der aufrührerischen Menge nicht Herr geworden. Dieses Eingeständnis der Ohnmacht deutete nun der Hofrat als Unfähigkeit, wandte sich an Herzog Maximilian von Bayern und ersuchte ihn, den Schutz der Katholiken in der freien Reichsstadt wahrzunehmen. Der forderte nun die Stadt auf, den Katholiken die Unbill abzubitten und den ihnen zugefügten Schaden zu bereinigen – und zwar innerhalb von sechs Wochen.

Doch die Stadt ließ die gesetzte Frist ungenutzt verstreichen, weil sie sich Unterstützung von den protestantischen Ständen des schwäbischen Reichskreises erhoffte. Da riß dem Reichshofrat der Geduldsfaden: Er verhängte über Donauwörth die Reichsacht und übertrug dem Bayernherzog die Vollstreckung.

Maximilian verlangte nun von den Donauwörthern zunächst die Aufnahme von Katholiken in den Stadtrat, und zwar umgehend. Doch die Schwaben blieben auch jetzt hartköpfig und scherten sich nicht um den Herzog von Bayern.

Der hatte das kommen sehen und stellte ein Heer auf. Im Bewußtsein, daß es um die Bestrafung der Stadt ging, die gegebenenfalls mit Gewalt eingenommen werden mußte, zog er jetzt, im Sommer 1607, aus seinen Zeughäusern vierzehn schwere Kanonen und ließ sie in die Fröttmaninger Heide bringen. Nach

Degerndorf am Inn erging der Befehl, die Steinbrecher von der Biber hätten sich auf der Heide einzufinden; der gleiche Befehl erreichte den Markscheider Lenker und seine gesamte Belegschaft in Peißenberg.

Auf der Heide wurden sie von ihrem Kapitän Pöhmer in Empfang genommen, der sie – noch ehe sie ihre Zelte betreten durften – mit knieerweichender Grobheit begrüßte: „Bildet euch ja nicht ein, bei den Soldaten etwas zu sagen zu haben! Ihr seid ganz gemeine Fußknechte und habt nur dann zu reden, wenn ihr gefragt werdet, und nur das zu tun, was man euch befiehlt! Ihr kommt jetzt mit mir in die Rechnungsstube, wo ihr euren Sold für einen Monat empfangt! Die meisten von euch werden sowieso in ihrem ganzen liederlichen Leben noch nie so viel Geld gesehen haben: Ihr kriegt nämlich acht Gulden auf die Hand; Futter und Montur extra. Ich kann euch aber jederzeit den Sold streichen, wenn es euch belieben sollte, mir, dem Kapitän Konrad Pöhmer, nicht zu gehorchen! Habt ihr verstanden?"

Nachdem allen die Manieren des Kasernenhofes geläufig waren, brüllten sie: „Ja!"

„Und jetzt folgt mir!"

Sie folgten und mußten sich vor der elenden Baracke, die als Rechnungsstube bezeichnet worden war, hintereinander aufstellen und einzeln eintreten. Hier saß an einem Tische ein Rottmeister, der vor sich die Namen der Steinbrecher und der Kohlengräber aufgelistet liegen hatte. Er fragte jeden, hakte seinen Namen ab und zahlte ihm die acht Gulden aus.

Als Christoph Lenker vor ihm stand, stutzte er: „Was bist du von Beruf?"

„Werksleiter der Kohlenzeche Hohenpeißenberg!"

„Du kriegst den Sold eines Fähnrichs: siebzig Gulden!"

„Deshalb hast du mich auch zu Ihr-zen und nicht zu duzen!"

Der andere stand ruckartig auf, sagte: „Entschuldigt, bitte!" und setzte sich ebenso rasch wieder an seinen Tisch.

Erst als diese ganze Prozedur beendet war, wurden sie in das Zelt der Kanoniere und Mineure geführt und erhielten da eine dicke Brotsuppe und einen Riegel Geselchtes.

Am nächsten Tag hieß es: „An die Geschütze!"

Da stand bei jeder Kanone ein Rottmeister, der je fünfzehn Mann um sich scharte und darauf mit der Erklärung der mächtigen Waffe begann.

Das wiederholte sich jeden Tag, einen Monat lang, bis alle so weit waren, das Geschütz militärgerecht in kürzester Zeit zu bedienen.

Mit Herbstbeginn lautete die Parole plötzlich: „Heute Scharfschießen!"

Die Kanonen wurden weiter in die Heide hinausgezogen, hölzerne Häuser, Türme und Mauern wurden in Ziellinie aufgestellt. Und dann wurde geschossen.

Da versammelten sich die neugierigen

Münchner am Rande der Heide und ließen ihre Herzen beim Donner der Geschütze wollüstig erbeben: Ja, unser Herzog Maximilian!

Inzwischen war die für die Aufnahme der Katholiken in den Hohen Rat von Donauwörth festgesetzte Zeit abgelaufen, ohne daß etwas dergleichen geschehen wäre.

Jetzt mußte die strafende Gerechtigkeit vollzogen werden. Der Herzog beorderte den Freiherrn und bayerischen Generalleutnant Johann Tserclaes Tilly, einen Soldaten aus Brabant, zu sich. Die beiden zogen noch den Obristen von Beninghausen, den Chef der Kürassiere, sodann Herrn von Pappenheim und den Obristen Alexander von Haßlang hinzu und berieten die ganze Nacht. Am anderen Morgen fuhren sie gemeinsam in einer Karosse nach St. Michael, wo ihnen der Beichtvater des Herzogs, ein Jesuit, eine stille Messe las. Als sie das prächtige Gotteshaus wieder verließen, standen zwanzig Hauptleute und acht weitere Obristen vor ihnen und meldeten, daß das Einsatzheer von sechstausendsechshundert Mann mit vierzehn Geschützen zum Abmarsch bereitstehe.

Es war kalt gewesen in der Nacht; mächtige Eiszapfen hingen von den Dächern. Jetzt, wo eine freundliche Sonne hinter Riem aufging, begannen sie zu schmelzen und tropften unaufhörlich; und immer wieder rutschten kleine Eisbretter knallend in die Gassen.

Sagte der Herr von Pappenheim: „Wenn's so bleibt, werden wir eine gute Fahrt haben!"

„Die werden wir haben, auch wenn's nicht so bleibt!" erwiderte der Obrist von Haßlang, der den Pappenheimer nicht leiden konnte.

„Über Witterungsgunst und Weibertreu soll man keine Vorhersagen machen!" meinte der alte Beninghausen und lachte. Der von Pappenheim lachte auch, worüber sich der Haßlang abermals ärgerte.

Herzog Maximilian wollte nicht, daß die beiden verdienten Soldaten einander schon wieder in die Haare gerieten; als sich daher alle in der Karosse gesetzt hatten, sagte er: „Meine Herren, sobald uns eine Marketenderin in die Quere kommt, ruft sie herbei, denn an diesem frostigen Morgen braucht der Magen einen anständigen Weingeist!"

Da griff der Pappenheimer in seinen Mantelsack und zog ein Krüglein heraus: „Gnädigster Herr, darf ich Euch Marketenderin sein?" Alle tranken ein Mäßlein, und der ausgebrochene Grant des Obristen von Haßlang ebbte ab.

Dann gelangten sie an die Augsburger Heerstraße. Allen ging das Herz auf, als sie die Kolonnen vorbeimarschieren sahen, und gar erst, als die vierzehn schweren Fuhrwerke mit den Geschützen, von je sechs Rössern gezogen, quietschend und ratternd gefahren kamen. Dahinter schritten die Kanoniere und Mineure, geführt von Kapitän Pöhmer und vom Fähnrich Christoph Lenker. Die beiden begrüßten respektvoll die Herrschaft in der Staatskarosse, so daß sogar der Herzog leicht seine Hand erhob.

Am frühen Nachmittag gelangte die Spitze des Heeres bei Augsburg an den Lech; die bereitgestellten Flöße wurden nacheinander bestiegen. Die Soldaten schlugen die Zelte auf und füllten sie mit dem Stroh, das in mächtigen Haufen am Ufer lag. Nur einige Unverwüstliche begaben sich am Abend noch in die Stadt, um einen mehr oder weniger großen Abschiedsschmerz im Weine zu ersäufen.

Am anderen Morgen ländeten die Flöße ab, von kundigen Nauförgen gesteuert, und zogen vorbei an Thierhaupten, um am Nachmittag bei Rain wieder an die Heftstrecken zu gehen. Es war höchste Zeit, daß die Soldaten an Land kamen, hatten doch die Kälte und die Untätigkeit ihre Gemüter mißmutig gemacht.

Deshalb befahl der Generalleutnant eine Heerschau auf der mit einem frostigen Schneehauch überzuckerten Lechwiese. Dergleichen soldatische Schinderei bewirkt Wunder der Disziplin und bringt jegliche ausgebrochene Unart wieder ins Reine. Sechs Stunden, bis in die Nacht hinein, wurden die Männer auf der Wiese hin und her, auf und nieder gescheucht. Da war an ihren Leibern kein Fleckchen, das nicht schweißnaß gewesen wäre; dazu die in der Nacht bei zunehmendem Mond bissiger werdende Kälte. Wer da nicht krank werden wollte, mußte einfach mittun, mußte die Zähne zusammenbeißen und – wie die Rottmeister schrien – „die Arschbacken zusammenkneifen". Unter solchen Bedingungen stellte sich jene Gleichgültigkeit ein, die eine Vorläuferin der Entmenschung ist.

Sie kehrten auf die Flöße zurück und fielen in den Zelten wie tot aufs Stroh.

Gegen drei Uhr morgens wurde „Tagwacht" geblasen, und das ganze Heer marschierte acht Meilen donauaufwärts. Als das Glöcklein auf dem Klosterturm bei Heilig Kreuz in Donauwörth zur Frühmesse rief, erschraken die Bürger der geächteten Stadt: Der Rächer stand vor den Mauern.

Herzog Maximilian schickte sogleich den bayerischen Herold in das Dorf Nordheim, das in der Nähe lag, und ließ die Reichsacht proklamieren, die in drei Bedingungen gipfelte: Übergabe der Stadt, Errichtung eines Galgens auf dem Marktplatz, und eine „Immissions-Erklärung". Die letztere besagte, daß dem Bayernherzog die Stadt so lange als Pfand gehöre, bis sie ihm die Kosten für diesen Feldzug, nämlich vierhunderttausend Gulden, bezahlt habe.

Nachdem der Herold seine Verlautbarung verkündet und das pergamentene Dokument dem Vorsteher von Nordheim übergeben hatte, ritt dieser sogleich nach Donauwörth und übergab es dem dortigen Magistrat. Die Herren dort schlugen die Hände über dem Kopf zusammen: Sie wären ja kaum in der Lage gewesen, die Zinsen für diese Riesensumme aufzubringen, geschweige denn die Summe selbst. Sie tüftelten hin und tüftelten her, sie berieten sich mit ihren Geldjuden – und entschlossen sich schließlich, dem Bayernherzog die Tore zu öffnen und die Immissions-Urkunde zu überreichen.

Im Stil eines triumphierenden Siegers rückte Maximilian mit einem Heeresteil ein und nahm im Rathaus die Urkunde entgegen. Als er sie gelesen hatte, zerriß er sie, weil Donauwörth darin noch als „des Heiligen Römischen Reiches freie Stadt" bezeichnet wurde. Das war sie weiß Gott nicht mehr. Vielmehr war sie bayerisches Eigentum geworden. Dies bekundete der Herzog auch unverzüglich dadurch, daß er seine Polizei in der Stadt einquartierte und in jede Behörde einen seiner mitgebrachten Beamten schleuste – in das städtische Bauamt den Markscheider Christoph Lenker.

Die Bestallung mit diesem Posten war für Lenker keine reine Freude, im Gegenteil. Als er sich, ebenso wie der in die Stadt eingerückte Heeresteil, in den Häusern der protestantischen Patrizier einigermaßen häuslich eingerichtet hatte, bat er seinen Fürsten um eine Audienz. Er legte ihm dar, daß das Peißenberger Zechenwesen, das so schön gelaufen war, durch seine Abwesenheit einen nicht geringen Schaden abbekommen werde.

Dem widersprach der Herzog mit dem Hinweis, daß kein Mensch sich so wichtig nehmen solle, als ob er nicht ersetzbar wäre. Das Bergamt in München habe bereits an den Obersteiger die Weisung ergehen lassen, daß er bis auf weiteres die Gesamtführung des Unternehmens wahrzunehmen habe.

Auf die andere Frage Lenkers, ob er für ein paar Tage heimfahren dürfe, um seine Hauswirtin und einige Habseligkeiten herbeizuholen, meinte Maximilian, er möge doch noch den Beginn des neuen Jahres 1608 abwarten, bis sich die administrativen Verhältnisse in der Stadt normalisiert hätten.

„Abgeblitzt", dachte sich Christoph und war verärgert. Indes, der Ärger hatte keinen Zweck, sondern machte bloß ein ungutes Gemüt und einen sauren Magen.

Die Einheimischen, die im Bauamt saßen, erkannten bald, daß ihnen in Lenker ein Fachmann von hohen Graden zugeordnet worden war, und sie beeilten sich, ihm ihre große Sorge, die Anlage einer Abwässerkanalisation, vorzutragen. Er ließ sich den Bebauungsplan der Stadt und die Ergebnisse bereits durchgeführter Bohrungen und Ausschachtungen bringen und überprüfte die Vermessungen früherer Beamten. Dann setzte man sich zusammen und erstellte ein Konzept für die unterirdische Wasserführung, deren Bau im kommenden

Frühjahr in Angriff genommen werden sollte, unter der Voraussetzung freilich, daß der Herzog zustimmen würde.

Doch der Mensch denkt, und Gott lenkt!

Eines Morgens, es war am dritten Adventssonntag, erschienen in Donauwörth einige Schwarzröcke, schlugen den Bauamtsangehörigen Christoph Lenker in Eisen und bugsierten ihn in ihre schwere, fensterlose Karosse. Ohne irgendeine Erklärung fuhren sie mit ihm in den Wintertag hinaus. Wortlos saßen sie neben ihm; sie stanken wie die Pest und schliefen zumeist. An den Pferdewechselstationen bekam er eine Griebensuppe und einen Runxen Brot. Dann ging's aber gleich weiter, Tag und Nacht.

Er wußte nicht, wie lange sie unterwegs gewesen waren, hatte er doch die Sonne nur zu seinen Mahlzeiten gesehen; plötzlich zogen sie ihn heraus. Sie waren auf der Veste Hohensalzburg.

Sie übergaben ihn einem Knecht, dessen Aussehen allein schon den Lenker schaudern machte. Er führte ihn einen steilen Burgweg hinan und sperrte ihn dann in einen Keller. In dem Keller gab es viele Verliese, aus denen bisweilen Wutausbrüche und Schmerzensschreie in den breiten Gang drangen.

Müde fiel er auf die Strohschütte hin, die sie ihm in eine Ecke geworfen hatten. Er wollte schlafen. Vielleicht wäre er auch eingeschlafen, hätte er nicht auf einmal eine zagende Stimme gehört, die seinen Vornamen rief. Er horchte gespannt auf, dann antwortete er ebenso zag: „Justina?“ – und vernahm ein bitteres Schluchzen …

In den Fängen der Inquisition

Lieber Herrgott im Himmel, was hatte sich in dem vergangenen halben Jahr ereignet!

Fast zur gleichen Zeit, als die Zeche in Peißenberg stillgelegt und die Kohlengräber abgezogen wurden, hatten Caspar Leis, der Propst von Polling, den Pfarrer Kirchberger ins Kloster zurückberufen. An dessen Stelle setzte er den jungen Heißsporn Melchior Faber, einen Mönch von beachtlicher Gelehrsamkeit und zugleich hinterhältiger Gesinnung. Der brave Herr Kirchberger, einer der Stillen im Lande, war von irgend jemandem im Stift angeschwärzt worden, so daß seine Rückberufung gleichsam als Strafversetzung angesehen werden konnte. Es gab ein paar böse Mäuler, die dahinter die Kocherin Zenzi witterten, doch es wurde nichts bewiesen. Auffällig war nur, daß diese schon fast überreife Frau an dem neuen Herrn gewissermaßen Muttergefühle austobte, die dem offensichtlich sehr zu bekommen schienen.

Indes, die Bewohner von Peißenberg maßen dieser Bemutterung keine besondere Bedeutung bei und hielten sich an einen Ausspruch des alten Gemeindeschreibers, den der einmal am Biertisch getan hatte: „Der Pfarrer kann's ja auch nicht durch die Rippen schwitzen!"

In Wirklichkeit verhielt es sich jedoch ganz anders.

Als nämlich damals, fast vier Jahrzehnte waren seitdem vergangen, der Pfarrer Reismayer mit seiner Schwester Lioba, der nachmaligen Bäuerin auf dem Stoffelhof, nach Peißenberg gekommen war, hatte man gemunkelt, der geistliche Herr hätte sich im Kloster Polling eine herzhafte Stalldirn angelacht und sei darauf unverzüglich aus dem Stift entfernt worden; und zwar unter der Bedingung, daß ihm die leibliche Schwester den Haushalt führe. Freilich war daraus nicht viel Ersprießliches gekommen, denn die Pfarrerschwester hatte sich ja sehr bald auf den Hof der Lenker verheiratet; so war der Pfarrer gezwungen gewesen, sich eine Kocherin zu nehmen, eben jene Zenzi, die jetzt den Herrn Melchior so mütterlich betreute.

Der war nun schon der dritte geistliche Herr aus dem Kloster Polling. Mit dem zweiten, dem Herrn Kirchberger, hatte sich die Zenzi nicht gut verstanden; der war ihr wegen der „verfluchten Ratscherei" immer und immer wieder, doch ohne Erfolg, hart begegnet. Nun hoffte sie, den jungen Herrn in ihr Fahrwasser zu schleusen; und wahrhaftig, es sah vielversprechend aus! Schwungvoll und von heiligem Seeleneifer erfüllt, wollte Melchior Faber die Pfarrgemeinde aus ihrer Schwerfälligkeit aufschrecken. Das aber konnte nur geschehen, so glaubte er, wenn es ihm gelänge, in alle sündhaften Schlupfwinkel einen frischen Wind des Heiligen Geistes hineinfahren zu lassen. Er teilte natürlich diesen Plan auch der Zenzi mit, und die sah sich jetzt zu apostolischer Mitarbeit berufen.

Der größte Sündenpfuhl in Peißenberg, das stand fest, war das neue Lenkerhaus am Stoffelhof. Hier hausten sie in zum Himmel schreiender „Mischkulanz“: der Werksleiter der Zeche, Herr Christoph Lenker, und sie, die Klostermagd, die ihn am Gängelband hatte. „Wißt Ihr, Hochwürden, er wär ja ein ganz ordentlicher Gesell; ist ja ein Bauernbub gewesen! Aber sie! Ich möcht’ nur wissen, wie die als Magd ins Pollinger Stift hat kommen können! So was wie die gehört doch eher zu den Strichmenschen in der Stadt oder zu den fahrenden lustigen Fräulein!“

Der junge Pfarrer wurde hellhörig: „Magd in Polling war sie, sagst du? Zu meiner Pollinger Zeit war sie’s nicht!“

„Das glaub’ ich gern, Hochwürden; sie geht ja sicher auch schon auf die Vierzig, das schlechte Luder!“

„Beherrsch dich, Zenzi!“

„Bei so viel Gift, wie die hat, braucht man sich nicht beherrschen!“

„Weiß man, wie sie zum Lenker gekommen ist?“

„Wissen wird's niemand. Sie ist plötzlich dagewesen! Aber ich glaub' – und das lasse ich mir nit nehmen – daß sie eine Hex' ist! Sicherlich hat sie mit ihren Satanskünsten den Herrn Christoph solange beschmust, bis er sie ins Haus genommen hat!“

„Du meinst also, daß sie eine echte Unholdin ist?“

„Das meinen manche zu Peißenberg!“

Der Pfarrer überlegte: Wenn dem so ist, dann wäre ja das Lenkerhaus am Stoffelhof der große Schlupfwinkel des bösen Geistes, der an erster Stelle ausgeräuchert werden müßte! Schade, daß der Lenker nicht da ist, sondern auf der Fröttmaninger Heide! Und als Geistlicher zu einer alleinstehenden Unholdin ins Hexenhaus gehen? Ist das ratsam? Was könnten die Gläubigen vermuten? Denn schließlich ist diese Justina – er hatte sie schon etliche Male in der Kirche gesehen – ein sauberes Weib! Und junge Geistliche sind für saubere Weiber so recht ein Satansbraten! Erst recht, wenn so ein Weib auch noch eine Unholdin ist! Die schlürft einem ja das Mark aus den Knochen! Jedenfalls wird er sich zunächst an sein Mutterkloster Polling wenden, um zu erfahren, was es mit der ehemaligen Magd Justina für ein Bewenden habe.

Melchior Faber ritt ins Stift nach Polling und sprach bei Seinen Gnaden, dem Herrn Propst Caspar Leis vor. In großer Offenheit berichtete er ihm von allem, was er bisher in der Pfarrei erfahren hatte; er berichtete auch, was für eine Kloake von Unzucht sich daselbst seit Jahren aufgetan habe und das geistliche Leben des Ortes vergifte. Und daß er mit der Gnade Gottes nicht eher ruhen werde, bis er diesen Stein des Anstoßes aus seiner Pfarrgemeinde weggewälzt habe. Dann kam er auf die bewußte Klostermagd Justina zu sprechen.

Im Gesicht des Propstes begann es zu zukken; das Thema schien ihm reichlich peinlich zu sein. Weil Faber jedoch ein Eiferer für das Haus Gottes war, ließ er nicht locker, bis daß ihm der hohe Vorgesetzte unter dem heiligen Siegel des Schweigens das Versprechen abnahm, nichts verlauten zu lassen.

Da erklärte der Propst: „Verehrter Bruder, wir haben es hier mit einem in die Irre gegangenen Bruder zu tun. Der hat sich vor Jahren in diesem unserem Konvent mit einer Magd versündigt, woraus diese Frau erwachsen ist, von der du als von einem ‚sauberen Weibsbild' berichtet hast. Um unseren Bruder nicht in einen Skandal zu verwickeln, haben wir die Mutter mit dem Kinde in unseren Mauern behalten. Als jedoch das Mägdlein reif und seine Mutter gestorben war, haben wir es aus dem Hause schicken müssen; sonst wären uns die Brüder und die Scholaren in die ärgste

Versuchung geraten, die wir nur schwerlich hätten niederhalten können."

Herr Melchior hatte Mühe, seinen Oberen ausreden zu lassen; nun aber ereiferte er sich: „Wenn dieser Sündenfrucht eine derartige triebhafte Stärke innewohnt, dann ist sie unzweifelhaft eine Unholdin und gehört vor den Richterstuhl der Heiligen Inquisition!"

„Vielleicht sollte man", entgegnete der Propst, „in deinem Sinne handeln; bedenk aber, verehrter Bruder, wenn der Ruf unserer Ordensgemeinschaft ins Zwielicht geriete, dann wären die letzten Dinge schlimmer als die ersten – ich meine: Es ist besser, einer ist der Sünder, als daß alle wie Sünder aussehen werden. Ist es doch unter uns Menschen eine schnöde Gewohnheit, schlechte Taten zu verallgemeinern und gute kaum gelten zu lassen."

Der junge Geistliche kehrte in seinen Pfarrhof zurück. Er war mit den Erklärungen seines Vorgesetzten nicht zufrieden.

Wenn es stimmt, daß der Teufel in der Welt herumschleicht wie ein brüllender Löwe, suchend, wen er verschlinge, dann gilt das auch von seinen Helfershelfern. Ihn selber, den Satan, kriegen wir leider nicht in den Griff, dafür aber manchmal seine Zubringer, etwa die Hexen. Müssen wir da nicht versuchen, diese zu vernichten, zu vernichten, wo immer wir können? Dann muß ich also, so leid es mir für den fern in einer Kaserne oder sonstwo hausenden Lenker tut, dieser Justina das Handwerk legen. Ich muß sie der geistlichen Gerichtsbarkeit überantworten!

Mit dieser entsetzlichen Schlußfolgerung reiste Pfarrer Faber nach Salzburg vor das fürstbischöfliche Hexengericht und führte Klage gegen Justina, die in sündiger Zweisamkeit mit Christoph Lenker zusammenlebe.

„Hast du den Fall deinem Bischof vorgetragen?" fragte einer der Richter.

„Nicht vorgetragen, Euer Hochwürden!" antwortete der Pfarrer mit sieghaftem Ton in der Stimme.

„Dann wärst du vielleicht selber gerne unter ihre Zudecke gekrochen – oder irren wir da?" fragte der andere.

„Ihr dürftet irren, hochwürdiger Herr, denn ich bemühe mich, ein würdiger Priester der heiligen Mutter Kirche zu sein!"

Der Richter verzog spöttisch den Mund: „So löblich deine Bemühungen sein mögen, so verwerflich ist es, einen Menschen den Martern und Qualen einer Inquisition auszuliefern! Oder hast du noch nie gehört, wie es bei uns zugeht?"

„Schon gehört! Von fern gehört! Aber ist es nicht eines Christen Pflicht, den Teufel in allen seinen Erscheinungsformen zu bekämpfen?"

„Darüber gibt es keine Zweifel! Wer indes sagt dir, daß das verklagte Weib eine Erscheinungsform des Teufels ist? Bist du berufen, deinen dir anvertrauten Mitmenschen ins Verderben zu richten, oder bist du berufen, ihm zu helfen, daß er sich an deiner Liebe und Güte und Freundlichkeit aufrichte? Mit anderen Worten: Bist du gesetzt, den Stab zu brechen über deine Schwester oder deinen Bruder? Du hast uns diese Justina angezeigt, und wir sind im Gewissen und durch päpstliche Anordnung verpflichtet, deine Anzeige zu verfolgen; dreimal Wehe aber über dich, wenn du am Tage des Jüngsten Gerichts zu deiner Anzeige wirst stehen müssen! Möge der Herrgott dir in deiner Todesstunde ein gnädiger Richter sein!"

Die Inquisitoren verließen den Raum, während der junge Geistliche dastand, wie wenn ihm die Hühner das tägliche Brot gefressen hätten. Nach einer Weile kam ein Türhüter und geleitete ihn wortlos hinaus. Mit einem flauen Gefühl in der Magengrube reiste Melchior Faber wieder heim nach Peißenberg. Und wartete – auf den Tag und die Stunde, wo sie kommen würden, die Schwarzröcke, um Frau Justina zu holen, die nun schon vier Monate verwaist in ihrem schönen Hause saß, während Christoph Lenker irgendwo in einer Kaserne oder auf einem Kampffeld weilte, gemäß dem Aufruf des Herzogs.

Inzwischen war es Winter geworden, und da sprach es sich auch in der Augsburger Gegend herum, daß gegen Donauwörth eine Strafexpedition verhängt worden war, die Herzog Maximilian durchführen sollte. Gnade Gott!

In diesen Novembertagen kam ein schwarzer Kastenschlitten in Peißenberg an; er hielt vor dem Stoffelhof. Zwei Dunkelmänner zerrten die an den Händen gefesselte Justina aus dem Hause und fuhren mit ihr davon, auf Salzburg zu. Auf der Reise wurde das arme Weib recht grob behandelt, so daß sie von Fieberkrämpfen geschüttelt wurde, als sie das Inquisitionstribunal erreicht hatten.

Weil jedoch die Richter wußten, wie übel den Inquisitinnen von den Schwarzröcken mitgespielt wurde, ließen sie eine Weile verstreichen, ehe sie Justina in die Fragekammer holten.

Sie erschrak schon unter der Tür dieses fürchterlichen Raumes. Denn da standen Streckbank und Schraubstock vor ihr, und an den dunklen Wänden hingen Marterwerkzeuge jeglicher Art: Peitschen, Zangen, Messer, Daumenschrauben, Maulbirnen, Schandmasken und Henkerbeile. In der Mitte lummerte ein Feuer auf einer kleinen Esse; ein Knecht kniete davor und brachte einen scharfen Stachel zum Glühen.

Auf einem Podium saßen zwei Mönche in weißen Kutten, ein alter und ein jüngerer. Sie saßen da, als wären sie in Marmor erstarrt.

Sagte der jüngere, ohne sich zu rühren und ohne auf sie zu schauen: „Justina aus Peißenberg, du wirst bezichtigt, in sündhafter Verstrickung mit einem Manne zusammenzuleben, der nicht dein Mann ist. Wer ist dieser Mann?"

„Es ist der Markscheider Christoph Lenker auf unserer Zeche."

„Du hast ihn behext, so daß er nicht von dir lassen und ein unbescholtenes Weib nach seiner Wahl heiraten kann!"

„Ich habe ihm noch mit keiner Silbe von einem anderen Weib abgeraten, wie denn überhaupt die Frage des Heiratens zwischen uns nicht erörtert wird. Ich führe ihm den Haushalt und esse mit an seinem Tische."

„Schläfst du auch mit in seinem Bette?"

„Diese Frage mag er Euch selber beantworten, denn ich bin seine Magd und habe mich seinem Willen zu fügen!"

„Du redest vor der Heiligen Inquisition und redest reichlich hochgestochen! Weißt du nicht, daß wir mit Hilfe all dieser Werkzeuge die Wahrheit von dir erzwingen können?"

„Ich weiß es! Doch wiederhole ich meine Bitte, meine Herren, den Lenker selber zu fragen. Denn er kann besser reden als ich. Auch hat er zusammen mit unserem Herzog Maximilian bei den Jesuitenvätern zu Ingolstadt studiert und erfreute sich zu Beginn des Feldzugs nach Donauwörth seiner fürstlichen Gunst."

„Und wo ist er zur Stunde, dieser Lenker?"

„Das weiß ich nicht! Ich weiß bloß, daß die ganze Belegschaft unserer Zeche bis vor Donauwörth gerückt ist und dort bei der

Untergrabung und Sprengung der Stadtmauern eingesetzt werden soll."

Der Mönch wandte den Blick auf den alten, und der nickte. Darauf wurde Justina wieder in ihr Verlies zurückgeführt.

„Mich dünkt, das Weib ist ohne Falsch. Wenn wir sie peinlich befragen, könnten wir uns möglicherweise die Mißgunst des bayerischen Herzogs zuziehen."

Darauf der andere: „Es ist noch zuviel Ungesagtes in ihrer Rede. Warum, zum Exempel, heiraten sie nicht? Und gerade das ist es, was die Leute zu Peißenberg ärgert, wie der Pfarrer sagt. Und das nicht zu Unrecht! Denn warum sollen nur die Kleinen – die Schuster und Knechte und Bauernmägde – die Kirchengebote halten, und die Großkopferten – wie so ein Markscheider – können drauflos sündigen wie die Wilden?"

Mit Würde entgegnete der alte Mönch: „Wir wollen nichts übereilen! Wir werden unseren Leuten in München auftragen, daß sie uns diesen Markscheider vorführen. Haben wir erst beide bei uns und können wir sie einander gegenüberstellen, wird uns die Wahrheit auf den Tisch flattern. Außerdem dürfen wir den Herrn von Bayern nicht vor den Kopf stoßen, ist er doch der ‚Vetter' unseres erlauchten Herrn Kaisers!"

Dabei sollte es bleiben bis zu jenem Tage, an welchem Christoph Lenker ebenfalls auf die Hohensalzburg eingeliefert wurde ...

Jetzt aber war er da und hatte in seinem Verlies soeben den zagen und schmerzvollen Ruf seiner Justina vernommen.

Montag nach dem vierten Sonntag im Advent. Die Fragekammer war gerichtet. Der Folterknecht stand vor dem Feuer seiner Esse, gewärtig jedes Winks der Inquisitoren, die jetzt den Raum betraten und sich auf dem Podium niederließen. Einer gab ein Glockenzeichen, dann wurden Christoph und Justina vorgeführt. Wer die Frau gekannt hatte, hätte sie nicht wiedererkannt. Christoph sah sie jetzt nach einem halben Jahr das erste Mal wieder und war erschüttert. Sie durften nicht miteinander reden; darüber packte ihn eine derartige Wut, daß sein Gesicht blaß wurde und er sich an die Wand lehnen mußte, um nicht umzufallen. Der alte Richter ließ ihm eine Kanne Kelheimer Sauerwein reichen. Dann begann er.

„Ihr seid nicht verheiratet im Sinne unserer heiligen Mutter, der Kirche. Lebt aber zusammen wie das liebe Vieh und fordert den Ärger eurer Umgebung heraus. Diese gottlose Gesinnung läßt den Schluß zu, daß ihr einem Teufel des Widerspruchs verfallen seid! Wo und wie pflegt ihr dem Teufel zu begegnen?“

Christoph Lenker überlegte und erwiderte dann: „Hochehrwürdiger Herr, Ihr habt soeben Schimpf und Schande über uns ausgegossen und unterstellt uns auch noch den Umgang mit dem Teufel ..."

Da fuhr der andere Inquisitor auf und polterte: „Was wir zu tun haben, ist unsere Sache! Du hast auf unsere Fragen zu antworten! Oder hat es sich bis zu euch noch nicht herumgesprochen, was wir vermögen? Schaut euch um in diesem Gewölbe!"

Darauf Lenker: „Hochehrwürden, Ihr redet wie Pilatus! Gewiß, Ihr habt die Macht, uns zu vernichten; doch Ihr hättet die Macht nicht, wenn sie Euch nicht von oben gegeben wäre!"

Der alte Richter: „Du kennst die Bibel!"

„Wie denn auch nicht, Euer Hochwürden, wenn ich bei den Chorherren und den Jesuitenvätern gelernt habe! Bei den Letztgenannten gemeinsam mit unserem Herzog Maximilian!"

„Das brauchst du uns nicht noch einmal zu sagen! Wir wissen's bereits von deinem Bettweib! Aber ich wiederhole unsere Frage: Warum heiratet ihr nicht?"

Der Lenker verzog den Mund zu einem spitzen Lächeln: „Wir heiraten nicht, weil wir im Sinne unserer heiligen Mutter, der Kirche, einander nicht heiraten dürfen!"

Beide Richter erhoben sich jäh: „Weshalb nicht?"

„Wir sind Geschwisterkinder! Justina ist die Tochter eines Geistlichen, und ich bin sein Schwestersohn!"

Zunächst standen die Inquisitoren sprachlos, bis der jüngere herausplatzte: „Dann dürft ihr auch nicht zusammen hausen! Des Skandals wegen, den ihr den Bewohnern eurer christkatholischen Gemeinde gebt!"

Christoph atmete tief ein und trat einen Schritt vor: „Hochehrwürdige Herren, von Skandal redet bitte nicht! Wir müßten sonst fragen, wie ihr die Lebensführung eures durchläuchtigsten Herrn Fürsterzbischofs Wolf Dietrich bezeichnet, der neben seinem Bettweib auch noch eine stattliche Kinderschar zu ernähren hat und trotzdem an unseren bayerischen Herzog Maximilian das Ansinnen stellt, er möge ihm seine Schwester zum Eheweib geben."

Das war den beiden Inquisitoren zuviel. Auf ein Glockenzeichen traten zwei Knechte ein; sie mußten den Mann und die Frau in ihre Kellerverliese zurückführen.

Die zwei geistlichen Herren hatten ihr mönchisches Domizil im „Hohen Stock" der Salzburg und lebten da nicht schlecht. Überhaupt während der letzten Monate. Von den Gefolgsleuten des Herrn Wolf Dietrich war kaum jemand zu sehen, seitdem der sich entschlossen hatte, Salome Alt und die Kinder aus Sicherheitsgründen nach Wels zu übersiedeln. Er fühlte sich vom Bayernherzog bedroht – nicht ohne Grund. Warum hatte er auch aus purer Habsucht ins Berchtesgadener Land einfallen und die dortige Saline besetzen müssen! Das war ein reichlich unbedachtes Unterfangen gewesen, wofür er jetzt die Folgen zu tragen hatte. Denn schon gestern war die Meldung gekommen, der Bayer sei über Tittmoning und Laufen auf dem geraden Weg nach Salzburg. Deswegen auch die Eile mit der Übersiedlung nach Wels. Der Fürsterzbischof selber war zunächst eine Strecke weit mitgefahren, hatte sich aber dann in Richtung Kärnten abgesetzt.

Und jetzt stand die bayerische Einsatztruppe vor Salzburg und montierte die Geschütze.

Der Burgvogt Fausto Santini, ein Graubündener wie der Burgherr selber, war überfordert. Sollte er das Risiko eingehen, daß Stadt und Burg beschossen würden? Gewiß, an der Burg hätte der Bayer sich viele Zähne ausgebissen! Durfte man aber die Stadt allein für die Verfehlungen des Bischofs büßen lassen? Das wäre frevelhaft gewesen!

Also wird man beide, Burg und Stadt, übergeben und auf das Wohlwollen des Münchner Herzogs vertrauen!

Santini teilte seinen Entschluß den Inquisitoren mit und fand ihre volle Zustimmung. Darauf schickte er einen Unterhändler hinaus zu den bayerischen Belagerern. Damit waren aber auch die hochehrwürdigen Inquisitionsrichter plötzlich in arge Bedrängnis geraten. Was würden die Besatzer sagen, wenn sie in den Burgverliesen zwei Landsleute aus Peißenberg fänden? Landsleute, die auf jeden Fall gräßlichen Folterungen unterzogen worden wären? Unvorstellbar!

Sie begaben sich also persönlich, zusammen mit dem Burgvogt, in den Keller, stammelten ein paar Sprüche von Gnade und Barmherzigkeit und verkündeten ihnen die Freiheit.

Einer der Schwarzröcke, ausgerechnet einer, der Frau Justina übel mitgespielt hatte, mußte sie ans äußere Burgtor hinabführen. Auf dem steilen Weg dahin flüsterte sie dem Lenker noch dieses fürchterliche Erlebnis zu. Als dann ein Knecht das Einlaßtürl aufsperrte, um die beiden hinauszulassen, drehte sich Christoph ruckartig um und schlug den Schwarzrock mit der Faust derart an die Schläfe, daß er zusammensackte. Darauf ergriff er Justina an der Hand, und sie rannten dahin und verloren sich gemeinsam im Gewühl des Marktes.

Das geschah gerade zu jenem Zeitpunkt, als die ersten bayerischen Soldaten in die Stadt einzogen.

Das Sulz-Bad

Justina und Christoph kehrten nach Peißenberg zurück. Sie fanden ihr Haus in Ordnung vor, weil Frau Lioba sich seiner angenommen hatte. So führte sie denn auch ihr erster Weg in die Schellhammermühl. Sie mußten doch die Geschehnisse des verflossenen halben Jahres berichten, und das war nicht wenig!

Die Mutter und die Schwester Afra wußten ihrerseits ebenfalls allerhand zu erzählen: Da hatte die Pfarrkocherin Zenzi im frommen Kreise ihrer vertrauten Frauen verlauten lassen, daß der hochwürdige Herr Pfarrer durch ihr persönliches Zutun die skandalösen Zustände auf dem Stoffelhofe an das Inquisitionstribunal nach Salzburg gemeldet habe. Und als dann Justina plötzlich abgeholt worden war, von diesen Schwarzröcken, hatte sie das als Erfolg ihrer seelsorgerischen Bemühungen bezeichnet. Dadurch war ihr Ruf in der Gemeinde zwar gestiegen, andererseits hatte man Angst vor ihr.

Jetzt aber waren die beiden sündigen Menschen wieder da, und die Zenzi hatte schlaflose Nächte. Nicht bloß sie; auch ihrem geistlichen Herrn kam es bedenklich vor, daß eine so ersprießliche Einrichtung wie das Hexengericht einen Fehler diesen Ausmaßes hätte begangen haben können. Das konnte doch nicht mit rechten Dingen zugehen!

Pfarrer Faber begann jetzt zu bezweifeln, worauf ihn der Inquisitionsrichter schon hingewiesen hatte: ob es wirklich eine christliche Tat gewesen sei, zwei seiner Pfarrkinder hinzuhängen und gegebenenfalls den fürchterlichen Leibesstrafen und gar dem Tode auf einem Scheiterhaufen auszusetzen.

Diese Zweifel und die damit verbundenen Gewissensbisse nahmen in dem Maße zu, als sich Justina und Christoph Tag für Tag freier im Dorfe bewegten und jedem, der sie fragte, klar und frei erklärten, sie seien, offenbar aus Mißgunst, beim Hexengericht angezeigt, jetzt aber auf freien Fuß gesetzt worden.

Wer diese Erklärung hörte, dachte an die Ratscherei der Zenzi, und so erhob sich in Peißenberg ein Sturm der Entrüstung gegen den Pfarrer und seine Kocherin. Die Entrüstung schlug Wellen bis ins Kloster Polling, so daß sich der dortige Propst persönlich nach Peißenberg bemühte, um die Ursachen zu erkunden und weiterem Schaden in der christlichen Gemeinde entgegenzusteuern. Denn sie hatten bereits bei Nacht die Fenster des Pfarrhofes eingeworfen.

Herr Caspar Leis, der Propst, stieg in diesem Pfarrhof ab und bat den Markscheider und seine Wirtschafterin zu sich. In Gegenwart des Pfarrers Melchior Faber erkundigte er sich nach den Vorgängen in Salzburg. Lenker nahm sich kein Blatt vor den Mund und bescheinigte dem Pfarrer eine flagrante Unfähigkeit in der Amtsführung: Er achte gar zu sehr auf die Ohrenbläserei seiner Kocherin und denke sich nichts dabei, aufgrund solcher Informationen zwei seiner Pfarrangehörigen den Fängen der Inquisition auszuliefern. Ihn treffe am Ende auch die Verantwortung dafür, daß seine Base Justina von einem der Dunkelmänner derart zusammengeschunden worden sei, daß sie zeitlebens an den Folgen leiden werde.

Der Propst hatte „Base Justina“ gehört. Sofort fragte er dazwischen, und Christoph klärte nun auch ihn über den wahren Sachverhalt auf, daß nämlich Justinas Vater und seine Mutter Geschwister seien.

Da machten die beiden geistlichen Herren Augen wie gestochene Kälber.

Als erster fing sich Herr Caspar Leis. Er stand auf und sagte, zu seinem Mitbruder Melchior gewandt: „Verehrter Bruder! In zweifacher Hinsicht hast du gefehlt. Ich hatte dir den väterlichen Rat gegeben, von einer Anzeige des Falles Abstand zu nehmen. Du hast meinen Rat in den Wind geschlagen. Gut, es war bloß ein Rat und kein Befehl. Du hast deinen jugendlichen Impulsen mehr getraut als den Erfahrungen eines Mannes, der auf ein langes Leben zurückblicken kann. Das war dein gutes Recht; ob es klug war, sei dahingestellt! Verwerflicher dagegen und ein Hohn auf deine geistliche Würde ist es, daß du dich den Verhaltensweisen einer Kuchlmagd angeglichen hast. Damit hast du, wie wir soeben vernahmen, deine Pfarrkinder erheblichen Gefahren ausgesetzt.“

Der junge Geistliche setzte zu seiner Rechtfertigung an, doch der Propst wehrte es ihm und fuhr fort: „Um weiterem Übel vorzubeugen, befehle ich dir jetzt im heiligen Gehorsam, daß du unverzüglich in unser Stift zurückkehrst und dich für andere Aufgaben bereithältst, denen du trotz deiner jugendlichen Unvernunft gerecht werden kannst! Du darfst jetzt gehen und dich zur Heimkehr ins Kloster richten!"

Melchior Faber verbeugte sich tief vor seinem Ordensoberen und verließ den Raum.

Als er die Tür hinter sich geschlossen hatte, sagte Frau Justina: „Zutiefst kann er einem ja leid tun; er war eben dem Gift der Kocherin nicht gewachsen."

„Dieses Wort ehrt Euch sehr, Justina!" entgegnete der Propst. „Und ich bitte Euch im Namen unseres Konvents um Verzeihung! Ihr solltet jetzt auf die Wiedergewinnung Eurer körperlichen Kräfte bedacht sein. Darum lade ich Euch ein, einige Wochen in unserem erst jüngst erschlossenen Sulz-Bad zu verbringen. Etliche unserer Brüder waren schon dort und rühmen die belebende Kraft der Schwefelquelle."

Mit einem Verständnis heischenden Blick auf Christoph erwiderte Justina: „Ich bedanke mich, euer Gnaden, bitte aber gleichzeitig, während meines Verweilens in Sulz keinen Eurer ehrwürdigen Brüder hinaufzuschicken, damit ich nicht abermals ihr Seelenheil in Gefahr bringe!"

Dabei lächelte sie, und Propst Caspar machte eine hilflose Geste.

So war ein böses Kapitel Peißenberger Orts- und Kirchengeschichte zu Ende; der Schlußpunkt fehlte noch. Den setzte der Propst, als Justina und der Lenker gegangen waren. Er erklärte, daß auch Zenzi, die Kocherin, fortan in den Pfarreien des Stiftes Polling keine Beschäftigung als Kocherin mehr finden werde. Sie solle sich anderwärts umsehen oder aber eine Arbeit in einem klösterlichen Ökonomiehof annehmen.

Das Sulz-Bad, am Hang des Hohen Peißenbergs auf Pollinger Klostergrund gelegen, war erst zwei Jahrzehnte zuvor in Gang gekommen. Ein Weilheimer Arzt soll die Quelle entdeckt und als außerordentlich heilkräftig, vor allem für Frauenleiden, gepriesen haben. Weil sich aber auch erwies, daß sie „wider Lähmungen, Reißen der Glieder, herumschweifende Gicht, kalte Füße und alte, offene Geschwüre" sehr taugsam war, hatten die Mönche die Quelle fassen lassen und einen Steinwurf weit von ihr ein Doppelbad für Männer und Frauen errichtet.

Das waren zwei scheunenartige Hütten mit steinernen, hochgezogenen Grundmauern; alles andere, was auf diesen Mauern ruhte – fensterlose Seitenwände, Sparren und Dächer – war Holz. Jede Hütte gliederte sich in zwei große Räume: in die Badstube mit sechs Zubern und die Schlafstube mit sechs Ruhekammern; denn der Arzt hatte angeordnet, daß jedermann, sobald er aus dem heilenden Warmwasser gestiegen sei, eine gute Stunde des „Sichverlierens" zu genießen habe.

In der Badestube hingen über offenem Feuer zwei große Kessel, in die durch Holzröhren das Quellwasser direkt hineingeleitet wurde. Hier waren die drei Badmägde – in der Männerhütte drei Badknechte – tätig. Sie hatten das Feuer unter den Kesseln zu schüren und dann heißes und kaltes Wasser badgerecht in die je sechs Zuber zu gießen. Körperlich behinderten Badegästen mußten sie gegebenenfalls beim Einsitzen in die Zuber behilflich sein, was meistenteils notwendig war; denn wer wäre in jener Zeit schon in ein Heilbad gegangen, wenn er es nicht bitter nötig gehabt hätte!

Es hatte sich im ganzen Pfaffenwinkel und bis ins Schwäbische hinein herumgesprochen, wie heilsam das Sulz-Bad sei. Darum verging sommers wie winters kein Tag, an dem die Badehütten nicht vom Morgen bis zum Abend ununterbrochen besetzt gewesen wären.

Frau Justina erzählte der Schellhammermüllerin Afra von dem Angebot des Pollinger Propstes Leis, das Sulz-Bad betreffend, und legte ihr nahe, ebenfalls für drei oder vier Wochen die Heilkräfte der Eisen- und Schwefelquelle zu versuchen: „Das ist für dich genausowenig ein Luxus wie für mich. Die sieben Kinder, die du geboren hast, haben an deiner Lebenskraft ebenso gezehrt wie die Qualen der Inquisition an der meinen. Wir haben doch die Pflicht, für unsere Männer dazusein! Lioba ist noch gut beisammen und kann inzwischen deine Aufgabe übernehmen."

Frau Afra, die viel auf Justina hielt, pflichtete ihr bei. Ihr Eheherr August, der sowieso im Mühlenbetrieb aufging, hatte nicht viel zu sagen – zumal Frau Lioba stolz darauf war, für eine Zeit die Herrin im Hause spielen zu können. Christoph Lenker brachte also beide Frauen kurz vor Mariä Lichtmeß ins Sulz-Bad unterm Peißenberg.

Es wäre übertrieben gewesen, wenn man dem Sulzer Badebetrieb auch nur ein Quentchen Kultiviertheit hätte bescheinigen wollen. Die beiden nicht mehr jungen Badmägde verstanden sich als Stalldirnen. Sie fuhrwerkten mit großen Holzkübeln durch die Stube, zwischen den Kesseln und Zubern herum und riefen einander lauthalts ihre Neuigkeiten, Kümmernisse und Erfahrungen zu, ohne auf die badenden Frauen zu achten. Warum sollten sie auch? Die hielten sich ja ohnehin für etwas Besseres, weil sie sich ins warme Wasser hokken konnten, während andere sich für sie schinden und abrackern mußten! Es wär' doch geradezu eine Sünd', wenn man auf die G'schwollschädel, auf diese Großkopferten, auch noch Rücksicht nehmen sollt'! Erst fressens' und saufens' und hurens' umanand, und wenns' dann eine Krepense kriegen, solltens' einem gar noch leid tun? Naa! Da sei Gott vor und der heilige Sankt Leonhard! Und jetzt kommen gar noch zwei Grasgrüne daher! Schauen aus, wie wenn sie die Auszehrung hätten! Handerln habens wie Zuckerbäcker!

Aber wer ist schuld, daß sie so ausschaun? Die Mannsbilder sind schuld! Die geben ihnen keine g'scheite Arbeit nicht, weil sie lauter glatthäutige Pupperl im Bett haben wollen! O daß doch der Himmel einstürzen tät' über solch einem Gelichter!

Afra und Justina ließen sich zwei Zuber nebeneinander zuweisen. „Damits aa g'scheit ratsch'n könnts!" sagte eine der alten Mägde; aus dem Tonfall ihrer Stimme war die Gehässigkeit überdeutlich herauszuhören. Sie erkannten indes, daß es müßig gewesen wäre, sich mit so einem Weib anzulegen, waren sie doch künftig auf diese Frauen angewiesen.

Als sie ihr erstes Bad überstanden hatten – das Wasser machte sie so müde, daß sie in den Zubern fast eingeschlafen wären –, fielen sie in den Schlafkammern auf die Pritschen hin und waren weg, noch ehe sie ein anständiges Vaterunser gebetet hatten. Sie vernahmen nichts mehr von dem Geplärr in der Badestube nebenan, auch nichts von dem Lärm, den die Mägde machten, wenn sie eine alte gebrechliche Frau in die Schlafhütte hereintrugen und in einer Kammer versorgen mußten, was stets mit bewußt kräftigem Stimmaufwand geschah.

So vergingen zwei Wochen, und man gewöhnte sich an alles. Dies um so leichter, als man spürte, daß sich die Kräfte des Körpers erneuerten und die Unlust des Gemüts sachte dahinschmolz.

Da erkrankte eine der Mägde. Weil aber das Haus voller Badegäste war, mußte der dafür zuständige Prior des Pollinger Klosters unverzüglich Abhilfe schaffen. Er schickte daher jene Pfarrerkocherin Zenzi noch am gleichen Tag ins Sulz-Bad; sie war nach ihrer Ablösung in Peißenberg ins Stift gekommen und hatte hier noch keine weitere Verwendung gefunden.

Bei der Gesprächigkeit der zwei verbliebenen Mägde war die Zenzi nach kurzer Zeit mit ihrem neuen Aufgabenbereich vertraut und betätigte sich wie die anderen bei den Wasserkesseln und den Zubern.

Als dann am anderen Morgen die beiden Peißenbergerinnen in ihr Bad stiegen, sahen sie plötzlich die Zenzi – und alle drei waren betroffen. Und nicht nur das. Justina fühlte sich nach alledem, was mit ihr geschehen war, dieser neuen Bademagd ausgeliefert. Sie trug ihre Bedenken der jungen Schellhammermüllerin vor; die aber sah die Dinge nicht so schwarz und meinte: „Du malst dir Gespenster in die Luft! Wir zwei werden doch mit einem alten Weib fertig werden, wenn's drauf ankommt!"

Erwiderte Justina: „Das mag schon sein! Aber wir müssen die Augen offenhalten!"

Und sie hielten die Augen offen. Wie nützlich das war, erwies sich eine Woche später.

Die Zenzi wich den Zubern der beiden geflissentlich aus, wenn sie für die Betreuung an der Reihe war. Das merkten sie natürlich, und Justina war froh darüber. Sie hatte überhaupt den Eindruck, als ob die ehemalige pfarrherrliche Kuchlmagd sich vor ihnen schämte und die Peißenberger Jahre – namentlich die letzten – am liebsten aus ihrem Leben gestrichen hätte.

Da geschah es an einem Sonntagmorgen, daß die vier anderen Zuber in der Badstube noch nicht besetzt waren, weil die meisten Gäste offenbar an diesem Tag noch schliefen. Afra und Justina kamen, zart vor sich hinsingend, daher und stiegen heiteren Gemüts in ihre Zuber, die diesmal von der Zenzi aufgefüllt worden waren. Die anderen zwei Mägde saßen gemütlich hinter den zwei Kesseln in einer Abstellkammer und nahmen ihr Frühstück ein. Nun aber war das Wasser in den Zubern recht lau, so daß Afra sich abschüttelte und der Zenzi zurief: „In dem Wasser kann einer ja erfrieren!"

Die Magd ergriff einen großen Holzkübel, schöpfte aus einem dampfenden Kessel und kam eilends dahergerannt. Vor Justinas Zuber stemmte sie den Kübel hoch empor und machte Anstalten, das heiße Wasser über sie zu schütten. Afra sah das und schrie: „Justina!" Die schaute auf, erkannte die Gefahr und fuhr mit dem linken Arm dem bereits überschwappenden Kübel entgegen. Wohl verbrühte ihr der niederrinnende Wasserschwall den Arm, doch der weggestoßene Kübel ergoß sich dann ganz über die Zenzi, die hingefallen war. Sie schrie, als steckte sie am Spieß. Die zwei anderen Mägde stürzten herbei und blieben vor ihr stehen, unschlüssig, was zu tun sei. Afra stieg – nackt wie sie war – aus ihrem Zuber und zerrte die Brüllende aus der Heißwasserpfütze zur Seite.

Das alles war schneller geschehen, als es erzählt ist; die Zenzi sah jedenfalls gräßlich aus.

Durch das allgemeine Geschrei erschreckt, drängten viele Gäste aus den Schlafkammern in die Badehütte, wobei jede Frau ihre Art anpries, wie man der verbrühten Magd helfen sollte. Am Ende kamen aus der Nachbarhütte noch zwei Knechte herzu, und das Ganze artete in eine tosende Orgie von Schmerz und Wut und Besserwisserei aus, so daß zu befürchten stand, die Leute könnten sich gegenseitig in die Haare geraten.

Da kam gerade, wie durch eine höhere Fügung, der Prior per Schlitten in Sulz an, weil er den Gästen und den Dienern eine Sonntagsmesse lesen wollte. Er war entsetzt. Es gelang ihm jedoch bald, die Wogen der wilden Verwirrung zu glätten, so daß er schließlich nach dem ganzen Hergang fragen konnte. Da war es nun die junge Schellhammermüllerin, die als einzige zu bezeugen vermochte, wie sich alles entwickelt hatte. Gern hätte dann der Prior die Zenzi zur Sache vernommen, doch die weinte und zeterte ununterbrochen vor sich hin und war zu keiner Aussage fähig.

Um die Mittagszeit erschien der Gemeindevorsteher und Wundarzt Wolfgang Landes. Er hatte sich bald ein Bild von diesem Unglücksfall gemacht, mußte aber feststellen, daß die Zenzi ihre Verbrühungen kaum überleben würde. So geschah es auch. In der Nacht stieg das Fieber derart an, daß ihm die arme Frau in den Morgenstunden erlag.

Justina kehrte mit dem Arzt nach Peißenberg zurück, denn bei ihrem bösen Arm erübrigte sich die Fortsetzung der Badekur; außerdem sollte sie in ärztlicher Behandlung bleiben.

Christoph Lenker hielt sich zu dieser Zeit in München auf. Er besprach sich im Bergamt über die neue Lage der Kohleförderung, die jetzt von einem Obersteiger betrieben wurde, und wußte noch nicht, daß ihm Herzog Maximilian einen anderen Aufgabenkreis zugedacht hatte. Der herzogliche Berghauptmann eröffnete ihm nämlich, er solle in der Residenz vorsprechen.

„Mein lieber Lenker, wir haben vernehmen müssen, du hättst mit der Salzburger Inquisition Bekanntschaft gemacht!"

„Gnädigster Herr, wir verdanken unsere Rettung den bayerischen Soldaten, die in letzter Minute wie Schutzengel die Stadt eingenommen haben; anders hätten uns wohl die Herren Dominikaner den Folterknechten überantwortet."

„Danken wir Gott, daß dieser Kelch an Euch

vorübergegangen ist! Vielleicht ist es deshalb auch nützlich, Euch nach München zu holen."

„Ihr gebt mir ein Rätsel auf, gnädigster Herr! Was soll ich in München?"

„Wir brauchen einen Mann, der überall ist, aber nirgends vermutet wird; einen Verbindungsmann, der hinter die Fassaden zu schauen versteht und dort Dinge sieht oder hört, die andere nicht sehen oder hören!"

„Ihr meint, einen Spion!"

„Nein! Spione sind Schnüffler, sind wie die Stadtsau, die im Straßendreck wühlt! Du hingegen sollst die unterschwelligen Gedanken anderer lesen und sie auf ihren Echtheitsgrad prüfen. Deshalb haben Wir gesagt, du mußt überall sein, ohne aufzufallen!"

„Verzeiht mir, erlauchter Herr, aber ich verstehe das nicht!"

„Bist du nun ein Jesuitenschüler, oder nicht?"

„Herr, Ihr wißt es!"

„Dann werden Wir dich zunächst in Salzburg ansetzen!"

„Herr, verfügt über mich! Fragt Euch aber auch, ob ein rüder Bergmann Euren Anforderungen gewachsen ist!"

„Lenker, wir alle müssen in das uns aufgehalste Kummet immer erst hineinwachsen, ehe wir recht zum Ziehen kommen!"

„Mein Herzog, am guten Willen fehlt's mir nicht!"

„Das haben Wir nicht anders erwartet!"

In herzoglichen Diensten

Christoph Lenker kehrte mit zwiespältigem Herzen nach Peißenberg zurück. Zu dem, was der Herzog mit ihm vorhatte, durfte er nicht nein sagen, hoffte aber, die Zukunft würde zeigen, daß er für derartige diplomatische Dienste vollkommen ungeeignet war. Als Bauernsohn vermochte er bestenfalls die Winkelzüge der Schmuser auf den Roßmärkten nachzuempfinden; doch die vorausgedachten Fallen und übertünchten Querschläge der hohen Fürstenknechte zu erspüren, war ihm fremd. Gut, er besaß einen rechnerischen Geist und vermochte aus klaren Vorgaben klare Schlußfolgerungen zu ziehen; wenn der Herzog das gemeint hatte, dann in Gottes Namen!

Zu Hause fand Christoph eine recht gut erholte, doch am linken Arm verbrühte Justina vor. Das gab ein langes Erzählen und ein oft überstürztes Hin- und Herberichten seitens der Frau, ehe sie endlich zu dem kam, was wesentlich war: „Wie soll's jetzt weitergehen?"

Da erzählte Christoph von einer Unterredung mit dem Herzog.

Darauf entgegnete Justina auffällig langsam und bedächtig: „Wenn du, wie du ihm richtig angedeutet hast, nicht sein Spion sein willst, was sollst du dann sein? Ein Beobachter und Zuhörer! Gut! Und mußt du ihm nicht das Beobachtete und Gehörte melden? Wodurch unterscheidet sich das dann von der Tätigkeit eines Spions?“

Christoph wandte den Kopf nach hierhin und dorthin und zuckte unbeholfen mit den Schultern: „Ich weiß, meine Liebe, auf welches Glatteis ich geraten bin; aber siehst du einen Ausweg, eine Möglichkeit, wieder festen Boden unter den Füßen zu kriegen? Ich sehe sie nicht! Alles ist zappenduster!“

Er tat ihr leid; deshalb fuhr sie fort: „Es ist freilich schwer, diesem Arbeitstier von Herzog zu widersprechen; denn der glaubt, all seine Leute müßten bis in die tiefe Nacht hinein schaffen und schuften, so wie's seine persönliche Art ist. Laß du dich nicht dazu verführen! Hast du dich zusammengerackert, bist du für ihn wertlos, und er wirft dich weg wie eine unnütze Scherbe. Gewiß, du darfst ihm nicht ins Angesicht widerstehen; doch sei ein kluger Verwalter des eigenen Hauses! Liefere ihm, was er über die anderen wissen will; liefere ihm aber auch, was die anderen über ihn denken und was sie an ihm bekritteln! Schluckt er das, dann muß er deine Unvoreingenommenheit schätzen; schluckt er's nicht, wird er dich bald verabschieden, ohne daß du dich vergeben hast. Du aber kannst dann ihm und jedem anderen noch gerade in die Augen schauen, ohne zu erröten.“

„Du bist ein kluges Mädchen!" sagte der Lenker, beglückt lächelnd, und umarmte sie.

In den folgenden Tagen waren sie mit der Auflösung ihres Hauswesens beschäftigt, indem sie alles seiner Mutter Lioba zu treuen Händen übergaben. Dann reisten sie ab und bezogen im herzoglichen Gästehaus gegenüber der Residenz eine Wohnung mit dem Komfort, der einem Vertrauten des Herzogs zustand.

Darauf begann die Arbeit.

Zunächst wurde er als biederer Reisender nach Salzburg geschickt, um die Stimmung der Bevölkerung in Stadt und Land zu erkunden, nachdem der Fürsterzbischof Wolf Dietrich von den bayerischen Soldaten in Kärnten gefangengenommen und nun auf seiner eigenen Hohen Salzburg eingesperrt worden war.

Christoph Lenker meldete sich bei Doktor Jocher, dem bayerischen Gesandten in der Stadt an der Salzach, und bat ihn ergebenst um Verständnis und Schutz für seine „studia ethnologica"; bat auch um Unterstützung, wenn er sich dort und da mit Leuten befassen müsse, die den bayerischen Interessen nicht sonderlich gewogen seien.

Davon und von der zutraulichen und anschmiegsamen Art Lenkers war der andere sehr angetan. Und siehe, da erfuhr der Peißenberger Dinge, die den Herzog Maximilian nicht gerade als den untadeligen Fürsten erscheinen ließen, als der er sich gerne gab. So hieß es, er beanspruche die Vorherrschaft Bayerns im Süden des Reiches und versuche, das Salzburger Land in den Hintergrund zu drängen. Sodann wolle er, daß Wolfgang Dietrich seine Gleichgültigkeit gegenüber den bitterbösen Streitigkeiten zwischen Katholiken und Protestanten aufgebe und sich eindeutig auf die katholische Seite schlage. Ferner ärgere den sittenstrengen Herrn von Bayern die liederliche Bettbeziehung des Salzburgers; und schließlich könne er nicht begreifen, daß den Jesuiten jeglicher religiöser Einfluß im Salzburgischen verwehrt werde.

Zu diesem offenliegenden Konfliktstoff gesellte sich ein still dahinschwelender Hintergrund: der bayerisch-salzburgische Salzhandel. Da lagen die Dinge so: Bayern besaß von alters her das Ausfuhrrecht des Salzburger Landes, weil das Land an der Salzach keine offenen Grenzen hatte. Solange die eigene Salzgewinnung im Berchtesgadener Land noch nicht rentabel gewesen war, hatte sich Bayern um diese Ausfuhr gerissen. Jetzt aber empfand man sie als Last. Maximilian wäre gern aus dem Vertrag ausgestiegen, doch der Fürstbischof pochte hart auf die Einhaltung und forderte für jede nicht ausgeführte Salzfahrt eine Entschädigung von einhundertzwanzigtausend Gulden.

Da kam der Bayer auf einen „hinterkünftigen" Gedanken: Er bat den Kaiser, die Mauten und Zölle verdoppeln zu dürfen. Der Kaiser gewährte ihm den Wunsch, worauf Maximilian diese Verdopplung sofort auf das Halleiner Salz anwandte. Das ließ sich Wolf Dietrich nicht gefallen. Er kündigte den Gesamtvertrag mit München, baute Salzstraßen und trat mit Österreich, Böhmen und Tirol – unter Umgehung Bayerns – in unmittelbare Handelsbeziehungen.

Der Bayer war nun der Ausgeschmierte; er konnte seinen eingegangenen Lieferverpflichtungen – vor allem ins Fränkische und Sächsische – nicht mehr gerecht werden. Er wandte sich an den Papst und an Spanien, den Fürsterzbischof zur Ordnung zu rufen. Die taten auch einige lahme Demarchen; doch Wolf Dietrich verbat sich diese Einmischung Unbeteiligter. Weiter verlangte Maximilian, die Habsburger sollten ihre Grenzen gegen das Salzburger Land abriegeln. Das taten sie nicht.

Weil aber die Protestanten Herrn Wolf Dietrich weiter aufhetzten, beging er den Fehler und fiel in Bayerns Berchtesgadener Land ein. Das sah der Wittelsbacher nicht zu Unrecht als Kriegserklärung an. Er machte mit Befriedigung vom Recht des Stärkeren Gebrauch und ließ einen Teil seiner berittenen Streitmacht ins Salzburger Land einrücken. Da war's um den Fürsterzbischof geschehen: Er wurde gefangengenommen und hat etliche Jahre danach sein Leben als bayerischer Arrestant beschlossen.

Als Herzog Maximilian den Herrn von Salzburg entmachtet hatte, bat das dortige Domkapitel um Schonung. Natürlich schrieben die Kapitularen auch an den Papst und machten geltend, der Bayer beabsichtige offenbar, das Stiftsland seinem Lande einzuverleiben. Rom war darüber höchst ungehalten. Doch Maximilian schwenkte sofort um und schlug einen anderen Weg ein: Er beauftragte seinen Gesandten Doktor Jocher, den Schandtaten Wolf Dietrichs nachzuspüren und eine Litanei seiner Verbrechen zu erstellen.

Der Doktor weihte nun den Reisenden in Völkerkunde, Christoph Lenker, in dieses Vorhaben ein und bat ihn um Mithilfe. Der konnte füglich nicht nein sagen, notierte aber für sich diese Niederträchtigkeit und beschloß, nach München zurückzukehren und um die Entlassung aus dem herzoglichen Vertrauensbereich zu bitten.

Kaum war die Verbrechenskartei nach Rom abgegangen, worauf Wolf Dietrich resignieren mußte, verabschiedete sich Lenker von seinem Gesandten und fuhr nach Hause. Er war sich bewußt, wie schwer der Gang werden würde, den er jetzt vor sich sah – der Gang in die Höhle des Löwen.

„Allergnädigster Herr, ich kann der mir gestellten Aufgabe in Salzburg nicht gerecht werden! Bitte laßt mich auf die Zeche Peißenberg zurückkehren!"

Maximilian schwieg und walkte seinen Spitzbart. Dann – nach einer sehr langen Weile – erwiderte er: „Wir sehen ein, daß Wir dein weichliches Gemüt überfordert haben. Doch nach Peißenberg gehst du nicht! Nimm vielmehr dein Weib, das nicht dein Weib ist, und begib dich zu unserem bayerischen Agenten Wilhelm Boden in Prag! Er wird dir sagen, was du tun sollst!“

Abermals mußten sie „das Ränzlein schnüren“. Auf dem Goldenen Steig durchquerten sie den Bayerisch-Böhmischen Wald. Bei Prachatitz kamen ihnen etliche scharfe Reitknechte des Herrn Wilhelm Boden entgegen, um sie in die böhmische Landeshauptstadt Prag zu geleiten. Prag war damals nicht bloß eine „goldene Stadt“, sondern gewissermaßen eine Weltanschauung. An ihr haftete der kaiserliche Glanz eines Karl IV. und eines Rudolf von Habsburg, mit dem Unterschied freilich, daß Karl als „Vater des Vaterlandes“ gepriesen wurde, während Rudolf eher als „Kleinkrämer des Heiligen Reiches Deutscher Nation“ galt. Gleichwohl hatten beide der Stadt an der Moldau die Aura des Kaisertums verliehen, dabei aber den zersetzenden Einfluß übersehen, der untergründig vom östlichen Panslawismus ausging, einer geistigen Strömung, die von religiösen Instinkten stark mitgeprät war. Und weil die deutschen Kaiser ihre Kronen jeweils aus den segnenden Händen des Papstes empfingen, konnte es nicht verwundern, daß der tschechische Adel von einer papstfeindlichen Strömung erfaßt wurde und durch sie die Erfüllung nationaler Wünsche erhoffte. Diese Adeligen wandten sich dem Protestantismus zu.

Der bayerische Geschäftsträger Boden führte Lenker in die deutsche Gesellschaft Prags ein. Er gab ihm zu verstehen, daß er sein Augenmerk auf die zu richten habe, die mit Tschechen und Protestanten sympathisierten; beide seien nämlich gleichermaßen darauf aus, eine radikale Veränderung der statthalterlichen Regierung auf der Prager Burg herbeizuführen und das Haus Österreich - zumindest in Böhmen - an den Rand des Untergangs zu bringen.

Eine solche Aufgabe schmeckte dem Peißenberger eher, und er nahm jede Gelegenheit wahr, die kleinen Festivitäten, die verschiedenen Zirkel und modischen Veranstaltungen zu besuchen. Dabei war es vor allem Justina, die ihm hilfreich an die Hand ging. Justina war, wie es daheim hieß, eine „saubere" Frau, gut gewachsen, und entzückte vor allem die Damen der Gesellschaft durch die Wachheit ihres Geistes und ihre natürliche bayerisch-schwäbische Sprechweise. Erschien sie in einem Saal, so versammelten sich bald alle Frauen und herrschaftlichen Töchter um sie. Und oft stellte man ihr die heikelsten Fragen in bezug auf das Spiel und Widerspiel in den Beziehungen zwischen Mann und Frau. Justina vertrat hier jene Moral, die auf dem gesunden Bauerntum ihrer Heimat gründete, fern von jeder Prager oder Wiener Großstadtheuchelei, wie sie damals bei den höheren Ständen gang und gäbe war.

Daß bei solchen Gesprächen auch manches politische Wort fiel, konnte nicht verwundern. Als besonders ergiebig erwiesen sich

Gespräche mit Offiziersliebchen, die aus ihren Kenntnissen bisweilen sogar ein Geschäft machten. Diese Dämchen, beider Sprachen mächtig, der deutschen Reichssprache und der tschechischen Landessprache, fielen ja aus der einen Umarmung in die andere und saßen und horchten mit an diesem und an jenem Tisch. Und sie machten sich, wenn sie nicht bloß aus wenig Hirn, aber griffigem Fleisch bestanden, auf diese Reden ihre Gedanken. Gedanken, die sie zwar bald in den Wind bliesen, die aber gern von anderen Horchenden aufgefangen und geistig verarbeitet wurden – wie etwa von Frau Justina.

So vernahm sie einmal gleichsam im Vorbeigehen, wie eine süße Anuschka zu einer anderen sagte: „Wir müssen uns vorsehen! Auf der Burg geht ein schreckliches Gerücht um: Sie wollen den kaiserlichen Statthaltern an den Kragen!"

„Heißt das, daß sie uns die Freunde entziehen wollen?"

„Was denn sonst? Wir verlieren unser tägliches Brot!"

„Dobrotivy Bosche!"

Sie erzählte dieses Zwiegespräch Lenker, und er fand es bedeutungsvoll genug, daß es auch der bayerische Geschäftsträger erführe. Wilhelm Boden indes meinte abfällig: „Hurengetratsch! Was wollt Ihr damit?"

Diese abwertende Bemerkung kränkte Lenker, und er beschloß, sich künftig jeglicher

Äußerung politischer Art zu enthalten. Damit würde er freilich dem Wunsch seines Herzogs und dem Zweck seiner Versetzung nach Prag nicht gerecht werden; er glaubte jedoch, daß es in diesen Belangen klüger sei, sich jeglichen Urteils zu enthalten, als mit ungeschlachten Füßen in ein „Fettnäpfchen" zu treten, was offensichtlich geschehen war.

Der Umgang mit Wilhelm Boden lehrte ihn auch noch etwas anderes: nämlich fürstliche Aufträge nicht zu ernst zu nehmen. Fürsten, so sagte er sich, haben viele Untertanen, die sich aus lauter Ehrgeiz schier zerreißen, um ihrem Herrn zu gefallen. Darum fällt es auch nicht weiters auf, wenn einer sich zurückhält oder gar eine gewisse Wurschtigkeit an den Tag legt. Und Christoph besann sich wieder einmal des gängigen Wahlspruchs: „Geh nicht zu deinem Ferscht, wenn du nicht gerufen werscht!" Er beschloß, sich mit Justina ein geruhsames Leben in Prag einzurichten; denn an Geld gebrach es ihnen nicht, und Prag war eine schöne, wenn auch ein bißchen verkommene Stadt. Sie glich der Hauptstadt Wien, wo man mit der Moral spielerisch umging, obwohl der Magistrat wieder und wieder mit Auspeitschen und Prangerstehen und Ohrenabschneiden drohte. Ja nicht einmal das „Narrenkötterl" vermochte solchem Treiben zu wehren. Das war ein Käfig, in den man die leichtfertigen Weiber setzte und den man reihum auf den vielbegangenen Plätzen zur Schau stellte. Da kamen die ehrbaren

Frauen und beschimpften die eingesperrten; und ehrbare Mannsbilder schritten gerne vorbei und rissen ihre Zoten über die Sünderinnen, die ihnen freilich auch in „harter Währung" herausgaben. Solche Szenen wirkten allerdings nicht unbedingt veredelnd; denn mancher Prager Pflastertreter kam, wenn er die Dirnlein sah, gewissermaßen erst auf den Geschmack ...

So quälten sich die Jahre dahin, in Prag sowohl wie in München. Denn auch hier gelang es Herzog Maximilian nicht, mit seinen kirchlichen Reformplänen Tritt zu fassen. Im Gegenteil, sein Feldzug nach Donauwörth hatte die protestantischen Länder zu stärkerem Widerstand auf den Plan gerufen. So kam er zu der Überzeugung, daß eine gewaltsame Auseinandersetzung zwischen den Bekenntnissen unausweichlich sein werde, eine Überzeugung, die ihn zu verstärkter Aufrüstung seiner militärischen Möglichkeiten anfrischte.

Und dann wurde in Prag in die Tat umgesetzt, was die beiden Hürlein besorgt miteinander besprochen hatten und was von Wilhelm Boden so ungezogen in Abrede gestellt worden war: der schreckliche Plan gegen die kaiserlichen Statthalter auf der Prager Burg.

Ein großer Teil des protestantisch gewordenen tschechischen Adels sah sich in der

Ausübung seiner Religion durch die Statthalterschaft behindert. Als nun diese Herren jetzt einen „Protestantentag" verlangten und abgewiesen wurden, war das Maß übervoll.

Am 23. Mai 1618 erzwang sich eine Abordung den Eintritt in die Diensträume der Statthalter. Vier von diesen waren anwesend, zwei wurden aus dem Saal gedrängt. Die beiden anderen – Martinitz und Slawata – warf man nach altslawischem Brauch kurzerhand aus dem Fenster hinaus; das gleiche Schicksal ereilte den Sekretär Fabricius.

Die drei müssen sehr tatkräftige Schutzengel gehabt haben, denn sie landeten achtundzwanzig Ellen tiefer heil im Burggraben auf einem Komposthaufen, blieben auch ungeschoren durch den Kugelregen, den ihnen die Aufständischen hinterdreinschickten. Der Sekretär konnte nach Wien entkommen, Martinitz floh nach Bayern – beide mit der fürchterlichen Hiobsbotschaft.

Darauf gaben die rebellischen adeligen Herren dem bayerischen Geschäftsträger und seinen Leuten eindeutig zu verstehen, es gebe in Prag auch noch andere Fenster, durch die man mißliebige Leute hinauswerfen könne, vor allem diejenigen, welche sich nicht zum Protestantismus bekehren wollten.

Wilhelm Boden bat in München um Instruktionen, erhielt aber zur Antwort, er solle sich ruhig verhalten, niemanden herausfordern und sich tunlichst nirgends sehen lassen.

In Wien war man über die Nachricht völlig kopflos; in München aber hörte man die große Stunde schlagen – die einmalige große Stunde ohne Wiederkehr –, die Hand nach der Kaiserkrone des Heiligen Römischen Reiches Deutscher Nation auszustrecken. Doch Herzog Maximilian versagte es sich – aus angestammtem Pflichtbewußtsein. Dafür schloß er mit dem Habsburger einen Vertrag und erhielt den Oberbefehl über die katholischen Streitkräfte sowie die Zusicherung der Würde eines Kurfürsten.

Von nun an ging's Schlag auf Schlag: der Dreißigjährige Krieg hatte begonnen.

Die Tschechen wählten den Pfälzer Friedrich, den „Winterkönig", zum Oberhaupt ihres Königreiches. Darauf fiel der Bayer in Böhmen ein, und sein oberster Befehlshaber Tilly schlug das böhmisch-pfälzische Heer am Weißen Berg (kurz vor Prag) innerhalb einer Stunde. Der Winterkönig, der auf der Burg seine Siegesfeier schon vorweggenommen hatte, vermochte gerade noch sein Nachtgewand einzupacken; er floh über Sachsen nach Holland. Dem siegreichen Maximilian öffneten sich die Tore Prags, nicht aber die Herzen des tschechischen Adels. Nach einem kurzen, aber harten Strafvollzug vor dem Altstädter Rathaus kehrte er nach München zurück. Ihm folgten an die hundertfünfzig Kauffahrteiwagen voller Beute, sowie der bayerische Geschäftsträger mit Frau und Christoph Lenker mit der Base Justina.

Die Letztgenannten waren von da an aus dem Gesichtsfeld ihres Herzogs endgültig verschwunden, denn der hatte von jetzt ab bis an sein Lebensende eine schwere Bürde für die Wohlfahrt seines Bayernlandes zu tragen; da fiel weiß Gott die Peißenberger Kohle nicht mehr ins Gewicht ...

Die Heimkehr

Am 25. November 1620 traf Herzog Maximilian mit zweitausend Mann zu Fuß, tausendzweihundert Reitern und der unüberschaubaren Kolonne von Beutewagen bei klirrender Kälte in München ein. An den Stufen des Frauendomes kam ihm der Fürstbischof von Freising entgegen. Er geleitete den siegreichen Unterdrücker des tschechisch-protestantischen Aufruhrs vor den Hochaltar, wo sie zusammen mit den Kriegern das „Te deum laudamus", den katholischen Dankhymnus, durch die hohe Gotik des heiligen Hauses erschallen ließen. Da perlten über manchen Mannes Wangen die Tränen nieder!

Christoph Lenker und Justina begaben sich miteinander zum Berghauptmann, der seine Amtsräume jetzt im Alten Hof hatte.

„Euch schickt doch wahrhaftig der Himmel!" sagte der junge Herr von Fliegel, der jetzt die

Geschicke des bayerischen Bergwesens leitete. „Den Peißenberger Obersteiger hat ein Schlagerl getroffen. Ich bitt' Euch, übernehmt sofort die Zeche, damit die Leut' nicht abwandern!"

„Meint ihr denn", erwiderte Lenker, „daß das auch im Sinne des Herrn Kurfürsten ist? Wir sind doch jetzt ein Jahrzehnt lang in Prag gesessen, meine Base und ich, und wissen nicht, was er mit uns vorhat."

„Darüber seid unbesorgt, Lenker! Ich werde das regeln. Denn es ist unwahrscheinlich, daß Herr Maximilian die Abnehmer der Peißenberger Kohle in Augsburg fahren läßt; wo sie ihm doch ein gutes Geld einbringen!"

„Mir soll's recht sein, Berghauptmann! Denn von Staatsgeschäften und diplomatischen Diensten hab' ich die Nase gestrichen voll. Ich muß, damit ich meinen inneren Frieden habe, sehen, daß sich unter meinen Händen etwas tut und regt und rührt."

„So stell' ich mir das auch vor, lieber Lenker! Es wär' doch jammerschade, wenn der Geist, der im Hohen Peißenberg haust, plötzlich seinen Posten verlöre, nur weil kein gescheiter Markscheider mehr da ist!"

Darauf fuhr Christoph Lenker mit seiner Justina heim. Zwei Tage vor Silvester kamen sie nach Peißenberg, begaben sich in die Schellhammermühl und baten um den Schlüssel zu ihrem Haus. Das war eine Überraschung! Frau Lioba, schon recht gealtert, schloß den Sohn in die Arme; Schwester Afra tat dasselbe mit Justina, und neun Kinder standen wie die Orgelpfeifen herum und betrachteten schier entgeistert diese Begrüßung. Und weil Silvester vor der Tür stand und Kuchl und Vorratskammern voll Gebackenem und Gebratenem waren, bereitete der junge Müller ein rauschendes Fest; dabei sollten sich, wie er sagte, „die Balken biegen".

Ob sie sich gebogen haben, ist nicht überliefert worden, doch scheint es der Fall gewesen zu sein, denn die Ankömmlinge mußten erfahren, daß der einst strafweise abgezogene Pfarrer Melchior Faber seit einem Jahr die katholische Gemeinde Peißenberg wieder leitete. Das war für Christoph und Justina eine herbe Enttäuschung. Nicht als hätten sie sich vor dem Manne gefürchtet; aber er hatte doch vor zehn Jahren schmerzvoll in ihr Leben eingegriffen. Sollten diese Widerwärtigkeiten von neuem beginnen?

Noch am Silvestertag erfuhr Pfarrer Melchior Faber, daß der Markscheider Lenker und seine Base Justina in die Heimat zurückgekehrt waren und offensichtlich hier ihre Zelte wieder aufzuschlagen gedachten. Darauf ging er in sich, verwarf den für den Silvesterabend vorbereiteten Predigttext und verfaßte einen neuen.

Über die Kuppe des Hohen Peißenbergs fuhr ein eisiger Schneesturm herein und verwehte alle Spuren auf der Dorfstraße und in den Gassen. Das störte aber die frommen Leute nicht; denn jeder hatte während des zu Ende gehenden Jahres den Segen des Himmels erfahren. Da gehört es sich, am letzten Abend dem Herrgott zu danken und um Glück, Gesundheit und Wohlfahrt für die Zukunft zu bitten.

Der Mesner hatte dreißig Kerzen auf dem Hochaltar der Kirche angezündet. Der Krippenaltar war abgeräumt; dafür sah man jetzt vor einer ägyptischen Wüstenlandschaft die heilige Familie in fast lebensgroßen Figuren vorüberziehen: Der heilige Joseph, der Nährvater Christi, führte einen Esel am Halfterband; eine gelbe Decke war über dessen Rücken gebreitet; darauf saß im himmelblauen Mantel die Muttergottes, das göttliche Kind in den Armen; liebevoll drückte sie es an ihr Herz.

Auf dem Kirchenchor wurden Musikinstrumente in verhaltener Weise gestimmt: drei Geigen, eine Bratsche, zwei Zithern und zwei Tiroler Harfen; die hatten sie eigens für den Silvesterabend und das Hochamt an Neujahr von Schwaz hereinkommen lassen.

Das Gotteshaus war zum Bersten gefüllt. Wer zu spät kam, mußte bei der Eingangstür im Vorhäusl warten – und frieren.

Schlag sechs Uhr abends zog der Mesner vor der Sakristei das hochfestliche Klingelwerk, und Pfarrer Faber schritt mit zwölf Ministranten vor den Hochaltar, während die Orgel aus allen Pfeifen dröhnte. Die Ministranten in Weiß und Rot setzen sich in die Kirchenstühle seitlich vom Altar, der Pfarrer in Weiß mit goldbestickter Stola stieg auf die Kanzel. Beglückt blickte er über das zu ihm emporschauende Kirchenvolk hin; dann verstummte die Orgel, und er begann:

„Meine lieben Christen! Betrachtet dort am Kripperlaltar die neue Szenerie! Über diese Szenerie steht in der Bibel folgendes Wort geschrieben, das der Engel an den heiligen Joseph gerichtet hat: ‚Nimm das Kind und seine Mutter und kehr in deine Heimat zurück! Denn die dem Kinde nach dem Leben trachteten, sind nicht mehr!'

„Wir, liebe Christen, die wir im Schatten des Hohen Peißenberges unser Leben in beschaulicher Ruhe dahinleben dürfen, wir können kaum erahnen, was es heißt, bei Nacht und Nebel auf- und davonziehen zu müssen, weil Bösewichte uns zu verfolgen und zu verderben drohen. Wie mag darum die heilige Familie ein großes Aufatmen überkommen sein, als der Engel die Augen ihrer Herzen zurücklenkte in die Heimat, in das Land ihrer Väter! Welch ein Glück auch für sie, daß der große Herodes, der Erbfeind ihres göttlichen Kindes, durch himmlische Zulassung bei lebendigem Leibe von Würmern gefressen worden war! So könnt ihr, meine lieben Christen, deutlich ermessen, daß der Herrgott unsere Widersacher nicht frei dahinrasen läßt, sondern daß er sie in seinen unerforschlichen Ratschlüssen zur guten Stunde zurücknimmt, so wie der Knecht die pflügenden Ochsen zurücknimmt, wenn sie nicht in die gehörige Furche einrasten wollen. Denn unser Herrgott ist ein weiser und gerechter Ackermann, ein kluger Lenker aller menschlichen Schicksale. Er wirft die Bösewichte nieder und erhöht, die auf ihn vertrauen. Er läßt die Vertriebenen ihre Heimat finden, die Verjagten läßt er nach Hause zurückkehren.

„Herr, bis an die Himmel reicht deine Huld, und deine Treue bis an die Wolken; deine Gerechtigkeit gleicht den ewigen Bergen, deine Gerichte sind wie Urmeerfluten. In deinem Lichte schauen wir das Licht. Amen."

Auf dem Heimweg nach dieser feierlichen Jahresschlußandacht sagte Justina: „In der Predigt war einiges von unserem Schicksal angerührt".

„Ich glaube fast", erwiderte Christoph, „er hat uns geradezu ansprechen und seine Reue andeuten wollen. Denn zum Ende eines Jahres, für das man danken soll, hatten seine Worte wenig Bezug."

„Gebe Gott", sagte Justina, „daß er uns in Ruhe läßt!"

Wenige Tage später erwies sich, daß Christoph Lenker richtig vermutet hatte: Der Pfarrer Faber kam zu Besuch. Frau Justina gebärdete sich zunächst ein wenig aufgeregt und verwirrt; als er jedoch zu verstehen gab, daß er zu ihrer beider Begrüßung als ein Bittender komme, faßte sie sich.

„Mit dem Gewissen", so sagte er, als sie ihm einen Etschländer hingestellt hatten, „mit dem Gewissen hat es sein eigenartiges Bewenden. Da glaubst du, korrekt zu handeln, und liegst doch – objektiv betrachtet – wie ein engstirniger Tolpatsch in der hintersten Ecke. Du reitest auf einer vorgefaßten Meinung herum und glaubst, der liebe Herrgott sitze bei dir im Sattel und feuere dich zu noch schnellerer Gangart an, deinen Mitmenschen zu bekehren. Daß aber der andere, dein Mitmensch, auch ein Gewissen hat und nach diesem Gewissen das Rechte zu tun glaubt, das kommt dir gar nicht in den Sinn. So sehr bist du von der eigenen Meinung geblendet und verblendet ..."

„Trinken wir erst einmal, Pfarrer Faber!" Christoph sprach's und prostete ihm zu; auch Justina hob schüchtern das Glas. Dann fuhr er fort: „Ihr wißt doch von Eurer Theologie her – so wie ich es bei den Ingolstädter Jesuiten gehört habe –, daß das oberste Regulativ unseres Handelns eben das Gewissen ist. Nun kann es aber sein, daß das Gewissen eines Menschen verbildet ist – Ihr habt den Ausdruck vom „engstirnigen Tolpatsch" gebraucht; was dann? Dann bleibt es trotzdem die Richtschnur seines Handelns!"

„Ihr wollt mich entsühnen, Lenker! Das ist lieb von Euch! Indes, Ihr überseht, daß ich von

Berufs wegen ein Vermittler zwischen Gott und den Menschen sein soll und als solcher kein verbildetes Gewissen haben dürfte ...“

Christoph unterbrach ihn: „Lieber Pfarrer, was wir haben sollten, was wir nicht haben dürfen – auch das weiß unser Herrgott allein. Wer ermächtigt uns denn, mit ihm darüber zu hadern? Versenken wir vielmehr alles, was zwischen Euch und uns war – und sei es auch noch so bitter und schmerzvoll gewesen – hinab in das Meer der Vergessenheit! Wärmen wir jetzt in unseren reiferen Jahren nicht das auf, was uns entzweit hat, sondern das, was uns verbindet! Denn wer weiß schon, wie lange unser Ofen noch wärmt. Wehe uns dann, wenn wir die falsche Suppe aufgewärmt haben!“

Bei diesem Wort waren dem Melchior Faber die Augen feucht geworden. „Lieber Lenker“, sagte er, „mir scheint, in Peißenberg steht der falsche Pfarrer auf der Kanzel. Wir zwei sollten tauschen!“

Dann mußte er tatsächlich weinen, und zählte doch – gleich wie der andere – schon an die fünfzig Jahre ...

Es wurde noch ein stiller, besinnlicher Abend in der großen Stube des Hauses am einstigen Stoffelhof. Christoph und Justina erzählten dem interessiert zuhörenden Pfarrer von ihren Erlebnissen in Böhmen; sie gaben ihre Befürchtung zu erkennen, daß sich der slawische Radikalismus und die schlampige österreichische Art, der Lösung von heiklen

Problemen auszuweichen, auf die Dauer nicht vereinbaren lassen würden.

Faber seinerseits erklärte, ohne mit einer Wimper zu zucken, daß zwischen den Päpstlichen und den Lutherischen bereits alle Brücken abgebrochen seien und daß ein europäischer Brand sich werde kaum noch verhindern lassen. Er glaubte die Schuld daran hauptsächlich seiner eigenen, der katholischen Kirche geben zu müssen; ihre Vertreter hätten sich – angefangen von manchen römischen Päpsten – durch Verweltlichung und Hemmungslosigkeit nicht nur die Gunst des Himmels, sondern auch die Achtung der Menschen verscherzt. Das Auftreten des Martin Luther sei darum geradezu eine Forderung der Stunde gewesen.

„Das dürftet Ihr aber Eurem Propst zu Polling und Eurem Bischof zu Augsburg nicht sagen!" meinte Justina.

„Provozieren werde ich diese hohen geistlichen Herren nicht, denn in der Provokation steckt ein Stück Gemeinheit; ich werde mir aber auch kein Blatt vor den Mund nehmen, wenn ich herausgefordert werde."

„Das ehrt Euch, Herr Faber!" erwiderte Christoph und fuhr dann fort: „Weil wir gerade so schön dabei sind, die Vertreter der Kirche zu verlästern, sagt uns bitte, was haltet Ihr von dem Hexentreiben in unserer Zeit?"

„Ich halte es hier mit dem jungen Jesuitenpater Friedrich Spee von Langenfeld. Der hat im Auftrag seiner geistlichen Oberen bereits etliche hundert dieser Hexenweiber auf den Scheiterhaufen begleitet. Er behauptet, daß keine einzige von ihnen Rechtens schuldig gewesen sei. Man habe ihre Leiber in den Folterkammern so lange geschunden und zerzerrt, bis sie bereitwillig alle Schändlichkeiten gestanden hätten, deren Geständnis man von ihnen habe hören wollen."

„Und das im Namen Gottes und *sub auspiciis* unserer heiligen Mutter, der Kirche!"

Mit diesem Satz schloß Christoph Lenker das leidige Gespräch ab. Die beiden Männer zogen sich in die große Wohnkuchl zurück, wo Justina ihnen ein geschmackiges Abendessen bereitete, das sie mit einer großen Kanne Wein unaufhörlich würzten. Dabei kamen sie einander in dem Maße näher, als der Fluß ihrer Reden zu stocken begann, bis schließlich beide erkannten, daß es des Guten zuviel sei, und gemeinsam in die Nacht hinaustraten. Über dem Hohen Peißenberg stand die Mondsichel, von einem Hof aus Schleiern umgeben.

„Dieser Tage", sagte der Pfarrer, „war ich in Polling. Da erzählten sich die Mitbrüder, daß sich in Oberösterreich, im Hausruck, sechsunddreißig protestantische Bauern gegen unsere kirchliche Obrigkeit erhoben hätten. Da habe man sie gefangengenommen und gegeneinander so lange auf Leben und Tod würfeln lassen, bis nur noch einer übrig war. Sind, die solches tun, noch Menschen?"

Christoph entgegnete: „Im allgemeinen heißt es, wo die Religion aufhöre, höre auch die Menschlichkeit auf. Heutzutage ist es umgekehrt: Die Entmenschung beginnt mit dem Streit um die Religionen!“

Darauf verabschiedeten sie sich voneinander, und jeder hatte einen bitteren Nachgeschmack in seinem Herzen.

Anderentags erschienen in aller Herrgottsfrühe zwei Männer am Stoffelhof: der Fördersteiger und der Wettersteiger von der Zeche. Der Gemeindevorsteher hatte vom Bergamt in München die Mitteilung erhalten, daß nunmehr der Markscheider Christoph Lenker die Leitung übernehmen und den Absatz der geförderten Kohle betreiben werde. Sie sollten deshalb bei ihm vorstellig werden und sich nach seinen Weisungen richten.

Christoph kannte die beiden noch von früher und begrüßte sie freundlich. Er bat sie auch, mit ihm ein paar Tage lang Geduld zu haben, müsse er sich doch erst in die neue Gangart des Zechenbetriebes wieder eingewöhnen. Darauf schloß er sich ihnen ohne Verzug an, und gemeinsam fuhren sie ein. Sie schritten durch die Stollen und Strecken, besichtigten die Schächte und die Wasserführung und hielten sich stundenlang vor Ort auf, wo sich die Hauer angesichts des neuen Werkleiters mächtig ins Zeug legten. Christoph hatte für alle ein kurzes freundliches Wort, was für sie eher befremdend war, denn der verstorbene Obersteiger hatte mit Worten gegeizt.

Während der folgenden Tage konnte sich Lenker überzeugen, daß unter seinem Vorgänger die Strecken berggerecht aufgefahren worden waren; der Betrieb bedurfte also keiner Korrektur und konnte im gleichen Tempo weiterlaufen. Nicht zu übersehen war freilich die hoch aufgetürmte Kohlenhalde draußen am Hang. Der Obersteiger hatte sich offensichtlich mit dem Absatz schwergetan, was auch aus der rückläufigen Belegschaftszahl erkennbar war. Christoph entschloß sich daher, trotz des fortwährenden Schneegestöbers nach Augsburg zu reiten und den Hohen Rat aufzusuchen.

Er fand die in Würde erstarrten Herren noch vor, wie er sie gute zehn Jahre früher verlassen hatte; nur die Gesichter waren, wie es schien, ausgewechselt worden, und auch die Namen.

Doch das war verständlich. Städte dieses Alters und dieser historischen Bedeutung führen ein zeitloses Leben und müssen folglich eine zeitlose Regierung haben. Ihren Regierungsbevollmächtigten ist es gewissermaßen untersagt, eigenpersönlich zu leben; der Geist der Stadt ist es, der ihnen das Leben einhaucht. Sie brauchen bloß diesem Geiste zu gehorchen, dann gehorchen sie einer Tradition von anderthalbtausend Jahren.

Christoph Lenker, den die Prager Zeit gesellschaftlich reifer und wendiger gemacht hatte, erlaubte sich, sein Anliegen, den stärkeren Absatz seiner Kohle, mit gebührender, um nicht zu sagen römisch-klassischer Höflichkeit vorzutragen – wie das eben in der alten „Augusta Vindelicorum" schicklich war. Und der Erfolg gab ihm Recht: Er durfte seine Kohleförderung auf das Doppelte erhöhen. *Urbe locuta causa finita* – Die Stadt hat gesprochen, der Fall ist erledigt!

Nun galt es, auf der Zeche Peißenberg auch die Belegschaft zu verdoppeln: von zweihundert auf vierhundert Mann. Anderentags fuhr Lenker deshalb mit dem Herrschaftsschlitten des Pfarrers Melchior Faber nach München an das Bergamt und berichtete brühwarm, was ihm zu Augsburg widerfahren war. Der Berghauptmann Franz von Fliegel meinte: „An Euren Fersen hängt, wie's scheint, das Glück des Peißenbergs. Wir wollen versuchen, die beachtliche Angelegenheit möglichst rasch dem durchlauchtigsten Herrn Kurfürsten vorzutragen."

Bereits zwei Tage darauf erhielten sie eine Audienz. Maximilian war von dem tatkräftigen Zupacken Lenkers recht angetan und schloß sich der Meinung des Berghauptmanns an, die Zeche Peiting wegen zu geringer Fördermengen vorübergehend stillzulegen und die Hauer nach Peißenberg zu überstellen, zugleich mit ihrem Werkmeister Marco Rinaldi, einem Welschtiroler.

Herr Maximilian hatte nie viel Zeit; deshalb verabschiedete er die beiden Montanherren schon nach wenigen Minuten. Diese kehrten beglückt nach Hause zurück.

Der Kurfürst aber hing unguten Gedanken nach. Ungut deswegen, weil er sehen mußte, wie Kaiser Ferdinand ihm den Gesamtoberbefehl über die zur Niederwerfung der protestantischen Mächte aufgebotenen Truppen sachte entzog und sie dem altböhmischen Grafen Albrecht von Wallenstein auf Burg Friedland zuspielte.

Nicht ohne Grund; Denn nachdem der schlaue Friedländer den konfiszierten Großgrundbesitz der tschechischen Rebellen durch wohlfeilen Ankauf an sich gebracht hatte, war er der reichste Mann der österreichischen Monarchie geworden. Er konnte vor den Kaiser hintreten und fragen: „Majestät, ich will Euch auf meine Kosten ein Heer aufstellen. Sagt, wie stark soll es sein?"

Darauf Ferdinand: „Zwanzigtausend Mann kämen Uns gelegen!"

Wallenstein hatte darauf erwidert: „Majestät, ich bedaure, zwanzigtausend Mann habe ich nicht; doch kann ich Euch fünfzigtausend stellen!"

Wen wundert's, daß da der Friedländer das Rennen machte und der Kaiser merklich von Maximilian abschwenkte. Darüber war der bayerische Kurfürst tief gekränkt. Er wandte sich den Jesuiten zu, mehr denn je. Und weil diese sich als die bestgehaßte, aber schlagkräftigste religiöse Truppe im Reiche verstanden, bat der Münchner Rektor Jacob Keller seinen Fürsten um ein Wachkommando für die Residenz des Ordens bei Sankt Michael in der Kaufingerstraße. Maximilian konnte ihm diese Bitte füglich nicht abschlagen, denn die Jesuiten besaßen zwar keine militärische Macht, dafür aber ein gewaltiges geistig-sittliches Potential – und das wog schwerer als eine halbe Armee.

In dieser Erkenntnis schickte der Kurfürst einen Kurier nach Peißenberg mit der Aufforderung an Christoph Lenker, sich umgehend in der Residenz einzufinden.

Und dann standen sie in einer Fensternische und schauten hinab auf den Franziskanerfriedhof. Sagte der Fürst: „Bedenkt man's recht, so sind alle, die da unten liegen, glücklich zu preisen im Gegensatz zu Uns. Wir müssen schuften und schaffen, schier Tag und Nacht, und wenn Wir dann glauben, etwas Vernüftiges auf die Beine gebracht zu haben, werden Wir hintergangen oder zumindest in die Ecke gestellt."

„Eure Rede, Herr, zielt wohl auf den Kaiser und den Friedländer ab?"

„Ich wußte, daß du klug bist! Wie würdest du dich an meiner statt verhalten?"

„Herr, es ist gewiß hart, unbedankt zu bleiben; indes, erinnert Euch an unsere Lehrer zu Ingolstadt! Die wollten doch unser ganzes Tun und Lassen auf das Jenseits bezogen wissen, wo uns dereinst jeglicher Dank widerfährt."

Maximilian strich seinen Bart und lächelte: „Ja, die braven Ingolstädter Moralisten! Wir glauben, daß sie bei sich selbst trotzdem einen Unterschied machen zwischen Rede und Tat. Weil du aber gerade von ihnen sprichst: Die unseren hier in München wollen ein Wachkommando in ihrer Residenz bei Sankt Michael haben, weil sie fürchten, die Protestanten könnten ihnen Tempel und Haus, das Unser Herr Vater Wilhelm mit vielen Schulden erbaut hat, über den Köpfen anzünden. Wir machen dich also zum Chef dieses Kommandos; die Zeche in Peißenberg kann der Rinaldi allein betreiben!"

Da schaute Lenker enttäuscht an seiner Nase nieder...

Wandlungen des Herzens

Da war also der neue Anfang in Peißenberg, den Christoph Lenker sich so gut eingefädelt hatte, jäh zerschlagen. Der Werkmeister Marco Rinaldi erhielt vom Bergamt München die erforderlichen Aufträge und Befugnisse und wechselte mit seinen Leuten von Peiting hinüber zum Heiligen Berg. Er bezog die Werkswohnung, aus der der Obersteiger herausgestorben war; das bereitete weiter keine Umstände, denn Rinaldi war ebenso unbeweibt und kinderlos, wie es der andere gewesen war. Auch lagen die Urkunden und Archivalien, die die Zeche Peißenberg betrafen, immer noch da; er brauchte ihnen die von Peiting nur zuzuordnen. Soweit er sich nicht selbst versorgte, probierte er die verschiedenen Dorfwirtschaften aus. Manchmal wurde er auch von dem oder jenem Bergmann oder Bauern zum Essen eingeladen, besonders wenn dort eine schöne Tochter das Sagen hatte; der Marco war ja ein Mann in den besten Jahren, sah stolz und verwegen aus und hatte bei den reifen Jungfrauen in Peiting schon viel von sich reden gemacht. In ihren Kreisen ging auch das Wort um, daß diejenige, die ihn einmal zum Ehemann bekäme, sich getrost alle zehn Finger abschlecken dürfte. Das Wort ging jetzt auch in Peißenberg um.

Christoph Lenker brachte seine Enttäuschung natürlich mit heim zu Justina. Da hockten sie jetzt beim warmen Ofen und besprachen das Problem der bevorstehenden Trennung. Denn als Chef des Wachkommandos mußte er bei den Jesuiten mit im Kolleg wohnen; das konnte möglicherweise sogar innerhalb der Klausur sein, wo der Aufenthalt eines weiblichen Wesens völlig ausgeschlossen war. Aber selbst wenn die hochwürdigen Väter ihm eine Wohnung zwar in ihrem Hause, aber außerhalb der Klausur herrichten würden, wäre es immer noch heikel genug. Da würden die Leute ein Weib aus- und eingehen sehen, ein Umstand, der nach einigen Tagen unweigerlich ein skandalöses Stadtgespräch auslösen würde; genügte doch überhaupt schon die Tatsache, daß den Jesuiten mit dem famosen Wachkommando eine „Extrawurst" zugebilligt wurde. Darüber würde sowieso der ganze Klerus Münchens die Nase rümpfen!

„Und was würdest du zu einer kleinen Stadtwohnung sagen?" Justina stellte diese Frage, ohne selber an deren Verwirklichung zu glauben. Was wollte sie denn auch in der Landeshauptstadt, wenn er Tag und Nacht bei den Jesuiten Wache schieben mußte? Sie würde sich zu Tode langweilen! In Peißenberg sah sie wenigstens, wenn sie wollte, Tag für Tag ein paar Bekannte, mit denen sie ein Viertel- oder ein halbes Stündchen ratschen konnte. Hier konnte sie sich auch nach einer Beschäftigung umsehen. In München würde sie gemütskrank werden!

Christoph sah das alles ein und erklärte am Ende, er werde versuchen, alle drei Wochen drei Tage vom Dienst befreit und durch einen anderen vertreten zu werden. Ein Stellvertreter werde sich finden lassen.

Mit dieser Versicherung reiste er ab. Es war zu Beginn der Fastenzeit des Jahres 1623.

Frau Justina, alleingelassen, fand sich während der ersten Wochen schwer zurecht. Oft eilte sie hinab zu Frau Afra in die Schellhammermühl, nicht um ihr zu helfen, sondern weil sie – nach ihren eigenen Worten – „fürchtete, die Stubendecke könnte ihr auf den Kopf fallen".

Als dann die Karwoche kam, kamen ein Jesuit und ein Kapuziner, vom Pfarrer geladen, zum Predigen und Beichthören nach Peißenberg. Der Jesuit war schon sehr alt, doch Justina hörte seine Kanzelreden gern, weil er eine warmherzige, großväterliche Stimme hatte. Und als er dann seine Zuhörer zum Beichten einlud, ging auch sie hin – nicht wegen der Sünden, die ja jeder hat, sondern weil sie einfach mit ihm reden wollte: reden und seine Worte hören, fragen und seine Erwiderungen vernehmen, vielleicht auch ein „G'satzerl" weinen und auf seine Tröstung warten.

Auf ihre Sünden, die sie ihm trotzdem aufzählte, ging er gar nicht ein. Er fragte sie bloß, ob sie verheiratet sei und ob sie Kinder habe. Als sie dann ihren Sonderfall geoffenbart hatte, meinte er: „Liebe Tochter, dein Leben ist kein frauliches Leben. Du hast keinen Mann, hast keine Kinder und bist auch keine Nonne. Das, wonach sich dein frauliches Wesen sehnt, das Kind, mußt du dir versagen. Hast du dir dein Leben so gedacht?"

Justina hatte ihm mit nachdenklicher Miene zugehört. Dann erwiderte sie: „Ihr wollt mir doch nicht einreden, daß ich unglücklich sei! Gewiß, das, was man gemeinhin Familienleben nennt, führe ich nicht. Indes, ich kenne Familien, sogenannte glückliche Familien, in denen die Frau das Schicksal einer Märtyrerin auf Lebenszeit teilt. Da mag ich in den Augen der Gerechten lieber als Sünderin gelten! Denn seht Ihr, nicht wir haben dem Leben unsere Gemeinschaft abgerungen, sondern es hat uns zusammengeführt, als wir uns der Falschheit dieses Gemeinschaftslebens noch gar nicht bewußt waren. Und jetzt hielte ich für grausam, uns zu trenne!"

„Liebe Tochter", entgegnete der Jesuit, „mir geht es doch nicht darum, euch zu trennen! Nur glaubte ich aus deinem Bekenntnis und überhaupt aus deinem Besuch bei mir zu erkennen, daß du mit deinem gegenwärtigen Alleinsein nicht zu Rande kommst. Sollte ich mich hierin getäuscht haben, so verarg mir die Unbeholfenheit meines Geistes bitte nicht! Merk dir nur immer eins: Die letzte und bestimmende Richtschnur all deines Tuns und Lassens ist dein Gewissen. Wenn du dir ehrlich und ohne Falsch sagen kannst, auf dieser Richtschnur zu liegen, dann darfst du dich gar nie nach den Worten eines anderen richten – auch nicht nach den meinigen! Denn wir Priester Gottes sind keine Richter, sondern Handlanger unseres Herrn, bemüht, ihm in die Hände zu arbeiten."

„Bin ich Euch zu nahe getreten, würdiger Herr, dann verzeiht mir!"

„Wie könntest du mir zu nahe getreten sein, liebe Tochter, wo doch mein Leben und meine Aufgabe allein darauf abzielen, offen zu sein für alle mitmenschlichen Belange. Und solange wir miteinander reden, gibt uns der Herrgott die Gnade, alles in großer Freundlichkeit zu Ende zu reden zu gegenseitigem Nutz und Frommen. Denn es wäre vermessen von mir, dein Herz als ein Betätigungsfeld zu betrachten; sind wir doch alle miteinander schwache und sündige Menschen, die sich – um bestehen zu können – allein der Barmherzigkeit des Himmels ausliefern müssen!"

Justina verließ den alten Priester mit dankbarem Herzen und kehrte in ihr Haus auf dem Stoffelhof zurück. Der Geistliche hatte in ein paar dunkle Ecken ihres Gemüts wohltuend hineingeleuchtet, so daß sie jetzt erhobenen Hauptes einhergehen konnte.

Christoph Lenker war nach München gekommen und vom Kriegszahlamt mit einem Feldwebel, zwei Korporälen und dreißig Mann in die Jesuitenresidenz bei Sankt Michael eingewiesen worden. Sie stellten sich beim Rektor Jacob Keller vor.

Der hatte für sie den Festungsturm, der die Residenz von hinten flankierte, frei gemacht und dort für eine zwar soldatische, doch sonst erlesene Unterkunft gesorgt. Denn wenn sie schon den Schutz des Gotteshauses, des Konvikts und des Kollegs übernehmen mußten, sollten sie wenigstens in den Stunden der Ablösung eine behagliche Ruhe genießen können.

Lenker, der Ingolstädter Jesuitenschüler, stand natürlich sofort hoch in der Gunst des Rektors. Diese Gunst übertrug sich sogleich auf das gesamte Wachkommando und frischte diese Männer zu erhöhter Dienstbereitschaft an. Der Wachdienst war stundenplanmäßig genau gegliedert: Während bei Nacht sechs Mann an den Eingangstoren Posten standen, durchstreiften tagsüber fünfzehn Mann das ganze Haus, und an Sonn- und Feiertagen waren die Wachen an den Toren der Michaelskirche verdoppelt. Denn die Protestanten sahen in den Jesuiten den Erbfeind ihrer Mission in Bayern. Sie glaubten, die Jesuiten putschten den Kurfürsten Maximilian auf und versuchten, ganz Bayern zu einem katholischen Bollwerk im Heiligen Römischen Reich Deutscher Nation umzugestalten. Ihnen zuvörderst galt also die kämpferische Abneigung der Protestanten, weshalb die Einrichtung eines Wachkommandos in ihrer Residenz durchaus berechtigt war.

Ganz München wußte, was das für Leute waren, die da in der Kirche zum heiligen Michael und um die Residenz herumstreiften; doch nach etlichen Wochen hatte man sich daran gewöhnt. Nur der sogenannte Weltklerus geiferte, aber auch nur ein paar Wochen länger, denn die Jesuiten taten, als hätten sie mit dem Wachkommando nichts zu tun; und im übrigen wußte in München jedermann, wie sehr die grundgescheiten Männer ihren „geistlichen Mitbrüdern“ auf die Nerven gingen.

In Peißenberg aber nahm die Kohleförderung unter der Leitung des neuen Werkmeisters Marco Rinaldi ihren weiteren Fortgang. Der Zuzug der Peitinger Belegschaft wirkte sich vorteilhaft aus, weil die Peitinger den Peißenbergern leistungsmäßig nicht nachstehen wollten. Auch verstand es der Rinaldi durch seine verbindliche Art, jede sich anzeigende Rivalität im Keim zu ersticken. Anfänglich mußte er sich noch einige Auskünfte bei Lenker holen, wenn der an seinen dienstfreien Tagen auf den Stoffelhof kam. Im übrigen aber lief der Betrieb, als wenn es keine Unterbrechung gegeben hätte.

Bei diesen Besuchen des Welschtirolers in Lenkers Haus ließ Justina es nicht an aufmerksamer Bewirtung fehlen und nahm auch die Gelegenheit wahr, dort und da einen Satz in welscher Sprache einfließen zu lassen. Da rann ihr das Lexikon der Liebelei charmant von den Lippen, so wie sie es Jahrzehnte zuvor mit dem Tanzmeister fleißig geübt hatte.

Marco Rinaldi blieb davon nicht unberührt. Er versuchte, der freundlichen Frau auch auf der Gasse zu begegnen, wann immer es möglich war. Bald kam er auch unter mehr oder minder nichtigem Vorwand in ihr Haus, wenn Christoph Lenker nicht zugegen war. Diese Besuche, anfangs spärlich und kurz, wurden im Laufe der Wochen mit früher eintretender Dunkelheit häufiger, bis sie sich, als es Herbst geworden war, über jeweils die ganze Nacht ausdehnten.

Solange die Allerheiligenstürme um den Peißenberg tobten und mächtige Regengüsse die Wege aufweichten und schier unpassierbar machten, fielen diese Begegnungen weiter nicht auf. Als es aber dann zu schneien begann und der Weg zum Stoffelhof kaum begangen wurde, konnte man jede Spur verfolgen, und da wurde es offenbar, daß bei Frau Justina in schöner Regelmäßigkeit eine Mannsperson verkehrte.

Ganz langsam und allmählich ging diese Kunde von einer Haustür zur anderen. Die meisten Männer maßen dem Gerede keine Bedeutung bei; dafür standen die Lenkerschen zu hoch über ihnen. Außerdem war der Christoph doch wohl Manns genug, für die Sauberkeit seines Alkovens Sorge zu tragen. „Und wenn nit, dann g'schiecht's ihm recht, wenn sie ihn bescheißt!" – Diese Worte sagte der Gemeindevorsteher, als ihm die böse Mär zugetragen wurde.

Anders dachte der Pfarrer Melchior Faber. Er hatte Christoph Lenker schätzen gelernt und konnte es nicht verwinden, daß ihm, dem Entfernten, durch die Frau so übel mitgespielt wurde. Doch aus Erfahrung klug geworden, hielt er sich immer wieder zurück – bis in das neue Jahr 1624 hinein.

Das Dreikönigsfest war vorüber, mit ihm auch der verstärkte Wachdienst bei Sankt Michael in

München, so daß Lenker wieder einmal seine drei dienstfreien Tage nehmen konnte. Er kam heim auf den Stoffelhof – und begegnete in den Straßen ein paar Leuten, die ihn zwar grüßten, dennoch aber auffällig von der Seite anstarrten. Was sie bloß hatten? War er ihnen denn schon so fremd geworden?

Er begrüßte seine Justina und bedeutete ihr auch das seltsame Verhalten derer, die er getroffen hatte.

Darauf Justina: „Das kann ich dir schon erklären. Doch erst sollst du essen – nach diesem Weg von München her und bei der Kälte!"

Sie aßen und unterhielten sich gemeinsam wie eh und je, nur wollte Christoph scheinen, als sei mit der Frau eine kleine, aber merkliche Veränderung vor sich gegangen. Sie war in der Rede sprunghafter und hastiger geworden; auch konnte sie in ihrem Gesichtsausdruck eine leichte Verkrampfung nicht verheimlichen.

Als sie sich dann auf die Ofenbank gesetzt hatten, fragte er: „Justina, bist du etwa krank? Jedenfalls bist du anders als sonst!"

„Ja, ich bin anders! Und darüber möchte ich jetzt mit dir reden." Sie sprach's und legte eine Hand auf seinen Arm. „Vielleicht siehst du mich als eine Verrückte an und in gewisser Hinsicht werd' ich's wohl auch sein; jedenfalls werde ich dich verlassen und, wenn's sein soll, den Werkmeister Rinaldi heiraten."

Als sie das gesagt hatte, kam es ihr vor, als wäre ihr ein Stein vom Herzen gefallen.

Christoph dachte zunächst eine Weile nach; dann erwiderte er: „Fast hab ich's geahnt. Denn wenn ich Rinaldi betrachtet habe, so von der Seite, dann kam's mir jedesmal vor, als wären die Blicke, die er dir zuwarf, Reusen, mit denen man Aale fängt. Und du bist – so kommt's mir vor – nicht ungern hineingeschloffen. Vielleicht ist es gut so, Justina, daß unser anstößiges Leben ein Ende hat."

„Hast du keinen Haß auf mich?" fragte sie ein bißchen verstört.

„Ja, du bist gut, Mädchen! Wir haben doch zu keiner Minute unseres Zusammenlebens die Tatsache unserer Blutsverwandtschaft aus dem Blickfeld verloren. Was du jetzt vorhast, ist eine folgerichtige Entwicklung. Zutiefst müssen wir dem Himmel und dem Rinaldi dankbar sein!"

Da umarmte sie ihn.

„Freilich solltest du bedenken", fuhr er fort, „daß Marco erheblich jünger ist als du! Im Augenblick sieht er nur deine Figur, dein bezauberndes Lächeln. Verkenn' aber nicht die ungestüme welsche Art! Noch bist du ihr gewachsen; laß jedoch eine Zeit vergehen! Dann könnte er dich ausgelaugt haben. Hast du denn nicht Ähnliches mit dem Tanzmeister in Polling erlebt? Dabei warst du jünger als er! Versteh' mich recht, Justina, ich will dir keine Teufel an die Wand malen! Nur wäre mir leid um dich, wenn du als Verheiratete ausgebootet würdest und keine Möglichkeit hättest, ihm den Rücken zuzukehren – wenn du dann gar seinen Bräuten dienen müßtest!“

Dann schwiegen beide.

In dieses Schweigen hinein bellte der Hund im Vorhaus.

„Vielleicht kommt er gerade, und wir können das Problem gleich zu dritt erörtern!“ Christoph sprach's und ging hinaus.

Vor dem Gartentürl stand der Pfarrer Melchior Faber: „Komme ich euch nicht recht ungelegen?“ fragte er, wartete jedoch die Antwort nicht ab und trat ein. Die beiden begrüßten ihn freundlich.

„Hab Euch schon längere Zeit nicht gesehen“, sagte Christoph.

Erwiderte der andere: „Wer in fürstlichen Diensten steht, kann den Umgang mit dem Dorfpfarrer leicht entbehren!“

„Sagt das nicht!“ antwortete Lenker. „Die Hofpfarrer staken bisweilen an unsereinem vorbei wie die Regenpfeifer!“

Dann traten sie in die Stube.

Nachdem Faber Frau Justina begrüßt und sich gesetzt hatte, meinte er kleinlaut: „Liebe Freunde, dieser Gang zu euch ist mir nicht leichtgefallen!“

Dieses Wort stand wie eine Säule mitten unter ihnen, bis Christoph schließlich entgegnete: „Und dennoch glauben wir schon zu wissen, warum Ihr gekommen seid!“

Da atmete der Pfarrer tief ein: „Dank euch! Ihr macht mich froh!“

Darauf wurde das leidige Problem noch einmal von allen Seiten durchleuchtet und mit freundlichen gegenseitigen Empfindungen abgeschlossen. Des Pfarrers beste Wünsche für beide setzten den Schlußpunkt...

Abschied

Justina und Christoph unterhielten sich noch bis tief in die Nacht hinein. Sie, in der Erwartung ihres bevorstehenden Glückes, war darauf bedacht, ihm das Scheiden so schmerzlos wie möglich zu machen; er, im Bewußtsein der festgefügten Ordnung seines Lebens, war darauf aus, ihr gleichsam in letzter Minute ein paar vorsichtige Verhaltensmaßregeln für das Zusammenleben mit dem jüngeren Mann an die Hand zu geben. Es war ihm offensichtlich ernst und zeugte von einer ehrlichen Anteilnahme an ihrer Zukunft, daß er sie vor blinder Verliebtheit und übermäßigen Erwartungen warnte. Justina hörte interessiert zu, doch sah man ihren Blicken bisweilen an, daß sie mit ihrem Herzen schon abgewandert war.

Am anderen Morgen, einem Samstag, packte sie all das Ihre, viel war es ja nicht, wobei er ihr hilfreich an die Hand ging. Gegen Mittag lud er alles auf einen Schlitten und brachte es in die Werkswohnung des Marco Rinaldi. Marco selbst war nicht anwesend, sondern war in eine Gastwirtschaft zum Essen gegangen. Justina kam bald zu Fuß nach und räumte ihre Sachen gemächlich vom Schlitten, in der Hoffnung, Marco könnte inzwischen eintreffen. Er traf nicht ein, so daß sie sich schließlich mit Tränen in den Augen, doch sonst recht formlos und kühl von Christoph verabschiedete ...

Über mehr als zwei Jahrzehnte gemeinsamen Schaffens, Strebens und Leidens senkte sich ein Vorhang nieder.

Während der folgenden Nacht fand Christoph keinen Schlaf, so daß er sich am Sonntagmorgen wie gerädert erhob. Er brachte den Schlüssel seines Hauses zur Schwester Afra in die Schellhammermühl und ritt nach Augsburg. Er stellte das Roß in einer Taverne ein und bat den Wirt, es bei Gelegenheit mit nach München zu bringen. Gedachte er doch, so bald nicht wieder nach Peißenberg zu kommen.

Darauf begab er sich zur Poststation.

Da standen die zwölf Wagen, mit Radkufen ausgerüstet, bereit, ihre Fahrgäste nach allen Himmelsrichtungen hin zu befördern; gen Norden nach Frankfurt, Würzburg und Nürnberg; gen Osten nach München, Landshut und Regensburg; gen Süden nach Salzburg, Innsbruck und Lindau; und schließlich die gen Westen nach Straßburg, Heilbronn und Speyer. Lauter starke Wagen, vor jedem vier feste Rösser, von fast ebenso vielen und ebenso festen

Roßknechten gehalten. Daneben saßen in einer zweifelhaft aussehenden Taverne die Posthalter, schrieben die Zielstationen aus und kassierten die Gelder. Ein paar Straßenmenschen schlichen da herum, um einem scheidenden Bettgesellen Lebwohl zu sagen oder in der Hoffnung, den oder jenen Kavalier noch für einen Tag und eine Nacht zu gewinnen.

Da fingen auf einmal die Kirchenglocken an zu läuten, und sie läuteten, wie es schien, über der ganzen Stadt. Die Leute, die vor der Poststation ungeduldig hin- und hergingen und auf den Augenblick warteten, da ihnen die Postillione die Wagenverschläge öffnen würden, schauten einander fragend an: Was ist geschehen? Ist ein Feuer ausgebrochen? Treibt ein Eisstoß auf dem Lech herab? Warum sieht man keine Stadtschergen, die man fragen könnte? Und was bedeuten die vornehmen Schlitten, die mit den Bürgermeistern und dem Hohen Rat durch die Gassen sausen? Und die vielen Geistlichen, die unterwegs sind? Wohin zieht's die alle?

Jetzt schritt eine der Torwachen daher, ein Alter. Sie fragten ihn. Er vermeldete, daß in der Nacht ein reitender päpstlicher Bote in die Stadt gekommen sei und dringend nach der Residenz des Herrn Bischofs gefragt habe. Und jetzt sehe es so aus, als ob der Herr Bischof alle Großen der Stadt zu sich bestellt habe.

Einige der Wartenden fingen an zu maulen – wahrscheinlich lauter Lutherische: Was geht uns euer Bischof an und der römische Reiter? Wir haben die Post bezahlt! Wir wollen fahren! Und uns nicht die Knochen erfrieren! Warum fahren wir also nicht?

Endlich kamen etliche Männer von der nächtlichen Scharwache. Sie wurden mit Fragen bestürmt, erwiderten aber ungerührt, solang die Glocken läuteten, dürfe kein Stadttor geöffnet werden.

So ein Krampf! Hat denn in der kaiserlichen Reichsstadt Augsburg, die dem Religionsfrieden von 1555 den Namen gegeben hat, ein papistischer Bischof so viel zu melden? Soll er in seinem Alkoven liegenbleiben und reisende Bürger nicht belästigen! Und überhaupt: Entweder wir fahren, oder wir fordern unser Geld zurück! Mit der papistischen Willkür muß es ein Ende haben! Wartet nur, bis uns die Schweden zu Hilfe kommen! Dann ist es vorbei mit euren römischen Extrawürsten!

Eine gute Stunde lang mochte es so hin- und hergegangen sein, da verstummte das Glockengeläut. Ein Stadtscherge ritt gemessen daher und rief über den Platz: „Unserer hochgelobten Stadt Augsburg ist groß Heil widerfahren. Der Heilige Vater Gregor der Fünfzehnte hat in einer Kanonisationsurkunde das Bistum Augsburg ermächtigt, den dereinst vom Kaiser Karl dem Großen hierorts eingesetzten Bischof Sintpert von Stund an als einen heiligmäßigen Mann zu verehren, indem daß in seiner Grabeskirche ein herrlich Wunder ist geschehen. Ihr

Wanderer, Pilgrime und Kaufleut', ziehet jetzo in Frieden!"

Na endlich!

Jetzt drängten die Leute an die Postschlitten. Vor der Tür des nach München fahrenden standen nur vier oder fünf, unter ihnen auch Christoph Lenker. Er wollte nicht drängeln, deshalb stieg er zuletzt ein. Er kam neben einem jüngeren Mann zu sitzen, der sofort zu reden begann. Da bin ich unter die Räuber gefallen, wenn der sei' Goschen nicht halten kann, dachte sich Lenker, kuschelte sich in die Ecke und tat, als wollte er einschlafen. Das rührte indes den anderen gar nicht, sondern regte ihn eher zu größerer Lautstärke an.

„Ich bin nämlich", sagte er „von der ‚Straßburger Relation' und hab' mir soeben das famose Wunder erzählen lassen. Unglaublich, was den Papisten so alles einfällt! Vor keinem Stiefel schrecken sie zurück, wenn's um die Verehrung ihrer sogenannten Heiligen geht! Doch entschuldigt, mein Herr, vielleicht seid Ihr selber auch ein Papist, und ich bin in ein Fettnäpfchen getreten!

Aber da sei Gott vor, lieber Herr! Wie käm' ich denn dazu, Euch zu nahe zu treten! Wenn man von der Zeitung ist, dann muß man gesprächig sein und mit allen Leuten reden. Nur so erfährt man, was los ist in der Welt. Deswegen will ich ja auch nach München! Es heißt nämlich, Euer Herr Maximilian habe dem Papst Gregor die Heidelberger Bibliothek versprochen, weil er ihm bei der Beschaffung des pfälzischen Kurhutes die Steigbügel gehalten hat."

„Und Ihr glaubt das?" fragte der Lenker.

Der andere entgegnete: „Wer von der Zeitung ist, glaubt alles, solange das Gegenteil nicht bewiesen wurde!"

„Und wenn das Gegenteil bewiesen wird, was dann?" fragte Christoph in kämpferischen Tonfall.

„Dann widerrufen wir!"

„Richtig! Das ist die Art der Verleumder und Rufmörder! Erst das Gift ausgießen! Wenn dann die verbrecherische Giftmischerei erkannt wird, sammelt man's mit geheuchelter Reue wieder ein; aber der Boden, in den es eingedrungen ist, bleibt verseucht!"

Nach einer Weile antwortete der Mann von der Zeitung: „Ihr scheint mir ein ganz Hartgesottener zu sein! Aber Ihr werdet's nicht glauben: Ich mag so was wie Euch! Denn nur wer kämpft und nicht erlahmt, ertüchtigt sich!"

„Jetzt laßt mich doch endlich in Ruhe!" wehrte Lenker ab.

Der andere aber hakte noch einmal nach: „Kennt Ihr das Wunder schon, das der vor fast tausend Jahren verstorbene Bischof Sintpert in unseren Tagen bewirkt haben soll? Woher sollt ihr's kennen? Ich hab's ja aus erster Hand! Also stellt Euch vor: Da geht eine angesehene Augsburger Kaufmannsfrau in die Grabkirche des bewußten Sintpert, wirft sich vor seinem

Sarkophag auf die Knie nieder und zetert: ‚Heiliger Bischof, ein Wolf hat mir den dreijährigen Sohn geraubt, während er im Garten schlief. Bitte gib ihn mir wieder, weil mich sonst mein Mann erschlägt!' Und siehe, was geschieht? Das Tor der Grabkirche öffnet sich, ein Wolf schleicht herein und legt den Knaben quicklebendig zur Mutter hin. Glaubt Ihr das, mein Herr?"

Darauf Lenker mit lächelnder Miene: „Ich antworte Euch mit Eurem vorhin gesprochenen Wort: ‚Ich glaube alles, solange das Gegenteil nicht bewiesen ist!' So sagtet Ihr doch?"

„Herr, Ihr seid schlau und gerissen!" erwiderte der Zeitungsmensch. „Erlaubt, daß ich mich auf einen anderen Platz setze!" Und er stand auf und suchte sich einen anderen Gesprächspartner.

Kurz bevor der Postschlitten Schweinbach erreichte, mußte er die gut ausgebaute Straße seitlich verlassen und ins Feld hineinschwenken. Es kam nämlich mit viel Halali und Hörnerklang ein kurfürstlicher Jagdzug entgegen. Ob's Herr Maximilian selber war oder nur etliche seiner Kavaliere mit ein paar willigen Hofdamen, war nicht recht auszumachen. Einen Herrn freilich erkannte Lenker: es war der Graf von Sprinzenstein, jener im hohen Staatsdienst stehende Kriegsmann, der voreinst den kleinen

Christoph Lenker in der Pollinger Klosterschule hatte zusammenschlagen wollen. Still vor sich hin schmunzelnd, dachte sich der Peißenberger: Wie sich doch die beruflichen Avancen schon in früher Jugend offenbaren! Wer brutal ist, bleibt's!

In Schweinbach wurden die Rösser gewechselt. Währenddessen durften sich die Reisenden ein wenig die Füße vertreten oder in der „Post" ein paar Klare hinter den Kehlkopf jagen. Dies taten die meisten, weil es sehr kalt war, und der Klare strömt halt so herrlich durch alle Glieder und wärmt auf!

Freilich wärmt er auch die Gemüter auf. Das erkannte man jetzt deutlich an dem Straßburger Zeitungsmann. Als sich alle wieder im Postschlitten niedergelassen hatten, ging der auf wie ein Hefeteig und begann, das bayerische Herrscherhaus der Wittelsbacher zu verlästern, und zwar so laut, daß alle Mitfahrer gezwungen waren, ihm zuzuhören.

Nun waren da auch zwei Sauhirten in Schweinbach zugestiegen, die eben beim dortigen Ortsvorsteher allerhand Ärger gehabt hatten. Sie waren nämlich mit einer Schweineherde von Augsburg in die Landeshauptstadt München unterwegs gewesen, hatten aber in Schweinbach keinen Stall mehr für die Tiere bekommen, weil schon tags zuvor alle freien Ställe von einer durchziehenden Rinderherde belegt worden waren. Die traurige Folge: Ihre zwölf Schweine hatten die Kälte der Nacht nicht überdauert. Die Treiber waren zwar vor den Dorfrichter gezogen und hatten ihm die Schuld in die Schuhe schieben wollen. Der aber hatte sie hinausgeworfen mit dem Bedeuten, die Schweine wären sicherlich nicht verreckt, wenn die „Herren Hirten" sich bei den Bauern etliche Schütten Stroh gekauft hätten und mit ihren Schutzbefohlenen in einen Feldstadel eingerückt wären, anstatt beim Tafernwirt zu saufen.

Was nun ein anständiger Sauhirt ist, verkraftet dergleichen Anwürfe nur schwer. Kein Wunder, daß die beiden Männer eine Stinkwut im Leibe hatten und sich inbrünstig nach einem „Ablaß" sehnten. Da kam ihnen der maulende Straßburger recht entgegen. Sie erhoben sich, traten vor ihn hin, und einer sagte: „Steh auf, Mensch, und bitt unseren Herrn Maximilian um Verzeihung!"

Der Zeitungsmann stand auf und erwiderte mit wegwerfender Gebärde: „Wie hat das geheißen?"

Da versetzte ihm der eine einen Schlag auf die Schulter, daß er in die Knie fiel.

„Gut so!" sagte der andere. „Und jetzt um Verzeihung bitten, und zwar etwas avanti!"

Der Straßburger schaute zögernd die einzelnen Mitfahrer an; da traf ihn aber ein derber Schlag auf die andere Schulter, so daß er jetzt die Hände wie zum Beten erhob und stammelte: „Bitte euren Herrn Maximilian um Vergebung!"

Darauf setzten sich die beiden Sauhirten wieder hin; jetzt war ihnen leichter. Auch der von der Zeitung begab sich auf seinen Platz und schwieg. Er schwieg bis München.

Als sie jedoch in den Posthof einfuhren, drängte er zur Schlittentür und gelangte als erster ins Freie. Flugs eilte er zu den Posthaltern, die hinter dem Fenster saßen, und brachte mit nervösen Handbewegungen, wie man durch die Fensterscheiben beobachten konnte, seine Beschwerde oder Anklage vor.

Etliche blieben stehen; der Lenker aber begab sich in die Kaufingerstraße zu seinem Kommando.

Drei Wochen später, um Lichtmeß herum, konnte man in der „Straßburger Relation" diesen Artikel lesen:

Kundschafter leben gefährlich.

Weil wir genau wissen wollten, aus welchen Gründen die berühmte „Heidelberger Bibliothek" im Auftrag des Herrn Kurfürsten von Bayern auf den Rücken von Maultieren über die Alpen nach Rom befördert und dorten dem Papst huldreich übergeben wurde, haben wir einen Kundschafter nach München geschickt.

Vernehmet, was besagtem Manne widerfahren ist: Ausgehend von der freien Reichsstadt Augsburg fährt er mit der Post gen München. Unterwegs steigen zwei Sauhirten zu. Weil sie stinken wie die Pest, erlaubt sich der Kundschafter zu fragen, ob das in Bayern so üblich sei. Darauf wird er von beiden im Postschlitten niedergeschlagen und dergestalt verprügelt, daß er nur noch knieend und mit zum Himmel erhobenen Händen um Verzeihung bitten und, eingekommen in München, einen Stadtphysikus aufsuchen kann, welchselbiger ihn auf vierzehn Täg in ein Siechenhaus einweist.

Unsere Kundschafter leben im papistischen Bayern gefährlich.

Christoph Lenker traf bei seinem Kommando im Hause der Jesuiten wohlbehalten ein. Die Kameraden merkten nur, daß er müde war, und rieten ihm, sich sofort hinzulegen; der Wachbetrieb liefe seinen gewohnten Gang. Die Evangelischen verhielten sich ruhig, weil ihnen die Ernennung Wallensteins zum kaiserlichen Feldherrn arg zu schaffen machte. Hatte sich doch bei ihnen bereits herumgesprochen, daß der Friedländer ein kalt berechnender, wenn nicht sogar grausamer Mann sei, für den die Begriffe Menschlichkeit und Gnade nicht existierten. Man tat also gut daran, sich zu bescheiden ...

Jacob Keller indes, der Rektor des Hauses, nahm bereits nach einer Woche wahr, daß sich mit Lenker ein Wandel vollzogen hatte. Und weil die beiden miteinander recht vertraulich umgingen, fragte er einfühlsam nach Grund und Ursachen. Darüber war Christoph froh, denn in seinem Gemüt staute sich die angebrochene Einsamkeit gleichsam zu einem Gebirge auf, das alle Aussicht in die Zukunft verstellte. Es kam zu einer längeren nächtlichen Aussprache, in der Lenker den ganzen Wust seiner Vergangenheit ausbreitete und den erfahrenen Menschenkenner um einen Ausweg bat.

„An Eurem Schicksal, lieber Freund, haben viele Schmiede mitgehämmert und jeder mit anderer Schlagkraft. Da ist es kein Wunder, daß aus Euch kein einheitliches rundes Werkstück werden konnte. Dazu die Frau, die für Euch bei aller gegenseitigen Liebe am End' doch eine Belastung war. Das hat auch sie wohl ebenso empfunden, hat unter das Bisherige einen scharfen Strich gezogen und visiert einen ganz neuen Beginn an. Lenker, Ihr könnt der Frau diesen Entschluß nicht hoch genug anrechnen! Das ist, wenn man's recht erwägt, der größte Liebesbeweis, den sie Euch hat liefern können!"

Diese wenigen Sätze des Jesuiten waren angetan, im Herzen des Peißenbergers wieder eine gesunde Mitte zu schaffen und die zwangsläufige Einsamkeit sogar als Erfordernis eines weiteren Heilungsprozesses erkennen zu lassen.

Bei Justina dagegen vollzog sich der innere Umbruch eher umgekehrt. War sie anfangs gleichsam mit fliegenden Fahnen in die Arme des Werkmeisters Marco Rinaldi geeilt, so erwies sich nach etlichen Wochen, daß die Gewöhnung, insbesondere bei ihren vorgerückten Jahren, den ursprünglich heißen Wüstenwind gebrochen und bald zu einem leisen Säuseln hatte abflachen lassen; dies vor allem deshalb, weil sich die äußeren Lebensverhältnisse auf neuen Gleisen bewegten. Der neue Mann trat mit neuen Gewohnheiten, neuen Ansprüchen an Justina heran. Sie aber war im Bewußtsein ihrer Jahre doppelt bemüht, seinen Wünschen zu entsprechen, was einem dauernden Zwange gleichkam.

Zu diesen inneren Schwierigkeiten gesellten sich äußere. Die Schellhammerischen zogen sich von ihr zurück; die Dorfschönen und die Dorfratschen begegneten ihr mit ausgesprochen giftigen Blicken – und hinter ihrem Rükken mit noch giftigeren, hörbaren Bemerkungen: „Was die sich bloß einbildet, die alte Kuh! Der junge Gesell! Noch dazu ein Halbwelscher! Das Verhängnis kann man abwarten!"

Ging sie ins Dorf, was unvermeidbar war, so kam sie sich vor wie der zum Spießrutenlaufen verurteilte Landsknecht. Nur der Pfarrer hielt zu ihr.

Das Verhängnis abzuwarten, mochte der Wunsch vieler gewesen sein. Indes, Frau Justina tat ihnen den Gefallen nicht. Sie, die während der fast fünfzig Lebensjahre das Auf und Nieder menschlichen Geschicks erfahren und bestanden hatte, bewies auch jetzt die Stärke ihres Charakters. Sie hatte sich dem Manne aus freien Stücken verschrieben und beabsichtigte, bei ihm auszuharren – unverbrüchlich. Eine

Lösung oder Trennung konnte nur von ihm ausgehen. Sie versprach sich selbst, mit dem Aufgebot ihrer ganzen Kraft alles zu tun, was die letzte Konsequenz zu verhindern oder zumindest hinauszuschieben vermochte.

Der Anschlag

Maximilian von Bayern hatte nach der Schlacht am Weißen Berg unter vielen reichen Beutestücken auch die „Geheime Kriegskanzlei“ der böhmischen Stände mit nach München gebracht. Diese Sammlung mehr oder minder hochverräterischer Akten, meistens in lateinischer Sprache, hatte er den Jesuiten bei Sankt Michael zur Auswertung übergeben. Jacob Keller, der Rektor des Konvents, wollte im Interesse der gebotenen Diskretion die brisanten Aufzeichnungen nicht an seine Untergebenen weiterreichen und entschloß sich, sie unter dem Namen „Fabius Hercynianus“ selber herauszugeben. Aus etlichen dieser Schriften war nun deutlich die Zwiespältigkeit eines Mannes zu erkennen, der im Frankreich Ludwigs XIII. ans Ruder gekommen war: des Kardinals Armand Jean du Plessis, Herzog von Richelieu. Er, der im eigenen Land die Protestanten grimmig verfolgte, hetzte sie im Heiligen Römischen Reich Deutscher Nation gegen jede katholische

Autorität auf, wie die Korrespondenz mit dem tschechischen Adel eindeutig bewies.

Kurfürst Maximilian hatte zwar die unguten politischen Machenschaften Frankreichs bereits erkannt, fand aber jetzt seine Erkenntnisse schwarz auf weiß bestätigt. Er bewog daher den Geistesmann Jacob Keller, nunmehr auch noch in Flugschriften diese Doppelzüngigkeit des Kardinals zu entlarven. Der Jesuit tat dies gerne und verfaßte dazu noch eine lateinische Dokumentation mit dem Titel „Mysteria politica", die er als Mahnung für den Franzosenkönig deklarierte.

Damit war der Kardinal Richelieu im ganzen Abendland bloßgestellt und, wie sie in München sagten, „blamiert bis auf die Knochen". Das tat natürlich bitter weh und verletzte die ungebändigte Eitelkeit des Kirchenfürsten in höchstem Maße.

Was Wunder, daß er nichts unversucht ließ, den Autor ausfindig zu machen. Daß es ein Deutscher war, ging aus dem Inhalt der Schrift hervor, erwies sich aber auch aus dem Erscheinungsort Augsburg. Und weil der Kardinal seine Informanten überall – auch in Straßburg – sitzen hatte, ließ er bei der dort erscheinenden deutschsprachigen Zeitung „Straßburger Relation" nachforschen. Ob Gulden oder Franken – Geld machte schon damals die Zeitungsmenschen gefügig, getreu der bereits bei den alten Römern geltenden Devise: „*Pecunia non olet* – Geld stinkt nicht!"

Nach einigen Monaten, es ging schon in das Jahr 1626 hinein, hatte man einen gefunden, einen vortrefflichen Schnüffler, beider Sprachen mächtig und in den Wegverhältnissen zwischen Straßburg und Prag sehr erfahren: Julien oder Julius Spoden, gebürtig aus Luxemburg, eben jenen Mann, der seinerzeit mit der Post von Augsburg über Schweinbach nach München gereist und von zwei Sauhirten gewalttätig behandelt worden war.

Er erbot sich sogleich, mit den Nachforschungen nach dem Verfasser der „Mysteria Politica" in Augsburg zu beginnen. Wie erwartet, konnten die Buchdrucker seinen unter der Hand hingeschmierten „guten Gaben" nicht widerstehen, so daß Monsieur Julien nach etlichen Tagen nach Straßburg zurückkehren und seinen Auftraggebern melden konnte, der Verfasser der anrüchigen Schrift sei in der Hochburg der Jesuiten in der Bayerischen Landeshauptstadt zu suchen. Die Meldung erreichte ohne Verzug das Sekretariat des Kardinals in Paris, worauf der fein konstruierte Mechanismus der Bestrafung des Jesuitenordens in München lautlos anlief.

Zunächst übergab Kardinal Richelieu die schmerzhaften „Mysteria" einem erlesenen Gremium rechtskundiger Männer in Paris. Diese mußten herausfinden, daß dieses Pamphlet nicht nur ein Affront gegen den französischen Kirchenfürsten, sondern sogar eine Beleidigung Seiner Majestät des allerchristlichsten Königs Ludwig XIII. sei und darum in einem Schauprozeß abgeurteilt werden müsse.

Und so geschah es. Die sieben bedeutendsten Richter von Paris erkannten nach reiflicher Prüfung der Schrift auf deren öffentliche Verbrennung durch den Henker, und zwar unter dem Galgen vor der Kathedrale Notre-Dame: eine privilegierte Hinrichtung, ausschließlich für Verbrechen wider den König und seine Getreuen gedacht.

Während nun an der Seine diese hochnotpeinliche Szene mit Reden, Beschwörungen, Verwünschungen und Fluchpsalmen ablief, waren die Spirren des Kardinals, geführt von Julius Spoden, bereits wieder auf dem Weg nach Augsburg; galt es doch, dem symbolischen Hinrichtungsakt in Paris einen weiteren realistischeren Strafvollzug an der Isar folgen zu lassen.

Die fünf Männer, sämtlich aus dem Elsaß und darum der deutschen Sprache kundig, traten immer nur getrennt in Erscheinung und vollzogen ihre wohlbedachten Vorbereitungen mit der Präzision eines Uhrwerks. Jeder von ihnen hatte sich bereits vor Überschreiten der deutschen Grenze mit zweihundert Lot Schwarzpulver versehen und dieses in kleine Beutelchen verteilt, versteckt an seinem Körper, untergebracht.

In Augsburg beschafften sich drei von ihnen je ein Reittier, der vierte gelangte mit der Post, Julius Spoden mit einem Jagdwägelchen nach München. Sie logierten in verschiedenen Tavernen, alle im Tal, der Spoden beim Torbräu hinterm Isartor. Da und im Weinhaus beim Hammerthaler trafen sich an den Abenden Herren und höfische Offiziere, bei denen man zu vorgerückter Stunde und nach etlichen Mäßlein des süffigen Etschländers ab und zu ein paar aufschlußreiche Happen aufschnappen oder erfragen konnte.

Da wollte es nun ein gesegneter Zufall, daß eines Abends Christoph Lenker beim Hammerthaler einkehrte. Er setzte sich, um nicht aufzufallen und nicht angequasselt zu werden, an den Ecktisch in einem spärlich beleuchteten Winkel und widmete sich genüßlich seinem Krügerl. Siehe, da trat der Spoden ein! Er war offensichtlich schon öfter hier gewesen, denn er begrüßte einen Offizierstisch sehr freundlich und wurde auch gleich eingeladen, sich dazuzusetzen. Der Lenker sah ihn und überlegte kurz. Dabei fiel ihm die Szene im Postwagen hinter Schweinbach ein. Vor seinen Augen stand plötzlich das klägliche Gesicht jenes Mannes, den die Sauhirten in die Knie gezwungen hatten, und dieses Gesicht erkannte er jetzt wieder: der Zeitungsmensch aus Straßburg!

Daß der sich nach München traut, wo er doch einen so unfreundlichen Artikel gegen den Herrn Kurfürsten geschrieben und die

Bayern ganz allgemein als halbe Totschläger hingestellt hatte! Sicher ist er wieder auf der Spur eines zeitungswürdigen Ereignisses. Wie hatte er damals geschrieben? „Kundschafter leben gefährlich im papistischen Bayern!“ Erstaunlich, daß er dieser Gefahr nicht aus dem Wege geht! Es muß ein recht zugkräftiges Ereignis sein, das ihn abermals ins gefährliche Isarland geschleust hat.

Die Herren Offiziere tranken und redeten wacker – und der Spoden mit ihnen. Sie wurden alle miteinander immer gesprächiger und erhöhten dabei die Lautstärke ihrer Stimmen, bis schließlich der Nachtwächter kam und aller Geselligkeit ein Ende setzte. Zögernd zwar, doch gehorsam verließen sie das Weinhaus, der Spoden mit einem Gardeleutnant, den er während des ganzen Abends freigehalten hatte. Der Soldat, so schien es, war über sein Fassungsvermögen hinausgegangen, denn er torkelte und redete gebremst, so daß ihn der andere unterm Arm fassen mußte.

Der Lenker schritt in der Dunkelheit vor ihnen her; er konnte jedes Wort verstehen. Sagte der Spoden: „Wie muß ich's anstellen, daß ich in die Erzgießerei komme?“

„Was willst du in der Erzgießerei? Ohne ein Zertifikat des Generalkriegskommissärs Ruepp kommst du da nicht hinein!“

„Ich will eine kleine Glocke kaufen und sie den Herren Jesuiten schenken für ihre Feldkapelle in Ebersberg.“

„Bist du ein so frommer Mensch?“

„Fromm hin, fromm her! Ich mag die Herren Jesuiten!“

Nach einer Weile meinte der Offizier: „Wenn das so ist, wird der Ruepp nichts dagegen haben. Denn diese geistlichen Männer stehen bei uns in Bayern in höchster Gunst.“

Hier verlor Lenker die beiden Saufbrüder; sie schwenkten ins Dürrnbräugasserl ein. Merkwürdig, dachte er sich, während er gemächlich auf den Schrannenplatz zuging: Da will ein Protestant seinen Erzfeinden eine Glocke stiften!

Anderentags in der Frühe ließ Lenker seine Leute antreten und ermahnte sie zu besonderer Wachsamkeit; er habe Grund zu glauben, daß gegen die Jesuiten an einem Plan gearbeitet werde, in welchem, so seltsam es klingen möge, eine Glocke eine gewisse Rolle spiele. Manche seiner Männer fanden indes eine solche Vermutung zumindest merkwürdig und konnten sich eines geringschätzigen Lächelns nicht enthalten.

Am gleichen Morgen begab sich Julius Spoden in die Erzgießerei. Er erklärte dem Obermeister, der Gardeleutnant Kulmaier, Sohn des Hofoberrichters, habe ihm den Rat gegeben, wegen seines Anliegens in der Erzgießerei vorzusprechen. Sein Anliegen sei, für eine

Feldkapelle im Ebersberger Forst ein Glöckerl zu stiften, vom Gewicht etwa sechs- bis siebenhundert Lot. Er möchte aber nicht, daß darüber vorzeitig gesprochen oder geschrieben werde, handle es sich doch darum, eine Ordensgemeinschaft zu überraschen.

Der Meister, gewohnt, das Wort eines anderen als ehrliche Aussage zu begreifen, entgegnete: „Lieber Herr, solche Glöckerl gießen wir nicht. Dafür müßtet ihr Euch an den Erdinger Glockengießer wenden, dies auch wegen des Tons ..."

„Wie groß sind denn Eure Glöckerl?" fragte der Straßburger hastig. „Der Ton tät keine Rolle spielen; soll ja das Glöckerl nicht in einem Geläut, sondern ganz allein schwingen."

„Je nun", erwiderte der andere, „wir haben da noch eins liegen von fünfhundert Lot. Ein Burgherr hat's haben wollen, hat's aber dann net g'nommen. Wie sie halt so sind, die besseren Herren!"

„Laßt sehen!" sagte der Spoden und folgte dem anderen in die Werkstatt. Er sah das Glöckerl und hielt es für geeignet. Er bezahlte es und bat, man möge es mit Holzlatten verschalen und in die Domwache in der Kaufingerstraße bringen.

Er kehrte in die innere Stadt zurück, ging zur Domwache und meldete die Ankunft eines Glöckerls an, bat auch wie vorher um strenge Verschwiegenheit, weil es sich um eine fromme Stiftung handle; stehe ja doch schon in der

Bibel geschrieben: „Wenn du eine Guttat vorhast, laß deine Rechte nicht wissen, was die Linke tut!"

Die Domwache hatte dafür Verständnis und sicherte ihm jegliche Unterstützung zu, fragte nur noch, wie lange sie das Glöckerl aufbewahren sollten.

Er antwortete: „Eine Woche, vielleicht etwas darüber!" Darauf ging er in den Jesuitentempel von Sankt Michael.

In würdiger Haltung, sogar ab und zu mit einem bigottischen Augenaufschlag, der ihm freilich stand wie dem Ziegenbock die Halskrause, schritt er nach vorne und kniete dann vor dem Hochaltar nieder. Auch aus der Prozedur dieses Niederkniens konnte der Eingeweihte den Dilettanten erkennen. Während er wie betend die Lippen bewegte, schweiften seine Blicke nach hierhin und dorthin und prüften, von welchem Pfeiler aus das Presbyterium zum Einsturz gebracht werden könnte.

Zufrieden mit seinen Erkundungen, verließ er dann die Kirche, nicht ohne noch ein besonderes Augenmerk jenen Männern zugewandt zu haben, von denen es hieß, daß sie zu einem in Gotteshäusern ganz unüblichen Wachkommando gehörten. Was er völlig übersah, war der Devotionalien- und Rosenkranzverkaufsstand gleich zwischen den beiden Eingangstüren – und gerade da saß, gleich neben dem Verkäufer, der Peißenberger.

Dem aber war der Straßburger Zeitungsmensch schon bei seinem Eintreten aufgefallen; denn so überkandidelt benimmt sich kein Bayer in der Kirche, hatte er sich gedacht, und dann hatte er ihn auch gleich erkannt als den Streitpartner der beiden Sauhirten.

Und er begann, das Bekannte mit dem Möglichen baukastenartig zusammenzufügen und sich darauf einen Reim zu machen. Am Abend suchte er den Rektor des Hauses, Jacob Keller, auf und teilte ihm seine Wahrnehmungen mit; gleichzeitig weihte er ihn auch in seinen Plan zur Vereitelung eines drohenden Verbrechens ein. Dasselbe tat er auch mit seinen Leuten.

Dann lauerten sie, der Konvent und das Wachkommando. Sie lauerten und lauerten, und Tag um Tag verging, ohne daß sich etwas getan hätte. Bis sich auf einmal der Gardeleutnant Kulmaier an der Pforte des Jesuitenkollegs meldete und den „Obersten" zu sprechen begehrte.

Er wurde in eine Redekammer geführt, wo nach kurzer Zeit der Rektor Keller erschien. Kurz und bündig erklärte der Soldat, die Scharwächter der Stadt seien einem Anschlag auf Kirche und Haus der Jesuiten auf der Spur, nur hätte man die Hintermänner noch nicht ganz im Griff. Er bitte daher, sich nicht wundern zu wollen, wenn sich plötzlich die Scharwache mitten unter ihnen zu schaffen mache.

Dem Rektor wurde nun die Sache langsam unheimlich. Denn wenn er Lenkers Aussagen mit denen des Leutnants verglich, schien es sich um das gleiche Vorhaben zu handeln. Nur wollte ihm nicht einleuchten, daß der eine vom anderen nichts wußte. Schließlich empfahl er alles seinem Herrgott. Und sie warteten weiter.

Und tatsächlich, am Fest der heiligen Apostel Peter und Paul, nachmittags nach der feierlichen Vesper, als kaum noch ein Beter in der Michaelskirche zu finden war, trugen vier Männer eine kleine Glocke in einer Holzverschalung daher. Sie betraten das Gotteshaus durch ein Seitenportal und stellten ihre Last auf der Epistelseite im Presbyterium ab. Und gingen wieder.

Daß ihnen etliche Scharwächter gefolgt waren, hatten sie nicht wahrgenommen. Als sie jetzt beim Seitenportal die Kirche verlassen wollten, sahen sie sich plötzlich von den Scharwächtern und zwei Strickreitern umringt, an den Händen gebunden und zur Domwache geführt.

Christoph Lenker hatte diesen Hergang aus dem Verkaufsstand heraus mitbekommen und beeilte sich, ihnen zu folgen. Doch da kam ihm der Spoden entgegen, so daß er sich in letzter Sekunde gerade noch hinter dem Roß einer vorüberreitenden Frau verbergen konnte.

Darauf änderte er seine Richtung und schritt der Mauer entlang, hinter dem Spoden drein, hinein in die Kirche. Der machte sich sofort bei der verschalten Glocke zu schaffen, so hastig, daß ihm Christoph Lenker hinter der Säule gar nicht auffiel. Erst als sich noch zwei Wachsoldaten zu ihrem Chef gesellten, stand er auf und schaute wie der Frosch vor der Ringelnatter.

Darauf sagte Christoph Lenker leise: „Wir sind hier im Gotteshaus! Folgt uns! Wir haben miteinander einiges zu bereden!"

Er leistete keinen Widerstand. Die beiden Wachsoldaten nahmen ihn in ihre Mitte, und gemeinsam zogen alle vier zur Domwache. Der Spoden war nicht wenig erstaunt, als er hier seine gebundenen Gesellen erblickte, die gerade vom Gardeleutnant verhört wurden. Lenker erklärte dem Offizier mit kurzen Worten, daß er vom Wachkommando bei Sankt Michael sei und den Mann beim Hantieren an der verschalten Glocke aufgegriffen habe. Der junge Herr Kulmaier bedankte sich mit Handschlag, und Lenker kehrte in die Kirche zurück.

Hier war bereits das Kommando samt einigen Jesuitenvätern um die Glocke versammelt. Christoph befahl einem seiner Leute, einem Schmied von Beruf, die Glocke aus ihrer Verschalung zu lösen. Gespannt schauten alle anderen zu.

Da sah man zuerst eine beachtliche Rolle von Zündschnur, die um die Glockenkrone gewickelt war. Nachdem der Mann die letzten Verschalbretter entfernt hatte und die Glocke auf einem starken Brett frei dastand, erkannte er, daß die Schnur unten am Rand in die Glocke hineingezogen war. Er blieb bedenklich stehen und sagte: „Es scheint, die Glocke birgt eine Sprengladung. Wir wollen sie vorsichtshalber hinaustragen auf die Straße und verhüten, daß jemand sich ihr nähert!"

Das geschah sofort; währenddessen zogen sich die geistlichen Herren in ihr Konvikt zurück.

Auf dem geräumigen Kirchplatz vor Sankt Michael setzte der Schmied die Untersuchung der Glocke fort. Bald hatte er das Geheimnis entdeckt: Unter ihr lagen tausend Lot Schwarzpulver – und das Ende der Zündschnur steckte mittendrin.

„Ob wir's überlebt hätten?" fragte Christoph Lenker den Schmied.

„Einige von uns sicherlich nicht!" war die Antwort.

Der Gardeleutnant Kulmaier brachte die ganze Sache vor seinen Vater, den Hofoberrichter. Der verhörte die Missetäter im Malefizhaus peinlich und ließ sie dann unter Ausschluß der Öffentlichkeit hängen. Das Protokoll ihrer Aussagen ließ er in einer Geheimschatulle dem Herrn Kurfürsten Maximilian übergeben. Da war der hohe Herr bitter enttäuscht über die hinterkünftige Art des allerchristlichsten Königs von Frankreich ...

Gefahren

Die Hinrichtung der fünf Männer aus dem Elsaß im Innenhof des Malefizhauses war entgegen der Gepflogenheit in Bayern erfolgt. Denn jeder Hinrichtung wurde eine abschrekkende Wirkung auf die Gemüter der Bürgerschaft zugeschrieben, weshalb man sie in den allermeisten Fällen geradezu als ein Schaustück anbot.

Den Fall der fünf freilich hatte der Hofoberrichter aus einem anderen Blickwinkel gesehen. Hier war es um ein brisantes religiöses Problem gegangen, um die Zerwürfnisse zwischen dem katholischen und dem protestantischen Bevölkerungsteil des Landes. Diese Zerwürfnisse durfte man nicht durch eine öffentliche Exekution auch noch hochspielen, sondern mußte sie tunlichst in der Versenkung halten.

Darum konnte denn auch die „Straßburger Relation" in Ermangelung öffentlich bekannt gewordener Verurteilungsgründe nicht auf die große Trommel hauen, sondern mußte schweigen und auf bessere Einsicht warten.

Die Jesuiten bei Sankt Michael verrichteten viele Dankgebete. Der Hofoberrichter betete nicht, sondern harrte, nicht ohne Bangen, der kurfürstlichen Antwort auf seine Geheimschatulle entgegen. Denn mit Herrn Maximilian war nicht gut Kirschen essen, das wußte der gesamte bayerische Hof; jeder Hofbedienstete mußte Tag und Nacht gewärtig sein, im mönchisch ausgestatteten Arbeitszimmer des Kurfürsten zur Rechenschaft gezogen zu werden.

Schließlich aber kam sie, die Schatulle, und mit ihr eine hohe Belobigung; mehr als eine solche, das wußten alle, war vom eisern sparenden Fürsten nicht zu erwarten. Man mußte schon Gott danken, wenn man nicht abgekanzelt wurde.

In der Schatulle steckte auch ein versiegeltes Schreiben an den Chef des Wachkommandos bei Sankt Michael. Christoph Lenker war ganz aufgeregt, als er es aus der Hand des Gerichtsboten entgegennahm. Es war, wie konnte es anders sein, kurz und direkt: „Wir hatten Uns nicht geirrt, als Wir Sankt Michael unter deine Bewachung stellten. Die ehrwürdigen Väter sind des Lobes voll. Sorge dagegen macht uns die Zeche Hohenpeißenberg; sie arbeitet kaum noch rentabel. Es könnte sein, daß Wir wieder auf dich zurückgreifen müssen. Halt dich bereit!“

Während nun die beiden großen Feldherren Tilly und Wallenstein ihre Heere brennend, raubend und mordend durch halb Europa jagten und der bayerische Kurfürst Maximilian langsam die Gunst des Kaisers in Wien verlor, spielte sich am Fuß des Peißenbergs eine Tragödie ab.

In den Annalen finden wir den Bericht des Ortsvorstehers an das kurfürstliche Oberbergamt in München vom Oktober 1628 mit folgendem Wortlaut:

Der Endesgefertigte erlaubt sich, einem Hohen Oberbergamt einen Tatbestand zu unterbreiten, der nur dortamts entschieden oder weitergereicht werden kann: Der Werkmeister Marco Rinaldi, ansonsten ein redlicher Mann, hat experimentierenderweise auf der Zeche hierorts mit Sprengpulver hantiert. Dabei muß ihm dem Vernehmen nach entweder eine fälschliche Einschätzung der Sprengkraft oder eine Übermenge der Sprengladung untergekommen sein, dergestalt, daß er selbst, der Obersteiger und ein Fahrsteiger an Ort und Stelle – schier gänzlich zerrissen – mit Tod abgegangen sind. Indem daß auch die Wasserführung durch sotane Sprengung arg in Mitleidenschaft ist gezogen worden und zu befürchten steht, daß die ganze Zeche ersäuft, bittet der Endesgefertigte um Weisungen, insonderheit über die Löhnung und fürdere Verwendung der armselig dastehenden Kohlengräber.

Weil nun der Kurfürst sich nicht in der Landeshauptstadt, sondern bei seinen Truppen aufhielt, konnte er von dem Unglück nicht sogleich unterrichtet werden. So wurde die Hiobsbotschaft von einem Schreibtisch zum anderen gereicht, bis sie schließlich in irgendeinem Vorzimmer angeschwemmt wurde und dort versank. In Friedenszeiten wäre dergleichen undenkbar gewesen. Doch weil der Krieg, wie es schon beim alten Griechen heißt, „der Vater aller Dinge ist", so hat er auch bei dieser Schlamperei seine Vaterschaft mit ins Spiel gebracht und die Zeche Peißenberg samt ihren menschlichen Schicksalen vergessen lassen.

Das Geschick Justinas ist jedoch im Gedächtnis ihrer dörfischen Mitbewohner eine Zeitlang haften geblieben, nicht etwa, weil es sonderlich traurig gewesen wäre, sondern weil es stärker in die Augen fiel.

Sie, die schon auf die Sechzig zuging, stand jetzt als Witwe ohne einen Ernährer da, hatte selbst nichts gelernt und schaute der Zukunft mit Bangen entgegen; einer Zukunft, die von Gewalt und Mord geprägt war. In der Schellhammermühl die hohle Hand auszustrecken, untersagte ihr der Stolz. Die Freunde Christoph Lenkers, die einmal auch die ihren gewesen waren, anzugehen, ob hier oder in München oder anderswo, wäre geschmacklos gewesen. Ein paar alten, gichtbrüchigen Patriziern in Augsburg den Strohsack zu wärmen, hätte vielleicht noch ein paar erträgliche Jahre versprochen;

wer aber, wie sie, im Manne stets nur die junge Kraft gesucht hatte, den mußte jegliches greisenhafte Aufflackern zum Spott reizen. Hierin war der Marco, Gott hab ihn selig, zweifellos der richtige Partner gewesen. Der Herrgott hat's eben doch ganz ordentlich eingerichtet.

Was soll sie also tun? Denn leben will sie noch!

Sie wird nach Polling zu den Herren Augustinern gehen, wird ihnen, das heißt, dem neuen Herrn Propst, sagen, daß sie voreinst mit ihrer Mutter in diesem Kloster gewesen sei. Die Gründe wird er wissen oder kann sie erfragen. Sie wird ihm sagen, daß sie selbst gern in die Fußstapfen ihrer Mutter treten möchte. Die Herren bräuchten jetzt keine Angst mehr vor ihr zu haben, denn ihr Schoß sei dürr geworden; sie sehne sich nur noch nach der beschaulichen Tätigkeit einer Beschließerin, alles andere sei von ihr abgefallen wie das herbstliche Laub von der Weide, Blatt um Blatt.

Eines Tages begegnete sie dem Herrn Pfarrer Melchior Faber auf der Gasse. Teilnahmsvoll erkundigte er sich, wie's ihr gehe, was sie treibe, was sie zu tun gedenke. Da erzählte sie ihm, daß sie Polling ins Auge gefaßt habe.

„Polling ist gut!" entgegnete er. „Doch Peißenberg ist besser! Ihr könntet im Pfarrhof einstehen!"

Sie lachte ihm ins Gesicht: „Als was? Als Kocherin wär' ich überflüssig, denn die habt Ihr schon; und als Eure Gesellin bin ich mir zu schade!"

Da lief er im Gesicht rot an, verneigte sich kurz vor ihr und ging seines Weges. Einige Zeit später begab sie sich ins Kloster Polling und ließ sich beim Propst Kilian sehen.

Der Hochwürdige Herr konnte sich noch an sie erinnern; war er doch damals, als sie an der Seite ihrer Mutter die Mädchenjahre im Wirtschaftsbereich des Pollinger Klosters verlebt hatte, dort im Noviziat gewesen. Denn auch den Novizen war es nicht leicht gefallen, über sie hinweg- oder an ihr vorbeizusehen. Um so mehr freute er sich jetzt, daß sie eine ernstzunehmende, kluge Frau geworden war. Außerdem besaß er schon auf Grund seines hohen Amtes Kenntnis von ihrer Herkunft, was ihn ihr gegenüber desto teilnahmsvoller machte. So war es selbstverständlich, daß er ihrer Bitte entsprach und sie die Nachfolge ihrer Mutter antreten ließ. Freilich versäumte er nicht, sie behutsam an die Torheiten ihrer Jugend zu erinnern und sie ebenso behutsam zu bitten, nunmehr die Würde des Klosters und seiner Insassen zu respektieren.

Es war ein schmerzliches und dennoch seliges Lächeln, mit dem Frau Justina den bedeutenden Klostervorsteher von Polling verließ. Denn, gedachte sie jetzt ihrer jungen Jahre, an die sie erinnert worden war, hätte Scham ihr

Herz beschleichen können, wenn nicht auch die bitteren Zeiten ihres Lebens, die Jahre im Augsburger Badehaus, die Jahre der Verbindung mit dem Tanzmeister und die fürchterlichen Wochen auf der Veste Hohensalzburg, ihr die Zuversicht gegeben hätten, daß sie doch schon allerhand Ungereimtes abgebüßt hatte. Vielleicht würde der Herrgott mit ihr nicht zu hart ins Gericht gehen!

Sie dachte auch an die lange Zeit ihres glücklichen Zusammenlebens mit Christoph Lenker; dabei kam aber Reue auf. Denn gegen ihre Blutsverwandtschaft mit ihm stand ja nicht bloß ein abwehrendes Kirchengebot, sondern auch die verneinende Ansicht und Erkenntnis der Ärzte.

Zurückgekehrt nach Peißenberg, schnürte sie ihre Habseligkeiten, lieh sich beim Schellhammer ein leichtes Leiterwagerl und einen Ochsen aus und fuhr damit an einem frühen Herbstnachmittag nach Polling. Sie bezog zwei Kammern im klösterlichen Wirtschaftshof, die man für sie bereits hergerichtet hatte, und besann sich dann der Aufgaben, die ihrer harrten und die sie ganz im Sinne ihrer gottseligen Mutter wahrnehmen wollte. Sie ging durch die Ställe und Scheunen und widmete ein besonderes Augenmerk dem Geflügelhof, wohl wissend, daß hier von den Mägden viel Schindluder getrieben wurde. Sie wußte, wer einmal selber im Glashause saß, konnte sehr leicht einen anderen darin suchen und finden.

So nahm sie in der Gesindestube den ihr zustehenden Platz ein und versicherte alle ihres ganzen Vertrauens, solange sie von ihnen nicht hinters Licht geführt werde.

Alles in allem war das ein lautloser, gesunder Anfang, der einen friedlichen Fortgang versprach.

Draußen im Reich ging der Krieg nun schon ins elfte Jahr, und ein Ende war nicht abzusehen. Im Gegenteil: Kaiser Ferdinand hatte in der sträflichen Verblendung, eine Seemacht werden zu wollen, Wallenstein zum „General des baltischen und oceanischen Meeres“ ernannt und damit dessen grausame Kriegsführung im deutschen Norden gutgeheißen.

Dieser Wahnsinnsakt rief den Schwedenkönig Gustav Adolf auf den Plan; den hatten die norddeutschen protestantischen Länder um Hilfe gebeten wegen des famosen kaiserlichen „Restitutionsedikts“. Dieses Edikt besagte, daß alles, was seit 1552, also während der verflossenen zweiundsiebzig Jahre, protestantisch geworden war, wieder katholisch werden müsse, nämlich: die beiden Erzbistümer Magdeburg und Bremen, ferner zwölf weitere nordische Bistümer, zahllose Klöster und eine Menge von Städten quer durchs ganze Reich.

Unverzüglich ging Wallenstein daran, das Edikt im deutschen Norden durchzusetzen, und zwar mit einer Grausamkeit, die selbst den Erzherzog Leopold von Tirol bewog, seinem kaiserlichen Bruder in Wien folgenden Brief zu schreiben:

E. Kayserl. Maj. können nicht glauben, wie das Kriegsvolk des Friedländers in Durchzügen durch die Gebiete des Freundes hausten. Ich bin selber etliche Jahre dem Kriegswesen angehangen und weiß, daß es ohne Schaden nicht abgehen kann, selbst wenn man durch ein befreundet Land zieht. Aber Brennen, Weiber schänden, die Leute totschlagen, ihnen Ohren und Nasen abschneiden, Fenster und Öfen zertrümmern, das ist den Offizieren gar wohl möglich zu verhindern.

Ich weiß wohl, daß die einen oder anderen bemüht sind, E. K. M. diese erwähnten Sachen auszureden; aber ich versichere, daß das, was ich schreibe, mehr als wahr ist. Es können Ihre Maj. mir als Dero getreuestem Bruder gewiß soviel glauben wie denen, die interessiert seyn, aus der armen Leute Schweiß und Blut ihre Beutel zu spicken. Ich könnte E. K. M. viele vornehme Offiziere nennen, die, vor weniger Zeit noch schlecht aufgezogen, jetzt zu dreihundert- oder vierhunderttausend Gulden bares Geld haben, und die es nicht vom Feind bekommen, sondern das meiste von den armen Leuten der katholischen Fürsten erpreßten.

Doch Kaiser Ferdinand sonnte sich im Machtrausch seines obersten Feldherrn und ließ ihn gewähren, auch als er sein Heer von ursprünglich 50 000 Mann auf 150 000 vergrößerte. Da aber begann sich's im Reich gegen die bedrohliche kaiserliche Übermacht zu regen: Zuerst erhob Maximilian von Bayern seine Stimme im Namen der von ihm befehligten katholischen Liga und verlangte, der Kaiser möge dem Reiche den Frieden bereiten, das angeschwollene Heer dezimieren und den „unerträglichen Diktator“ Wallenstein aus dem Kriegsdienst entlassen, andernfalls könne er, Maximilian, sich zur Rettung der „deutschen Freiheit“ möglicherweise sogar gezwungen sehen, mit dem Franzosenkönig ein Bündnis einzugehen.

Das langte. Kaiser Ferdinand unterzeichnete am 4. Juli 1630 die Absetzungsurkunde des Friedländers – und am gleichen Tage landete an der norddeutschen Küste der Schwedenkönig Gustav Adolf, die „Schneemajestät“, wie man am Wiener Hofe spöttelte. Er wollte seinen protestantischen Glaubensbrüdern auf dem Festland zu Hilfe kommen.

Mit stolzgeschwellter Brust und einer raren Genugtuung im Herzen kehrte der Bayer vom Kriegsschauplatz seines Feldherrn Tilly in die Residenz nach München zurück, begrüßt und gefeiert vor allem von den Jesuitenvätern bei

Sankt Michael. Diese hatten in höchster Eile ein lateinisches Viktorienspiel verfaßt und ließen es jetzt von ihren Kollegiaten mit Pomp und hochfestlicher Musik vor ihrem Tempel in der Kaufingerstraße aufführen, gleich als hätte die katholische Sache quer durchs ganze Reich den Endsieg errungen.

Bei dem sich anschließenden Festmahl im Innenhof der Jesuitenresidenz war neben den kurfürstlichen Leibgardisten auch das Wachkommando in voller Stärke angetreten. Da fiel Herrn Maximilian auch Christoph Lenker auf. In einer Essenspause beschied er ihn zu sich.

„Du machst deine Sache gut, Christoph! Die hochwürdigen Väter schätzen dich! Bist du verheiratet?"

„Durchläuchtigster Fürst, wenn man bis jetzt nicht dazugekommen ist, läßt man in meinen Jahren am besten die Finger davon! Außerdem habe ich lange mit der Base zusammengelebt ..."

Der Kurfürst schaute einen Augenblick lang wie traumverloren vor sich hin und fuhr dann fort: „Hatte sie sich nicht mit dem Welschtiroler eingelassen, der unsere Zeche Peißenberg in die Luft gesprengt hat?"

„Ganz so schlimm war's nicht, gnädigster Herr! Die Zeche steht noch, wenn auch etwas mitgenommen; doch der Welsche ist dabei zugrunde gegangen. Und die verwitwete Base hat sich dem Vernehmen nach zurückgezogen ins Pollinger Kloster."

„Willst du noch hier bei den Vätern bleiben oder sollen wir dich ablösen?"

„Ich bleibe gern, durchlauchtigster Herr! Nur ab und zu müßte ich eine Woche in Peißenberg sein, damit mein Haus nicht verkommt."

„Richt dir das selber ein, wie du's brauchst! Und bleib Gott befohlen!"

Nicht so sehr um der Wohlfahrt seines Hauses willen, sondern weil ihm die Zeche am Herzen lag, hatte Christoph Lenker um jeweils eine Urlaubswoche gebeten. Nachdem der Kurfürst ihm so großherzig begegnet war, sah man den Markscheider fortan häufiger daheim, und meistens in den Stollen, Strecken und Schächten der Zeche, soweit diese noch heil waren. Kam er dann abends müde in sein Haus, begann er zu rechnen und zu zeichnen, denn es wollte ihm nicht eingehen, daß die Zeche, die doch eigentlich sein Werk war, sang- und klanglos dem Verfall preisgegeben werden sollte. Gewiß mochte die Bewachung der Jesuitenväter dem Hause Bayern mehr Vorteile einbringen als die paar Augsburgischen Gulden für die Peißenberger Pechkohle; indes ahnten nur wenige am Hohen Bergamt zu München, welch mächtige Kohlenvorräte im Heiligen Berg noch gespeichert lagen. Diese zu heben würde, und das war Lenkers gesicherte Überzeugung, einmal die Aufgabe vieler nachfolgender Geschlechter sein. Darum wollte er diesen Generationen gesicherte Aufzeichnungen, Unterlagen und Beweise überliefern, zu ihrem Nutzen.

Als er wieder einmal zu Hause war, besuchte ihn zu später Stunde der Pfarrer Faber: „Lieber Christoph Lenker, wir alle hier am Ort nehmen mit großem Unbehagen wahr, wie Ihr Euch ohne Schutz und ohne einen Begleiter im Inneren unseres Berges herumtreibt. Jeder Bergmann wird Euch sagen, was Ihr ja selber wißt, daß die Zeche von Jahr zu Jahr brüchiger wird und verfällt. Warum seid Ihr so unachtsam und riskiert Euer Leben! Ich muß Euch allen Ernstes warnen! Euer Tun nimmt von Mal zu Mal mehr den Charakter selbstmörderischen Handels an. So sehr uns Eure Sorge um die Zeche rührt, so unbegreiflich kommt sie uns vor. Denn solange dieser Krieg dauert, der nun bereits ins zwölfte Jahr geht, solange werdet Ihr keine Männer finden, die Euch die Kohle schürfen, die Euch an die Hand gehen und Euer Bestreben unterstützen könnten. Ihr seid allein, und wer allein ist, der ist hilflos im Angesicht unseres Heiligen Berges!"

Mit einer Spur von Wehmut antwortete Lenker: „Pfarrer Faber, ich achte Eure Besorgnis um mich und ich danke Euch dafür! Doch bitt' ich: vergällt mir nicht meine alten Tage! Ich bin in meinem bisherigen Leben von unserem fürstlichen Herrn hin und her gehetzt worden. Dabei hing aber meine Freude und auch ein gut Teil meiner Liebe am Berg und im Berg, den aufzuschließen mir gegönnt war. Bedenkt meine Worte, und Ihr werdet mich verstehen!"

In geheimer Mission

Der vom Kaiser und vom bayerischen Kurfürsten seiner militärischen Vollmachten und seines riesigen Heeres entledigte Herzog von Friedland, Albrecht Wallenstein, befand sich in Memmingen, als er von seiner totalen Entmachtung erfuhr. Unverzüglich traf er alle Vorbereitungen zur Auflösung seiner Streitmacht und zog sich nach Böhmen in sein Herzogtum Friedland zurück. Und schmiedete Baupläne. Als dem reichsten Manne in der Monarchie mußte es ihm wohl anstehen, einen respektablen Adelspalast zu besitzen. Er ließ auf der Kleinseite in Prag hundert Häuser niederreißen, um den erforderlichen Platz für sein Bauwerk zu gewinnen.

Da erwies es sich nun, daß die Großen in dieser Welt sich bisweilen genauso kleinkrämerhaft verhalten wie Hinz und Kunz, wenn es um Macht und Besitz geht: Es befällt sie der blasse Neid!

Wieder einmal ließ Kurfürst Maximilian von Bayern den alten Kommilitonen Christoph Lenker zu sich kommen: „Wir wissen, daß wir Uns an dir versündigen, wenn Wir immer wieder störend in deinen Lebensrhythmus eingreifen; aber es gibt nicht viele ‚Lenker‘ in unserem Bayernland!“

„Durchlauchtigster Herr, bin ich Euch je mißmutig begegnet?"

„Christoph, du warst lange in Prag. Geh abermals dorthin und berichte uns über den Prachtbau, den der Friedländer dort aufführt oder bereits aufgeführt hat, wie überhaupt über alles, was mit ihm in Zusammenhang steht!"

Bedächtig entgegnete der andere: „Ihr werdet mir aber zugute halten, mein Fürst, daß es nicht meine Art ist, krumme Wege zu gehen!"

„Eben deswegen wenden wir uns an dich ...!"

Nachdem für Christoph Lenker beim Wachkommando ein Nachfolger gefunden war, reiste er nach Prag. Es war schon Herbst. Dunkelblau schlummerte der Bayerisch-Böhmische Wald, als die Postkutsche, von Amberg kommend, die uralte Grenze des Chotengaues überquerte. Über dem böhmischen Land flirrte das matte Sonnenlicht, über die dürren Wiesen zogen die Wolken des Altweibersommers. Vor dem Prager Moldautor wurde der Postwagen von den Torknechten auf die Seite gewiesen: Fürst Albrecht von Wallenstein fuhr heraus. Das war kein Fürstlicher, nein, das war ein kaiserlicher Geleitzug! Fünfzig sechsspännige Wagen voraus, dann die hohe, mit goldenen Radspeichen glänzende Karosse des Herrn – er freilich abgeschirmt durch damastene Vorhänge; dahinter fünfzig Vierspänner.

Lenker nahm Wohnung beim „Strakonicky dudak", einem bescheidenen, aber guten Hause. Hier war auch der welche Stukkateur Ercole Conradi untergekommen, ein seriöser Mann, der noch im Wallensteinschen Palast zu tun hatte. Er stammte aus Graubünden, sprach Schwyzerdütsch und liebte schwere Weine. Er faßte sogleich Zuneigung zum Peißenberger, der handsam war und unbeweibt wie er selbst. Christoph pries im stillen Herzen den Himmel für diese Begegnung, denn einfacher und sicherer hätte er gewiß nicht an die unmittelbaren Geschehnisse beim Palastbau gelangen können. Sein eigenes Verbleiben in Prag begründete er mit der Wahrnehmung kurfürstlich-bayerischer Interessen in Böhmen. Der Stukkateur gab sich mit dieser nichtssagenden Erklärung zufrieden, weil ihm alles, was nach Politik roch, in der Seele zuwider war.

So saßen sie fast jeden Abend, wenn der Conradi von seiner Arbeit heimkam, beisammen und beschnarchten die Ereignisse des Tages im Getriebe der böhmischen Landeshauptstadt, soweit sie der Ercole von seinen Werksgesellen erfahren hatte. Meist waren das Hinterhofgeschichten oder das Bettgeflüster gewisser Dämchen, die mit zur fürstlich Wallensteinschen Hofhaltung gehörten wie das Salz in der Suppe. Von dieser Hofhaltung ließ sich Christoph Lenker gern erzählen, um nachher seine Briefe an den kurfürstlichen Hof in München damit zu füllen. Wenn man diese Briefe liest, ist man noch heute erstaunt über die Unmittelbarkeit der Darstellung.

So heißt es da, daß im großen Innenhof des Palastes fünfzig nobel gekleidete Hellebardierer stünden – als Leibgarde des Fürsten, Tag und Nacht. Dann gebe es wie beim Kaiser in Wien einen Oberhofmeister, einen Oberstkämmerer und einen Oberstallmeister, desgleichen zwanzig Kammerherren mit dem goldenen Schlüssel, ebenso sechzig Edelknaben aus den vornehmsten Häusern, alle in hellblauen Samt mit goldenen Verschnürungen gekleidet. Unter hundert Schüsseln speise der Herzog von Friedland niemals. Über tausend Zug- und Reitpferde befänden sich in seinen Marställen und fräßen aus marmornen Krippen. In einem hochgewölbten Festsaal habe sich der Herr als Triumphator an die Decke malen lassen, von vier Sonnenrossen gezogen und mit einem Stern über seinem lorbeerbekränzten Haupt. Eine geheime Treppe führe aus einem kleinen runden Salon in eine Badegrotte von künstlichem Tropfstein. Aus dieser Grotte gelange man in eine Säulenhalle, und von da in die mit Fontänen und fischreichen Kanälen geschmückten Gärten.

Des weiteren weiß Christoph Lenker nach München zu berichten, daß Wallenstein Dukaten schlagen lasse mit seinem Brustbild und der Umschrift als Herzog von Mecklenburg: „Albertus D. G. Dux Megapol. Frid.“ Ebenso habe er, Lenker, erfahren, daß Wallenstein bemüht sei, seine Besitztümer in Böhmen und Schlesien durch die beiden Lausitzen zu vermehren und sie zusammen mit dem Fürstentum Glogau als ein neues reichsunmittelbares Reichsland vom Kaiser bestätigen zu lassen. Er sei zwar als Generalissimus des Kaisers abgesetzt worden, korrespondiere aber immer noch mit ihm, weil Ferdinand den diplomatisch versierten Mann nicht missen wolle.

Solche Berichte waren natürlich in München sehr willkommen, bewiesen sie doch dem bayerischen Kurfürsten die Doppelzüngigkeit des „kaiserlichen Herrn Vetters" in Wien und rissen den Graben zwischen beiden noch weiter auf.

Nun schienen aber die beiden Zimmerherren im „Strakonicky dudak" in ihren Gesprächen zu vertrauensselig und unvorsichtig gewesen zu sein. Denn der Wirt Lubomir Skovronek pflegte sie aus einem Lauschkabinett hinter der Wand oft stundenlang zu bespitzeln, bis in den Beginn des Jahres 1631 hinein. In schöner Regelmäßigkeit unterrichtete er dann die Dunkelmänner der städtischen Guardia von dem Gehörten. Bis die in einer stürmischen Märznacht in den „Dudak" eindrangen, den Lenker einstrickten und vor den tschechischen Gebietskommandanten schleppten.

Der hohe Polizeibeamte war über diesen Fang gar nicht beglückt, zumal als er erfuhr, daß der Mann ein Bayer und ein Untertan jenes Herrn Maximilian sei, der den Pragern am

Weißen Berg so übel mitgespielt hatte. Freilich waren an den Grenzen des Böhmerwaldes schon etliche Briefe aus der Feder dieses Mannes abgefangen und perlustriert worden, doch hatten sie nichts Hochverräterisches enthalten. Man hatte ein wenig in ihnen herumgestrichen und sie dann der Post zur weiteren Beförderung übergeben.

Dieser Mann stand nun vor ihm und sollte, wie der Wirt ausgesagt, abfällige Äußerungen gegen gewisse tschechische Personen und Einrichtungen gemacht haben.

„Stellt mich doch dem Lubomir Skovronek gegenüber!“ forderte Christoph Lenker. „Oder fragt den Ercole Conradi! Ich bin überzeugt, daß der heimtückische Wirt entweder schlecht hört oder die deutsche Sprache nicht versteht. Wahrscheinlich will er mir einen Strick drehen, um an mein Geld zu kommen. Vielleicht ist er bereits dabei, meine Habseligkeiten zu durchwühlen. Ich bitte und verlange, daß man der Sache sofort nachgeht!“

Und wirklich, zwei ausgesandte Häscher waren gerade dazugekommen, als der Skovronek die Truhe des Peißenbergers aufbrach. Sie nahmen ihn sofort mit zum Kommandanten. Der ließ dem Weintäufer ohne viel Federlesens zwanzig Stockhiebe verabreichen, machte aber dann Lenker klar, daß er gut beraten sei, Prag so rasch als möglich zu verlassen. Denn der Lubomir schien von Wallensteins Leuten gedungen zu sein. Die würden natürlich jetzt von der Aushebung des Wirts erfahren und gegen den Briefschreiber zuschlagen.

Christoph Lenker reiste also ohne Verzug ab.

Nicht gerade fluchtartig, doch in gebotener Eile verließ er mit der Post die böhmische Landeshauptstadt in Richtung Prachatitz. Hier hoffte er einen Geleitzug der Berchtesgadener Salzmänner zu treffen, um in ihrer Obhut den Wald auf dem Goldenen Steig sicher zu durchqueren.

Er hatte sich nicht verrechnet. Am Marktplatz der alten Handelsstadt standen sie schon bereit zum Aufbruch, die rauhen bayerischen Fuhrleute. Sie warteten bloß noch auf die Ankunft des südböhmischen Postwagens, der jede Stunde, von Iglau herkommend, eintreffen mußte. Er war bereits durch einen scharfen Reiter angekündigt worden, weil er, wie es hieß, einen schwerreichen Augsburger Handelsherren mit sich führte.

Und dann war der Wagen da. Der Prachatitzer Magistrat machte ein ziemlich großes Gesumse um den Patrizier der kaiserlichen Reichsstadt am Lech, denn wer dort zum Patriziat gehörte, der besaß eine oder mehrere pralle Geldkatzen.

Herr Nikodemus bestätigte diese Meinung durch sein fürstliches Auftreten und seine noble Gesinnung Lenker gegenüber. Als er in seinen Reisewagen, den er in Prachatitz stehen hatte, umstieg und erfuhr, daß da ein

Kurfürstlicher aus Peißenberg desselben Weges ziehen wolle, lud er ihn sofort zu sich ein. Gleich nach den ersten gewechselten Worten wußte Nikodemus Laufer, daß er jenen Bergherrn vor sich hatte, der für die Kohlelieferung der Augsburger Ziegelöfen zuständig war; kein Wunder, daß sich die beiden sogleich sympathisch fanden.

„Habt Ihr Euch längere Zeit in Prag aufgehalten?" fragte Laufer.

„So fast ein halbes Jahr!"

„Eine prächtige Stadt!"

„Ihr sagt es! Seid gewiß auch schon dort gewesen?"

Der Augsburger zögerte ein Weilchen; dann fuhr er fort: „Meine verstorbene Frau stammte aus Prag – Gott hab sie selig!"

„Die Prager Frauen sind eine Klasse für sich, namentlich die tschechischen."

„Da habt Ihr wohl recht! Die meine hat mir eine Tochter hinterlassen, das wahre, köstliche Ebenbild der Mutter! Seid Ihr unbeweibt?"

„Unbeweibt! Wer in Diensten des Herrn Kurfürsten steht, sollte am besten zuvor das Gelübde der Keuschheit abgelegt haben; denn der Hofdienst ist eine Hetzjagd, einer Ehefrau kaum zumutbar."

„Habt Ihr Euch denn in Prag wenigstens wacker verlustiert?

„Ich hab's nicht so mit der Verlustierung."

„Verstehe ich! Ihr wärt der rechte Ehemann für meine Tochter. Vierunddreißig Jahre zählt sie nun schon und sucht immer noch so einen Leisetreter, wie Ihr einer seid; einen, der sie auf Händen trägt, der keiner Fliege etwas zuleide tun kann, einen sogenannten Lahmarsch – verzeiht mir den Ausdruck!"

„Nun, man würde Euch beleidigen, wenn man sagte, Ihr seiet galant, doch Eure Tochter kennenzulernen, wäre mir ein Vergnügen, Herr Laufer!"

„Noch dazu, wo sie so schön ist wie die Agnes Bernauerin – sagen die Leut' in Augsburg!"

„Ihr seid ein guter Handelsherr, lieber Laufer, und wißt Eure Ware trefflich an den Mann zu bringen! Ich zolle Euch meinen ganzen Respekt!"

„Ich dank Euch, Lenker! Und muß Euch ehrlich gestehen, daß Ihr mir als ein Schwiegersohn nicht ungelegen kämet, wenn Ihr nicht schon so alt wäret! Denn was hat schon ein Weib, das in der Vollkraft der Jahre steht, von einem alten Kracher noch zu erwarten? Nach zehn Jahren kommt er auf dem Zahnfleisch dahergekrochen, und sie könnte vor lauter Lebenslust Bäume ausreißen!"

„Ihr widersprecht Euch, lieber Herr! Zuerst sagtet Ihr, sie suche einen Lahmarsch, einen Leisetreter, und jetzt soll er gar ein Draufgänger sein! Wer soll da klug werden aus Eurer Rede?"

„Mein lieber Lenker, kommt mit nach Augsburg, schaut Euch das Weibsbild selber an und redet mit ihr einen Tag und eine oder zwei

Nächte lang! Dann wird sich herausstellen, daß ich vielleicht ganz saudumm dahergeredet hab'!"

Inmitten der schweren Karren und Lasttiere der Salzsäumer durchmaßen sie den Böhmer- und Bayerischen Wald auf dem Goldenen Steig, ohne daß ein Wegelagerer oder Marodebruder sie behelligt hätte. Das wäre auch jedem dieser lausigen Gesellschaft übel geraten, denn bei den Säumern wußte man nicht, wer noch zu den christlichen Fahrensleuten oder bereits zu den Baumräubern zu zählen war. Deswegen hatten ja auch die Waffenknechte der Herren von Burg Hohenayst, denen die Hut des Steiges anvertraut war, alle Hände voll zu tun; und mit ihnen die Fürstbischöfe von Passau, die Lehens- und Gerichtsherren dieser wilden Wälder. Hieß es doch, die Stricke an den Galgen auf der bischöflichen Feste Oberhaus erkalteten höchstens zur Zeit der Rauhnächte.

Als das Geleit in der Dreiflüssestadt angekommen war und Herr Laufer die Obersäumer gebührend bezahlt hatte, trennten sie sich von ihnen und fuhren auf München zu. Hier erfuhren sie, der Herr Kurfürst Maximilian habe sich wieder zum Heer seines Generalkommandanten Tilly nach Sachsen begeben; man habe allen Grund zu der Befürchtung, daß der

Schwedenkönig Gustav Adolf einen breitangelegten Angriff auf die Truppen der katholischen Liga plane.

„Um so besser!“ meinte da Herr Nikodemus. „Dann fahrt Ihr mit mir gleich weiter bis Augsburg!“

Das Laufersche Anwesen, in unmittelbarer Nähe des Augsburger Domes, entsprach ganz den Erwartungen, die der Lenker sich gemacht hatte: das war gediegener Reichtum!

Er bat Herrn Nikodemus, zunächst in der palastartigen Vorhalle bleiben zu dürfen, bis die Begrüßung der Familie vorüber sei – war doch der Vater drei Monate in Iglau gewesen; da hatte man sich jetzt Dinge zu sagen, die kein fremdes Ohr hören darf.

Nun schienen es aber nicht viele von dergleichen Dingen gewesen zu sein, denn kaum hatte Christoph den Begrüßungswein und das Gastmahl in Ehren verzehrt, kam Herr Nikodemus mit der Tochter in die Halle, den angekündigten Gast zu begrüßen.

Da gingen nun, weiß der Himmel, Lenker die Augen auf und über, als er der jungen Nobeldame ansichtig wurde. Wie aus einem Bilderbuch des Venezianers Caravaggio schritt sie die weißen Marmortreppen herab, in majestätischer Haltung, mit ihrem slawischen Gesicht voll begnadeter Lieblichkeit; ganz Anmut und Würde, ganz Demut und Hingabe!

Sie sprach ein freundliches Schwäbisch mit einem unverkennbaren prager-deutschen

Akzent. Darauf achtete Lenker jedoch nicht, denn die Gestalt und der zarte Tonfall in der Stimme der jungen Frau forderten alle Kräfte seines Gemütes heraus und füllten sie mit betörender Wärme. Und zwischen den Fragen der Frau und ihren Antworten kam ihm manchmal in den Sinn: Woher nimmt sie die Gabe, in entzückender Natürlichkeit und berückender Schlichtheit über alles, auch das Alltägliche, zu reden, während tausend andere Mädchen und Frauen meinen, ihre Empfindungen und Worte vor der „Veröffentlichung" erst schminken und frisieren zu müssen?

Wenn man landläufig von „Liebe auf den ersten Blick" spricht – zwischen diesen zwei reifen Menschen bewahrheitete sich's in schier unwiederholbarer Weise. Es sah aus, als wären sie beide, getrennt voneinander, jahrzehntelang auf Horchposten gestanden und hätten gegenseitig auf den Anruf des anderen gelauscht. Jetzt war dieser Anruf erfolgt, jetzt hatten sich die Stimmen und die Gemüter vermählt!

Im Tanzhaus

Inzwischen hatte der Schwedenkönig, mächtig verstärkt durch Angehörige des Wallensteinschen Heeres, den Ligistenführer Tilly am 17. September 1631 bei Breitenfeld in der Nähe von Leipzig angegriffen und dessen Truppen derart durcheinandergewirbelt, daß dem nichts anderes übrig blieb, als sich auf das Gebiet des bayerischen Kurfürstentums zurückzuziehen und sein Heil in der Flucht zu suchen.

Dieses Heil suchten auf die gleiche Weise auch Kurfürst Maximilian, indem er sich mit dem bayerischen Staatsschatz ins Salzburgische begab, und der Herr Propst von Polling, der mit den Seinen, darunter Frau Justina, nach Tirol flüchtete.

Gustav Adolf aber gedachte jetzt, das ligistische und stockkatholische Bayern unter seine Zuchtrute zu zwingen. Von seinem Siegesschauplatz Breitenfeld in Sachsen wandte er sich zunächst dem Rhein zu, offenbar um den Franzosen zu zeigen, wer jetzt im Heiligen Römischen Reich Deutscher Nation das Sagen habe, und eilte dann auf den Lech zu, gen Augsburg.

Augsburg, die Stadt der Kelten – Augsburg, die Stadt der Römer – Augsburg, die Stadt bankrotter deutscher Kaiser und reicher Fugger und Welser – Augsburg, die Stadt des Religionsfriedens... Augsburg, die Stadt des Schwedenkönigs Gustav Adolf – wenigstens für eine Nacht! Mit der Souveränität der welterfahrenen Kaufherren hatte ihn der Magistrat empfangen und in einem der Renaissancepaläste einquartiert, und noch ehe er die ihn umgebende Pracht zu Ende bestaunt hatte, ließen sie ihn durch seinen eigenen Pagen ihre Einladung zum Geschlechtertanz unterschreiben.

Geschlechtertanz?

Ja, das ist der Tanz der Schönen, ohne Ansehen von Adel, Herkunft und Geld! Einfach der Tanz, der alle gleichstellt im Menschsein und in der Liebe, vielleicht auch ähnlich dem Tanze im ewigen Jenseits, wo alle irdischen Ängste, Rücksichtnahmen und Hüllen gefallen sind!

Gustav Adolf, der über die Leibesfülle eines stattlichen bayerischen Bierbrauers verfügte, er, der ein eigens für ihn hergezüchtetes Roß haben mußte, weil jedem anderen unter seinem Gewicht das Kreuz gebrochen wäre – dieser Gustav Adolf benahm sich jetzt wie das Bäuerlein aus dem Umland, das zum ersten Mal die Hauptstadt betritt: reichlich unbeholfen. Er stand vor seinem Hochsitz im hellstrahlenden Saale des Tanzhauses und nickte den ehrenfesten Damen des Adels und den aufgeplusterten Frauen der Bürgerschaft zu, die der Reihe nach, von den Männern begleitet, durch das spitze Bogentor des weitläufigen Saales eintraten und sich paarweise in zwei Reihen aufpflanzten.

Als dann das Tor geschlossen war, schritt er, weil er es so wollte, langsam durch diese Reihen hin und reichte jeder Frau und Jungfrau die Hand. In seinen blauen Augen glomm das Licht des soldatischen und des liebestüchtigen Eroberers in gleicher Weise. Vor Jacobina Laufer, hinter der Christoph Lenker stand, verhielt er ein Weilchen, langte ihr die Hand hin und zog sie dann jäh an sich, um sie zu küssen. Die junge Frau streckte abwehrend die

Hände gegen ihn aus und riß ihm dabei die fein gestrickte Halskrause vom Lederwams. Christoph Lenker griff von hinten nach dem blütenreinen Weiß, reichte es mit einem Kniefall dem König zurück und schlang einen Arm um Jacobina.

Sogleich stürzten vier Leibwächter herbei, gewärtig eines Befehls Seiner Majestät. Gustav Adolf wies sie jedoch mit energischer Handbewegung auf ihre Plätze. Da war auch Lenker mit der jungen Frau in den düsteren Hintergrund entschwunden.

Der Schwedenkönig aber schritt weiter, reichte weiter der holden Weiblichkeit die Hand und tat, als wäre nichts geschehen. Nur der Tanzmeister war bei ihm und trug die Halskrause in beiden Händen wie eine Opfergabe hinterdrein.

Nachdem dieser feierliche Akt vollzogen war, spielten die Sackpfeifer zum frohen Tanze auf.

Gustav Adolf hatte sich wieder auf seinen Hochsitz begeben und schaute interessiert zu. Nach einer knappen Stunde empfahl er sich bei den Herren des Magistrats und verließ mit den Leibwächtern das festliche Haus. Getanzt hat er nicht ...

Am anderen Morgen versammelte er den Heeresteil, der vor den Stadtmauern lag, und setzte ihn auf Weilheim zu in Marsch.

Zu diesem Zeitpunkt waren Christoph Lenker und Jacobina Laufer bereits unterwegs nach München, getreu dem alten Sprichwort: „Sicher ist sicher!“

Nach dem peinlichen Ereignis beim Tanz waren sie durch den Kellergang des Hauses, einen städtischen Fluchtweg, an den Lech gekommen, in dessen Ufergesträuch stets etliche Boote vertäut lagen. Sie hatten eines losgebunden und waren, flach hineingedrückt, an das rechte Ufer getrieben. Bei den Ziegelöfen stiegen sie aus und schlichen zum ratsherrlichen Marstall. Hier kannten einige Reitknechte die Laufertochter, so daß den beiden Flüchtlingen zwei prächtige Rösser vorgeführt wurden. Mit einem lieben Gruß an den Herrn Vater stiegen sie in die Sättel – und dahin ging's durch die Nacht.

Als sie nach Peißenberg kamen, sahen sie in der Ferne das Kloster Polling in hellen Flammen stehen.

„Gnade Gott allen Pfaffen und allen Bauern auf dem Lande!“ raunte Christoph seiner Gefährtin zu; denn die fürchterliche Kunde vom mörderischen „Schwedentrunk“ hatte sich allenthalben herumgesprochen. Sie ritten nicht auf der Poststraße, sondern über die Dörfer, und standen in der zehnten Morgenstunde vor dem Angertor der wehrhaften Münchner Stadtbefestigung. Hier brach Lenkers Roß zusammen. Die Torknechte schleppten es zum Schinder.

Der Torwärtl, der den Chef des Wachkommandos kannte, begann ihn verständlicherweise sofort auszufragen, trafen doch von allen Seiten her die wildesten Nachrichten in der Landeshauptstadt ein, so daß es bisweilen war, als stünden die Schweden bereits vor jedem Tor.

Bald erschienen auch die Bürgermeister, die ein Knecht verständigt hatte, in der Torstube, um die seriöse Nachricht, die aus einer unmittelbaren Begegnung mit dem Schwedenkönig stammte, zu vernehmen und nach ihr die weiteren Maßnahmen zu ergreifen.

„Wenn ihr nicht wollt, daß er München ausraubt und in Schutt und Asche legt, dann tragt ihm die Torschlüssel der Stadt entgegen! Weist ihm die schönsten Zimmer der Residenz an!"

„Ob der damit wohl zufrieden sein wird?"

„Das sicherlich nicht!" entgegnete Christoph. „Geld wird er haben wollen, viel Geld! Denn ein Heer von fünfzig- bis achtzigtausend Mann verschlingt täglich etliche Bauerndörfer."

„Geld? Woher sollen wir's nehmen?"

„Diese Frage wird ihn nicht berühren!"

„Und der gnädigste Herr ist irgendwo im Salzburgischen ..."

„Meint ihr, das könnt' den Schweden interessieren? Im Gegenteil! So tut er sich leichter, mitzunehmen, was ihm gefällt."

Die Herren Bürgermeister zogen die Stirnen kraus: „Ob er die Stadt zur Plünderung freigeben wird?"

Der Lenker besann sich ein Weilchen: „Nach all dem, was man bisher gehört hat, überläßt er hauptsächlich die kleineren und mittleren Städte seinen Soldaten, die großen, die er auszusaugen gedenkt, behält er sich selber vor."

„Was wollt Ihr mit dieser schönen Frau in München, wenn jetzt der Schwede vor der Türe steht?" fragte einer.

„Vor seinem Zugriff will ich sie retten! Er hat's auf sie abgesehen. Ich werde mich von den Jesuitenvätern beraten lassen..."

Der Schwede in München

Nach der Niederlage der Kaiserlichen bei Breitenfeld schrieb der Imperator des Heiligen Römischen Reiches Deutscher Nation an Wallenstein: „ Wollet Uns in gegenwärtiger Not nicht aus Händen gehen oder gar Uns verlassen!"

Eine schmeichelhaftere Nachricht konnte den auf seinen Gütern schmollenden Friedländer nicht erreichen. Er eilte nach Znaim in Mähren, und der Kaiser schloß mit ihm nach langem Hin und Her einen bis dahin in der deutschen Kriegsgeschichte unerhörten Vertrag – einen Vertrag, der den Kaiser zugunsten seines obersten Feldherrn gleichsam entmündigte.

Damit kam die kriegerische Wende: Wallenstein mobilisierte achtzigtausend seiner ehemaligen Söldner, ordnete eine hohe Vermögenssteuer an und hielt allen Geldigen seine hohle Hand hin.

Gustav Adolf marschierte indessen auf München zu.

Nachdem des Schwedenkönigs unmittelbare Begleiter, über Peißenberg ziehend, den dortigen Pfarrer Melchior Faber in seiner Kirche erschlagen hatten, brachte die erschütterte Bürgerschaft dem König eine Kanne Wein als Dank, daß er ihre Hütten und Häuser nicht hatte anzünden lassen.

Und jetzt, es war der 27. Mai 1632, kamen ihm die Münchner Bürgermeister vor dem mächtigen Isartor entgegen und überreichten ihm die Schlüssel der Stadt.

„Das habt ihr gut gemacht!“ sagte der Schwede in einwandfreiem Deutsch zu ihnen. „Eure Unterwerfung entwaffnet mich. Fürchtet nichts und seid wegen eurer Familien und Güter und auch wegen eurer Religion unbesorgt!“ Und fast im gleichen Atemzug forderte er 500 000 Taler als Kontribution.

Die beiden Bürgermeister wurden schrekkensbleich, und der eine, Liegsalz, erwiderte: „Majestät, dann müßt Ihr uns verbrennen lassen!“

Der Schwede schaute die vor ihm knienden Männer von seinem mächtigen Roß herab wohlgefällig an. Er schaute lange. Dann meinte er: „Nein! Anzünden werden Wir diese goldene Stadt nicht! Darum wollen Wir's bei 300 000 Talern bewenden lassen!"

Darauf ließ er sofort von seinen Schwadronen die Mauern besetzen, ebenso die vornehmsten Häuser im Innern der Stadt – gleichsam als Schutzwache, damit sich niemand von seinen Leuten an der Bürgerschaft vergreife. Drei seiner Soldaten, die sich hinterrücks eingeschlichen hatten, wurden ohne Verzug aufgehängt.

Anderentags hielt er dann um die Mittagszeit selbst seinen Einzug – mit königlichem Gepränge. Der Archivar des Franziskanerklosters schrieb damals in seine Annalen:

Und ist durch das Isartor, das Tal hinauf, über den Markt in die Weinstraße durch die Oberschwäbinger Gassen eingezogen, und Quartier in der Churfürstlichen Residenz genommen, zusammen mit dem Herrn Churfürsten Friedrichen von der Pfalz, dem böhmischen Winterkönig.

Und in einem Bericht der Jesuiten heißt es, daß schon um zwei Uhr nachmittags alle Läden der Stadt wieder offengestanden seien und daß man in allen Straßen und Plätzen die Münchner Frauen und Mädchen mit Schweden im Arme lustwandeln gesehen habe. Auch soll Gustav Adolf bedauert haben, „die Residenz mit ihren Kunstwerken nicht auf Walzen setzen und nach Stockholm führen zu können."

Christoph Lenker und Frau Jacobina Laufer waren bei den Jesuitenvätern in der Kaufingerstraße untergetaucht, getreu dem Worte des Rektors Keller: „Außergewöhnliche Umstände erfordern außergewöhnliche Maßnahmen!" Man hatte der Frau einen breiten Jesuitenhut gegeben, unter dem sie ihr Haar verbergen konnte, und ihr einen weitwallenden Profeßmantel umgehängt. So saß sie in der Bibliothek des Hauses unter siebzehn Ordensscholaren und arbeitete mit an der Übersetzung des lateinischen Rodericius ins Deutsche.

Christoph selbst hatte das Wachkommando aufgelöst und war in die Kutte eines Laienbruders geschlüpft; so betätigte er sich als Gangpräfekt bei den Schülern, die sich nach wie vor ihren Studien widmeten, ohne sich um die Vorgänge in der Stadt viel zu bekümmern, hatten doch die Väter die Losung ausgegeben: „Wir brauchen uns vor nichts und niemandem zu ängstigen, denn wir sind in Gottes Hand geschrieben!"

Nach drei Wochen brach der Schwedenkönig mit seiner ganzen Armada wieder von München auf. Er nahm als Geiseln zwanzig vornehme Bürger und ebensoviele Personen aus allen religiösen Orden mit, weil die Kontribution von 300 000 Talern noch nicht vollständig aufgebracht worden war. Während von den übrigen

Münchner Ordensgemeinschaften nur je zwei oder drei Männer mitgenommen wurden, verlangte Gustav Adolf von den Jesuiten sechs, und zwar jüngere. Er schickte auch sogleich vier seiner Leibgardisten ins Konvikt bei St. Michael, um diese auszuheben.

Als der Rektor Keller von dem Ansinnen hörte, lud er die vier Soldaten zu einer kleinen „Brotzeit" ein und schickte den Lenker in die Bibliothek zu den Scholaren mit der Bitte, Frau Jacobina solle sofort ihre Tarnkleidung abtun und sich in die Küche begeben.

Das geschah, und damit war auch diese Gefahr gebannt. Der Schwede zog jetzt nach Nürnberg und verschanzte sich hinter den festen Mauern der freien Reichsstadt.

Da schlug die Stunde des Generalbevollmächtigten Albrecht von Wallenstein. Mit seinem Heer und dem Aufgebot der Bayern erschien auch er vor Nürnberg und verschanzte sich auf dem Altenberg.

Nach neun Wochen brach der Schwede endlich aus Nürnberg auf und trug einen halbherzigen Angriff gegen den Altenberg vor. Er erreichte jedoch nichts und rückte nach einer ebenfalls vergeblichen Belagerung der Festung Ingolstadt schließlich vor ins sächsische Lützen.

Hier aber stellte ihn Wallenstein von neuem. In einer gewaltigen Schlacht, die erst die späte Nacht beendete, erfüllte sich am 16. November 1632 das Schicksal des jungen Schwedenkönigs.

Ob Wallenstein darüber glücklich war? – Die Geschichtsschreiber rätseln. Dies um so mehr, weil der Friedländer sich unmittelbar danach ins Böhmerland zurückzog. Warum mag er sich zurückgezogen haben?

Manche glauben, des Rätsels Lösung darin gefunden zu haben, daß er hinter dem Wald einen geplanten Verrat am Kaiser ruhiger und sicherer durchzuführen geglaubt habe.

Wie immer auch – der Kaiser kam ihm zuvor. Am 25. Februar 1634 wurde der oberste kaiserliche Feldherr durch die spitzige Partisane eines Hauptmanns zu Eger erstochen.

Das letzte Kapitel

Der Bericht aus der vorher zitierten „Jesuitengeschichte“ aber endet mit der traurigen Feststellung:

Hat der eingenommene Schrecken in München schwere Krankheiten, überaus vielen den Tod verursacht, also daß es bald dahin gekommen, daß das Sterben und böse Sucht grassiert.

Jetzt war auch der gnädigste Herr Kurfürst Maximilian von Bayern wieder in die Landeshauptstadt zurückgekehrt. Zurückgekehrt, mit dem geretteten Staatsschatz und allen

Schätzen seines Hauses, ausgenommen etlichen Kisten Silbergeschirr, die an der Mühldorfer Brücke in den Inn versunken waren, weil die Nauförgen vor lauter Suff einen Pfeiler gerammt hatten. Die bayerische Geschichte stellt den Vorfall freundlicher dar – und es steht niemandem gut zu Gesicht, daran zu zweifeln.

Nachdem der hohe Herr seine Residenz wieder betreten hatte, mußte er freilich feststellen, wie übel der Schwede und insbesondere der ihm befreundete „Winterkönig" darin gehaust hatten. Es war – wie es scheinen will – ein Racheakt für die Schlacht am Weißen Berg.

Anders lagen die Dinge in der Jesuitenresidenz bei Sankt Michael, die der Herr Kurfürst bald mit seinem Besuch beehrte. Und weil Christoph Lenker das von der Regierung bestellte Wachkommando wieder leitete, kam die Rede zwischen dem Fürsten und dem Rektor Keller auch auf ihn.

Sagte der Rektor: „Er hat sich in den äußerst kritischen Wochen, als der Schwedenkönig sich in München aufhielt, außerordentlich umsichtig verhalten und ist uns mit klugen Ratschlägen stets zur Seite gestanden. So haben wir auf seinen Vorschlag hin Frau Jacobina Laufer von Augsburg aus den Fängen Gustav Adolfs gerettet: Wir schleusten sie bei unseren Scholaren ein, nachdem wir sie durch einen Profeßmantel und einen umfänglichen Hut unkenntlich gemacht hatten ..."

„Und die Unantastbarkeit der klösterlichen Klausur?“ unterbrach ihn der Kurfürst.

„Allergnädigster Herr“, fuhr der Rektor fort, „Wir haben Beispiele in der Bibel, wo ein frommer Betrug zur Rettung der Diener Gottes beigetragen hat; dies diente uns zur Rechtfertigung.“

„Habt ihr ihn und das Augsburger Weib noch im Hause?“ fragte Maximilian weiter.

„Um unserer Sicherheit willen haben wir nicht gewagt, auf das Wachkommando zu verzichten. Und so ist uns auch Frau Jacobina geblieben – freilich nicht mehr in der Klausur ...“

„Was auch auf die Dauer ein Skandal gewesen wäre!“ ergänzte der Kurfürst.

Der Rektor goß dem Fürsten etwas Wein ein und meinte, er sehe das Verhältnis Lenker-Laufer bereits als bedenklich an. Denn während der Schwede um das Konvikt herumgewabert sei, habe sich Christoph eine Kutte übergeworfen und sei wie ein Präfekt durch die Gänge geschritten. Die Scholaren seien von der Selbstverständlichkeit, mit der er das getan, höchst entzückt gewesen. „Und nun denkt er gar daran, als Laienbruder in unseren Orden einzutreten.“

„Der spinnt doch!“ polterte Maximilian heraus. „Laßt mich mit ihm reden! Und auch mit ihr!“

Wochen danach warteten sie miteinander, der Lenker und die Lauferin, in einem Vorzimmer der kurfürstlichen Residenz. Zuerst ließ Herr Maximilian Frau Jacobina in sein schmuckloses Arbeitskabinett kommen.

„Ihr habt", sagte er, „dem Schweden übel mitgespielt, wie zu erfahren war, und hättet dabei leicht Kopf und Kragen verlieren können!"

„Mag sein, gnädigster Herr", erwiderte Jacobina, „daß bei ihm daheim die Frauen leichter hergehen! Wir Reichsstädtischen haben unseren Stolz!"

„Ihr seid mit Christoph Lenker liiert?"

„Ja, Herr, wenn Ihr es so nennen wollt!"

„Ist er nicht zu alt für Euch?"

„Ach Gott, gnädigster Herr, mit meinen fünfundvierzig Jahren muß auch ich mich schon gegen Pickel und Falten wehren!"

„Ihr seht aber beneidenswert gut aus!"

„Das macht die geschonte Jugend und die böhmische Mitgift meiner Prager Mutter."

„Was würdet Ihr sagen, wenn es dem Lenker eines Tages einfiele, ins Kloster zu gehen?"

„Ich könnt's ihm nicht wehren! Der Herrgott hat allweil noch die höheren Ansprüche an uns. Doch seid getrost, Herr, in diesem Punkt nehme ich's selbst noch mit dem Herrgott auf!"

„Unseren Respekt, Frau Jacobina! Ihr zählt, weiß der Himmel, gewiß nicht zu den sieben törichten Jungfrauen im heiligen Evangelium! Wir wünschen Euch und Unserem Christoph die Fülle des himmlischen Segens! Er ist ein ordentlicher Gesell und wird Euch Eure Zuneigung zu danken wissen!“

Dann trat Christoph Lenker beim Kurfürsten ein.

Zunächst kam der hohe Herr auf das Wachkommando zu sprechen; ob es noch sinnvoll sei.

Christoph erwiderte: „Gnädigster Herr, eine Wache ist sicher sinnvoll, solange sich die Konfessionen befehden. Den Frieden unter der katholischen Geistlichkeit Münchens fördert sie allerdings nicht. Im Gegenteil!“

Plötzlich – wie ein Schuß aus der Pistole – fragte Maximilian: „Stimmt es, daß du Jesuit werden willst?“

Lenker stutzte eine Weile; dann sagte er wie zu sich selbst: „Was habe ich auf der Welt noch zu erwarten? Ich hatte gegen alle Gesetzmäßigkeiten eine Frau – das ist vorbei! Ich hatte dank Eures Zutuns eine Aufgabe fürs Leben, doch die Zeche ist ersoffen! Ich bin jetzt über sechzig – was soll ich mit der jungen Patrizierstochter? Mich von ihr aushalten lassen, bis mich das Reißen plagt und die Gicht verzehrt?“

„Wenn du Reißen und Gicht kriegen sollst, dann kriegst du sie auch bei den Jesuiten und fällst dann den Mitbrüdern zur Last. Das Alter ist für uns alle ein Kreuz, nur macht uns ein liebender Mensch das Tragen leichter. Es könnt' aber auch sein, daß die junge Frau gerade den reiferen, erfahreneren Mann sucht, damit er ihr hilft und sie beschützt. Oder könnt's nicht sein?"

„Könnt' schon, Herr!"

„Uns will scheinen, du artest zu einem Ich-Menschen aus ... Christoph, das verträgt sich schlecht mit der Eleganz des jesuitischen Geistes!"

Nach diesem harten Wort des Kurfürsten entstand eine eiserne, kalte Stille im Kabinett. Man hörte die herbstlichen Fliegen, wie sie hartnäckig an die Fensterscheiben stießen, um ans Licht und in die Freiheit zu gelangen.

Schließlich sagte der Lenker: „Gnädigster Herr, mit den Jahren fällt das Denken immer schwerer. Bitte laßt mir Zeit!"

Eine Woche später. Am Abend.

Lenker begab sich zum Rektor Keller und erzählte ihm seine Unterredung mit dem Kurfürsten. Der in geistlichen Dingen geschulte und an harte Askese gewöhnte Jesuit erklärte ihm, daß Herr Maximilian bei all seiner Religiosität in dem, was das Seelenleben eines Menschen betreffe, wenig verstehe. Richtig sei nur, daß der Eintritt in eine klösterliche Gemeinschaft niemals das Resultat einer Flucht vor weltlicher Verantwortung sein dürfe; dies käme nämlich dem Wege des geringsten Widerstandes gleich und sei darum verwerflich.

Die auf diese Unterredung folgende Nacht, die Christoph Lenker in der Hauskapelle bei Sankt Michael vor dem Allerheiligsten verbrachte, war die bedeutendste seines bisherigen Lebens: eine Nacht der Entscheidung. Es war auch die ehrlichste all jener schweren Nächte, welche er im Laufe seines dreiundsechzigjährigen Daseins durchgestanden hatte.

Als dann der Morgen durch das weißblaue Rautenfenster über dem Altar der kleinen Kapelle leuchtete, ging auch für den Lenker ein neuer Tag auf. Ein Tag, der in der Erkenntnis gipfelte, daß der Weg des geringsten Widerstandes für einen Lenker kein gangbarer Weg sei.

Geläutert und beschwingt, gleich dem Phönix aus der Asche, verließ Christoph die Kapelle, suchte den Gästetrakt auf und klopfte bei Jacobina Laufer an die Tür. Sie öffnete. Als sie den immer noch festen Mann vor sich stehen sah und in den Glanz seiner Augen schaute, fühlte sie, daß er zu innerer Klarheit gekommen war.

Sanft schmiegte sie sich in seine geöffneten Arme.

In den Rechnungsbüchern des Augsburger Handelshauses „Laufer am Dom" sind für das letzte Drittel des Dreißigjährigen Krieges beachtliche Warenumsätze vermerkt. Über die Zeche Peißenberg aber steht anderenorts geschrieben, daß sich nach dem mörderischen Kriege zwei Bauern ihrer angenommen und daraus nicht unerheblichen Gewinn gezogen hätten.